中国古代通俗小说序跋题记汇编

萧相恺 / 辑校

一

人民文学出版社

图书在版编目（CIP）数据

中国古代通俗小说序跋题记汇编：1-6册／萧相恺辑校. -- 北京：人民文学出版社，2024
ISBN 978-7-02-016864-4

Ⅰ. ①中… Ⅱ. ①萧… Ⅲ. ①古典小说-序跋-汇编-中国 Ⅳ. ①I207. 41

中国版本图书馆CIP数据核字（2021）第259902号

责任编辑　徐文凯　张梦笔
装帧设计　李思安
责任印制　张　娜

出版发行　人民文学出版社
社　　址　北京市朝内大街166号
邮政编码　100705

印　　刷　河北新华第一印刷有限责任公司
经　　销　全国新华书店等

字　　数　1700千字
开　　本　880毫米×1230毫米　1/32
印　　张　98.75　插页6
版　　次　2024年6月北京第1版
印　　次　2024年6月第1次印刷

书　　号　978-7-02-016864-4
定　　价　580.00元(全六册)

如有印装质量问题,请与本社图书销售中心调换。电话:010-65233595

凡　例

一、《中国古代通俗小说序跋题记汇编》收录的范围：

（1）上起两汉，下迄清末（辛亥，1911年）的各个时代诞生的各种不同小说中的序跋题记。也酌情收录刻印于民初，其写作时间可能在清末以及部分域外刻印的中国这一时段小说中用汉文写作的序跋题记。

（2）同一小说不同版本的不同序跋题记。

所谓不同序跋题记，包括作者、序跋内容完全不同和内容有较大增、删、改篡等两种情况。只是更改作者题署或内容改动较少的，只注出其不同处，并附于其所据以改动的、较早出现的序跋题记之后。手民误植的少量不同不包括在其中。

（3）除通常意义上的序跋题记外,书坊识语、凡例等文献及源流、读法、总论、总评之类文字,酌情收录。

（4）《四库全书总目》相关作品的提要及少量出于辛亥革命后的序跋题记亦略有所收。

（5）收录序跋题记的同时,尽可能标注出该序跋题记之后所钤的印章、所在小说的刻印书坊（或出版社）、版本形式、版式特征、收藏处等。

（6）小说作者及序跋题记作者的简要介绍,多取自前人成说,只为给读者提供一些线索,未能一一考证。

二、编排：

（1）按小说出现时代的先后编排。同一小说不同版本的序跋,也按时代先后排列,集于一处。实在无法确定时代的,统置于"时代不明小说序跋题记"之下。

（2）字有漫漶不清或有缺漏,用"□"替代,并尽可能注出是什么字;明显的错字则在错字后加括号"（）",括号中注出正字。

三、全书末附书名索引一种。

目　录

大唐三藏取经诗话

（大唐三藏取经诗话跋）……………………王国维　1
（宋椠本三藏取经诗话跋）……………………罗振玉　3
（宋椠本三藏取经记残本跋）……………………罗振玉　3
关于《唐三藏取经诗话》的版本
　　——寄开明书店中学生杂志社　…………鲁迅　6

梁公九谏

梁公九谏序………………………………………… 9
梁公九谏跋………………………………黄丕烈　10
梁公九谏诗跋……………………………黄丕烈　11

五代史平话

（影印残本五代史平话跋）·············· 曹元忠　13

宣和遗事

重刊宋本宣和遗事跋 ············ 学山海居主人　15
元刻本宣和遗事跋 ·················· 复翁　16
大宋宣和遗事跋 ·················· 孙毓修　18

全相三国志平话

（全相平话三国志序）·············· 姜殿扬　20

薛仁贵征辽事略

（薛仁贵征辽事略）后记 ············ 赵万里　23

忠传

（忠传）跋 ······················ 孙毓修　28

京本通俗小说

京本通俗小说跋 ·················· 缪荃孙　30

附录

(金虏海陵王荒淫跋) ············· 叶德辉 32

(金虏海陵王荒淫又跋) ············ 叶德辉 33

水浒传

水浒传序 ················· 天都外臣 36

水浒传序 ················· 张凤翼 41

水浒辨 ····················· 42

题水浒传叙 ··················· 43

忠义水浒传叙 ··············· 李贽 45

梁山泊一百单八人优劣 ············· 47

批评水浒传述语 ················ 48

又论水浒传文字 ················ 49

水浒传一百回文字优劣 ············· 50

叙水浒忠义志传 ············ 汪子深 53

出像评点忠义水浒全书小引 ······· 杨定见 54

出像评点忠义水浒全书发凡 ·········· 55

水浒传序 ················· 钟惺 60

水浒传人品评 ··············· 钟惺 62

水浒忠义传叙 ·············· 郑大郁 65

忠义水浒全传序………………………… 五湖老人 67
第五才子书施耐庵水浒传卷之一　圣叹外书
　序一…………………………………… 金圣叹 70
第五才子书施耐庵水浒传卷之一　圣叹外书
　序二…………………………………… 　　　 79
第五才子书施耐庵水浒传卷之一　圣叹外书
　序三…………………………………… 　　　 82
第五才子书施耐庵水浒传卷之二　圣叹外书 … 87
第五才子书施耐庵水浒传卷之三　圣叹外书
　读第五才子书法……………………… 　　　 93
第五才子书施耐庵水浒传卷之四　圣叹外书
　贯华堂本序…………………………… 施耐庵 104
(第五才子书施耐庵水浒传)楔子
　总批…………………………………… 金圣叹 106
刻忠义水浒传缘起……………………… 大涤馀人 110
五才子水浒序…………………………… 王仕云 112
王望如先生评论出像水浒传总论……… 王仕云 113
宋元春秋序……………………………… 刘子壮 118
水浒传叙………………………………… 句曲外史 120
水浒全传序……………………………… 陈忱 123
续水浒征四寇全传叙…………………… 赏心居士 124

4

忠义水浒全传题记 ………………… 高显 126
(第五才子书水浒传)序 …………… 王韬 127
新评水浒传叙 …………………… 燕南尚生 131
水浒传新或问 …………………… 燕南尚生 134
水浒传命名释义 ………………… 燕南尚生 143
题抄本水浒卷首 ……………… 延月草堂主人 151

附录

水浒牌序 …………………………… 张岱 151
陈章侯水浒叶子引 ………………… 江念祖 152
陈洪绶水浒牌小引 ………………… 马翔鳞 154
陈洪绶水浒牌跋 …………………… 周初允 154
跋水浒图 …………………………… 顾苓 155
水浒画谱自序 ……………………… 嵩龄 156
水浒画谱叙 ………………………… 嵩昆 158
颠道人水浒传图本记 ……………… 耀年 160
水浒全图序 ………………………… 刘晓荣 163
水浒全图跋 ………………………… 叶德辉 164
水浒传注略小引 …………………… 程穆衡 165
(水浒传注略)序 ………………… 蕴香居士 167
读水浒传书后 ……………………………… 168

重刊忠义水浒传序	李宗侗	170
水浒传序	鸿章书局主人	171
水浒新序	陈独秀	173
水浒校读后记	汪原放	174
重排水浒校读后记	汪原放	178
(足本水浒传)本书特点		184
水浒传序	周瘦鹃	187
水浒新序	李逸侯	188
影印贯华堂原本水浒传叙	刘半农	200
(影印贯华堂原本水浒传)白	朱文叔	204
一百二十回古本水浒序	梅寄鹤	205
残水浒叙	包明叔	252
残水浒小引	秋风	253
残水浒跋	湘亭	255
水浒中传自序	姜鸿飞	256
水浒中传序	程小青	262
序水浒中传文	蒋君毅	263
读水浒中传略述	姜起渭	265
水浒传新序	许啸天	268

三国演义

三国志通俗演义序 ……………………… 庸愚子 273

三国志通俗演义引 ……………………… 修髯子 275

三国志传加像序 ………………………… 元峰子 279

（全像评林三国志传识语） …………… 余象斗 282

题全像评林三国志传叙 ………………… 余象乌 283

三国辩 …………………………………………… 284

序三国志传 ……………………………… 李祥 285

三国志叙 ………………………………… 博古生 286

三国志史传小引 ………………………… 玉屏山人 287

序批评三国志通俗演义 ………………… 尧子 289

三国志演义序 …………………………… 缪尊素 290

读三国史答问 …………………………………… 291

书富春东观山汉前将军壮缪关侯祠壁 … 戴易 303

三国志叙 ………………………………… 李贽 306

重刊杭州考正三国志传序 ……………………… 308

英雄谱（识语） ………………………… 熊飞 309

英雄谱弁言 ……………………………… 熊飞 310

叙英雄谱 ………………………………… 杨明琅 311

（三国志通俗演义识语）………………… 周曰校 315

三国志演义序 ………………………… 梦藏道人 316

三国演义序 …………………………… 金圣叹 318

四大奇书第一种凡例 …………………………… 321

读三国志法 …………………………… 毛宗岗 323

古本三国志序 ………………………… 李渔 349

三国志演义序 ………………………… 李渔 353

三国志序 ……………………………… 金圣叹 356

（金圣叹批评三国志跋）……………… 胡云锦 357

三国演义叙 …………………………… 穉明氏 358

第一才子书三国志序 ………………… 黄叔瑛 360

三国英雄略传序文 …………………… 高王臣 362

重刊三国志演义序 …………………… 清溪居士 362

新刊三国志赤帝子馀编序 …………… 顾克 364

叙三国志传 …………………………… 吴翼登 365

重校第一才子书叙 …………………… 甄史氏 366

三国演义跋 …………………………… 傅冶山 367

三国志演义补例 ……………………… 许时庚 368

附录

三国志演义序 ………………………… 〔日〕赖襄 370

考证古本三国志演义卷头语 ·············· 371
考证三国志演义序 ·············· 王大错 372
考证三国志演义凡例 ·············· 374
三国志通俗演义跋 ·············· 莫伯骥 377

平妖传

重刊平妖传引 ·············· 童昌祚 387
(北宋三遂平妖传)叙 ·············· 张誉 389
(新平妖传识语) ·············· 391
(新平妖传)叙 ·············· 张无咎 391

残唐五代史演义传

点校残唐五代史传叙 ·············· 周之标 395

如意君传

如意君传序 ·············· 华阳散人 398
(如意君传跋) ·············· 柳伯生 398

清平山堂话本

清平山堂话本序目 ·············· 马廉 400

影印天一阁旧藏雨窗欹枕集序 ……… 马廉 402

皇明英烈传

皇明英烈传序 ……………………… 409

皇明英武传序 ……………………… 411

(演义皇明英烈志传)序 …………… 413

云合奇踪序 ……………… 徐如翰 414

(云合奇踪)序 …………… 东山主人 416

(云合奇踪)序 …………… 乐此道人 418

(云合奇踪)序 …………… 艾清标 419

大宋中兴通俗演义

序武穆王演义 …………… 熊大木 421

(武穆王演义)凡例七条 …………… 422

叙岳鄂武穆王精忠录后 … 李春芳 423

岳武穆精忠传序 ………… 邹元标 429

精忠录肃庙御制序 ……〔朝〕李焞 431

当宁御制后序 …………〔朝〕李昑 432

精忠录序 ………………… 陈铨 434

精忠录序 ………………〔朝〕李山海 437

| 精忠录后序 | 赵宽 442 |
| 精忠录跋 | 〔朝〕柳成龙 444 |

隋唐两朝史传

隋唐史传序	杨慎 449
隋唐志传叙	林瀚 451
隋唐志传通俗演义序	林瀚 453

唐书志传通俗演义

| 唐书演义序 | 李大年 455 |
| 唐书演义序 | 陈继儒 456 |

隋唐演义

| 点校隋唐演义叙 | 徐渭 459 |
| 唐传演义叙 | 黄士京 461 |

钱塘湖隐济颠禅师语录

| 无竞斋赞湖隐 | 464 |

全汉志传

| 叙西汉志传首 | 465 |

题东汉志传序 ………………………………… 465

孔圣宗师出身全传

孔圣宗师出身全传跋 ……………………… 冯贞群 468

（孔圣宗师出身全传）跋 …………………… 胡适 469

南北两宋志传

叙南北两宋传序 …………………………… 余象斗 472

南宋志传序 ………………………………… 织里畸人 473

北宋金枪全传序 …………………………… 鸳湖废闲主人 475

熊龙峰四种小说

本书（熊龙峰四种小说）的介绍 ………… 王古鲁 478

西游记

刊西游记序 ………………………………… 陈元之 484

全像西游记序 ……………………………… 陈元之 487

（李卓吾先生批评西游记）题辞 …… 幔亭过客 491

（李卓吾先生批评西游记）凡例 …………… 492

（李卓吾先生批评西游记）第一回总评 …… 493

目 录

批点西游记序	秃老	495
一蠹言		496
《西游证道书》原序	虞集	500
西游证道书跋	笑苍子	501
西游真诠序	尤侗	504
《新说西游记》自序	张书绅	510
西游记总论	张书绅	511
新说西游记总批	张书绅	512
《通易西游正旨》序	何廷椿	536
西游正旨后跋	无名子	538
通易西游正旨序	无名子	541
增评西游证道奇书序	野云主人	545
重刊西游原旨序	瞿家鏊	548
悟元子注西游原旨序	苏宁阿	549
栖云山悟元道人西游原旨叙	梁联第	550
悟元子西游原旨序	杨春和	551
西游原旨序	刘一明	552
《西游原旨》再序	刘一明	554
西游原旨读法卷首	刘一明	555
西游原旨歌		567

读西游原旨跋 ·················· 樊于礼 569

西游原旨跋 ···················· 王阳健 572

西游原旨跋 ···················· 张阳全 573

西游原旨跋 ···················· 冯阳贵 574

重刊西游原旨跋 ················ 夏复恒 576

西游记叙言 ···················· 雨香 579

西游记叙言 ···················· 任蛟 580

西游记叙言 ···················· 朱敦毅 582

西游记评注自序 ················ 含晶子 584

新说西游记图像序 ·············· 王韬 587

石亭记事续编书西游记后 ········ 丁晏 589

列国志传

（按鉴演义全像列国评林识语）········ 余文台 591

题全像列国志传引 ·············· 余邵鱼 591

题列国序 ······················ 余象斗 592

叙列国传 ······················ 陈继儒 594

列国传题词 ···················· 朱篁 595

列国源流总论 ·················· 余邵鱼 597

（列国前编十二朝）识语 ············ 602

| 列国志叙 ············· 三台山人 604
| 玉鼎列国志识语 ················ 606

金瓶梅

| 金瓶梅词话序 ············· 欣欣子 608
| 金瓶梅序 ················ 弄珠客 610
| 金瓶梅跋 ················ 甘公 611
| 新刻金瓶梅词话词 ············· 611
| 四贪词 ··················· 612
| 金瓶梅跋 ··············· 谢肇淛 614
| 金瓶梅跋 ··············· 屠本畯 616
| 第一奇书序 ················ 谢颐 617
| 第一奇书凡例 ················ 618
| 杂录　杂录小引 ··············· 619
| 竹坡闲话 ··············· 张竹坡 623
| 冷热金针 ··············· 张竹坡 627
| 金瓶梅寓意说 ············ 张竹坡 628
| 苦孝说 ················ 张竹坡 636
| 第一奇书非淫书论 ········· 张竹坡 637
| 第一奇书金瓶梅趣谈 ············ 639

批评第一奇书金瓶梅读法 …………… 张竹坡 642

满文译本金瓶梅序 ……………………… 678

绘图真本金瓶梅识 ……………… 蒋敦艮 680

绘图真本金瓶梅提要 …………………… 682

跋金瓶梅后 ……………………………… 683

古本金瓶梅提要 ………………………… 684

古本金瓶梅考证 ………………… 王昙 685

金瓶梅序 ………………………… 观海道人 687

原本金瓶梅跋 …………………… 袁枚 689

第一奇书钟情传序 ……………… 闲云山人 692

金瓶梅词话跋 …………………… 施蛰存 693

金瓶梅英译续志 ………………………… 694

浪史

浪史叙 …………………………… 又玄子 696

浪史凡例 ………………………………… 697

浪史跋 …………………………… 又玄子 697

（浪史）序言 …………………… 逍遥子 698

绣榻野史

绣榻野史叙 ……………………… 憨憨子 700

目录

昭阳趣史

昭阳趣史识语 ········· 墨庄主人 702

趣史序 ············· 墨庄主人 702

于少保萃忠传

（于少保萃忠全传叙）········ 林梓 705

（于少保萃忠全传）赞 ······· 王守仁 706

（于少保萃忠全传）总断 ······ 吴宽 707

（于少保萃忠全传）凡例 ············ 707

（于少保萃忠传）跋 ········ 于世灿 712

（于少保萃忠传）跋 ········ 朱增惠 712

八仙出处东游记

八仙传引 ············· 余象斗 715

包龙图判百家公案

叙百家公案小说 ·········· 完熙生 717

国史本传 ················· 719

龙图公案

龙图公案序 …………………………… 陶烺元 723
（龙图公案）叙 ………………………… 李西桥 725

三宝太监西洋记通俗演义

叙西洋记通俗演义 ……………………… 罗懋登 727

封神演义

（封神演义识语）……………………… 舒冲甫 730
封神演义序 …………………………… 李云翔 730
封神演义序 …………………………… 褚人获 733
封神演义原序 ………………………… 周之标 734
封神诠解序 …………………………… 俞景 738
删补封神演义诠解序 ………………… 邹存淦 739
封神诠解序 …………………………… 俞樾 740
封神诠解跋 …………………………… 周绍良 742
宋评封神演义序 ……………………… 宋芸子 743

征播奏捷传通俗演义

刻征播奏捷传引 ……………………… 九一居主人 747

目 录

咒枣记

萨真人咒枣记引 ················ 邓志谟 751

飞剑记

吕祖飞剑记引 ······················ 753

铁树记

豫章铁树记引 ················ 邓志谟 755

真君全传序 ·················· 汪逢尧 756

三教开迷归正演义

三教开迷演义叙 ·············· 朱之蕃 758

三教开迷序 ·················· 潘镜若 760

三教开迷传凡例（计八款） ······ 潘镜若 761

三教开迷传引 ················ 顾起鹤 762

三教开迷演义跋 ···················· 763

郭青螺六省听讼录新民公案

新民录引 ······················ 吴迁 765

海刚峰先生居官公案

新刻刚峰先生居官公案传序 ············ 李春芳 768

杨家府世代忠勇演义志传

杨家通俗演义序 ················· 秦淮墨客 771

海陵佚史

(海陵佚史)叙 ·················· 醉憨居士 774

新刻续三国志后传

新刻续编三国志序 ·················· 776
(新刻续编三国志)引 ················· 777

西汉通俗演义

西汉通俗演义序 ···················· 甄伟 780

东西汉演义

东西汉演义序 ···················· 袁宏道 782

目 录

东西两晋志传

〈东西两晋志传〉序 …………………… 杨尔曾 785

续英烈传

〈续英烈传〉叙 …………………… 秦淮墨客 787

东汉十二帝通俗演义

〈东汉十二帝通俗演义〉序 ………… 陈继儒 789

东汉演义评

东汉演义序 …………………… 清远道人 791

古今小说

〈古今小说识语〉 …………………………… 794
〈古今小说〉叙 ………………… 绿天馆主人 794

韩湘子全传

韩湘子叙 …………………… 烟霞外史 798

警世通言

（警世通言识语）·················· 兼善堂　802

（警世通言）叙 ················· 无碍居士　802

七曜平妖全传

平妖全传序 ····················· 文光斗　805

醒世恒言

（醒世恒言）叙 ················· 可一居士　808

（醒世恒言识语）························ 810

喻世明言

（喻世明言识语）························ 812

警世阴阳梦

（警世阴阳梦识语）······················ 814

（警世阴阳梦）醒言 ················ 元九　814

魏忠贤小说斥奸书

（魏忠贤小说斥奸书）叙 ······· 盐官木强人　817

（魏忠贤小说斥奸书）自叙 ………… 吴越草莽臣 818
斥奸书说 ………………………… 颖水赤憨 819
斥奸书凡例 ……………………… 峥霄主人 820
（魏忠贤小说斥奸书）叙 ………… 罗刹狂人 822

禅真逸史

（禅真逸史识语） …………………………… 825
题奇侠禅真逸史 ………………… 徐良辅 825
读禅真逸史 ……………………… 傅奕 826
奇侠禅真逸史序 ………………… 诸允修 826
禅真逸史凡例（八条） …………… 夏履先 827

拍案惊奇

（拍案惊奇识语） ………………… 安少云 832
拍案惊奇序 ……………………… 即空观主人 832
拍案惊奇凡例（计五则） ………… 即空观主人 834

禅真后史

禅真后史序 ……………………… 翠娱阁主人 837
禅真后史源流 ……………………………… 838

皇明中兴圣烈传

皇明中兴圣烈传小言 ………………… 乐舜日 841

弁而钗

弁而钗题辞 ………………… 奈何天呵呵道人 843

弁而钗自序 ………………… 醉西湖心月主人 844

弁而钗情奇小引 ………………… 醉西湖心月主人 845

弁而钗情侠小引 ………………… 845

弁而钗情烈小引 ………………… 醉西湖心月主人 846

醋葫芦

(醋葫芦)序 ………………… 醉西湖心月主人 847

醋葫芦说原 ………………… 且笑广主人 848

近报丛谭平虏传

近报丛谭平虏传(序) ………………… 吟啸主人 852

隋炀帝艳史

隋炀帝艳史叙 ………………… 笑痴子 854

目 录

艳史序 ·················· 野史主人 855

艳史题辞 ················ 委蛇居士 856

艳史凡例 ······························· 857

(隋炀帝艳史)总评 ···················· 860

(风流天子传)序 ··········· 集益主人 862

鼓掌绝尘

鼓掌绝尘题辞 ············· 闲户先生 864

鼓掌绝尘叙 ·············· 临海逸叟 865

佳会绝句 ················ 临海逸叟 867

鼓掌绝尘风集 ············· 闲户先生 867

鼓掌绝尘花集 ············· 闲户先生 868

鼓掌绝尘雪集 ············· 闲户先生 869

鼓掌绝尘月集 ············· 闲户先生 869

二刻拍案惊奇

二刻拍案惊奇序 ············ 睡乡居士 872

二刻拍案惊奇小引 ·········· 即空观主人 874

龙阳逸史

龙阳逸史题辞 ························· 876

隋史遗文

隋史遗文序 …………………………………… 吉衣主人 881

一片情

(一片情)序 …………………………………… 沛国摩仙 885

肉蒲团

(肉蒲团)序 …………………………………… 如如居士 887
肉蒲团序 ……………………………………… 倚翠楼主人 889
(肉蒲团)跋 …………………………………… 柳花亭漫叟 890
(民国写春园排印本肉蒲团)识语 …………… 891
(绣像野史奇缘钟情录序) …………… 枕江仙史 895

僧尼孽海

僧尼孽海题词 ………………………………… 唐寅 897

欢喜冤家

欢喜冤家叙 …………………………………… 西湖渔隐主人 899

(龙阳逸史)叙 ………………………………… 程侠 878

目 录

扫魅敦伦东度记

扫魅敦伦东度记序················ 世裕堂主人 902

扫魅敦伦东度记引················ 华山九九老人 903

阅东度记八法·························· 904

开辟衍绎通俗志传

开辟衍绎叙···················· 王黉 906

(开辟衍绎通俗志传)附录乩仙天地判说········ 908

盘古至唐虞传

盘古至唐虞传序················ 钟惺 911

(盘古至唐虞传)跋················ 余季岳 911

有夏志传

有夏传叙···················· 钟惺 914

有商志传

(有商志传序)······················ 916

新列国志

（新列国志识语）······ 叶敬池 918

（新列国志）叙 ······ 可观道人小雅氏 918

（新列国志）凡例 ······ 921

孙庞斗志演义

（孙庞斗志演义）叙 ······ 望古主人 924

（孙庞斗志演义）叙 ······ 戴民主人 925

（孙庞斗志演义）跋 ······ 锦城居士 926

前七国演义叙 ······ 梅鼎 928

七十二朝人物演义

（七十二朝人物演义）叙 ······ 磊道人 930

石点头

（石点头）叙 ······ 龙子犹 933

三教偶拈

（三教偶拈序）······ 东吴畸人七乐生 936

目 录

型世言

（型世言）叙 …………………………… 翠娱阁主人 939

三刻拍案惊奇

惊奇序 …………………………………… 梦觉道人 955

西湖二集

西湖二集序 ……………………………………… 湖海士 958

续西游记

续西游记序 …………………………………… 真复居士 963

西游补

（西游补）序 …………………………………… 嶷如居士 966
西游补答问 …………………………………… 静啸斋主人 968
西游补序 ……………………………………… 天目山樵 971
读西游补杂记 ………………………………………… 972
西游补识语 …………………………………… 病禅 明心子 978

岳武穆尽忠报国传

尽忠报国传叙 …………………… 金世俊 980

尽忠报国传凡例六则 …………… 于华玉 981

梼杌闲评

梼杌闲评卷首总论 …………………………… 984

辽海丹忠录

《辽海丹忠录》序 ……………… 翠娱阁主人 988

玉闺红

《玉闺红》序 …………………… 白眉老人 990

剿闯通俗小说

剿闯小说叙 ……………………… 无竞氏 992
《剿闯通俗小说》记 ……………… 柳亚子 董翁 994
剿闯小史跋 ……………………… 郭沫若 996

醒世姻缘传

醒世姻缘传弁语 ………………… 环碧主人 999

目录

醒世姻缘传凡例 …………………………………… 1000

（醒世姻缘传题识）………………… 东岭学道人 1001

薛家将平西演传

混唐后传序 ………………………………… 钟惺 1004

后水浒传

（后水浒全传序）…………………… 采虹桥上客 1007

今古奇观

（今古奇观序）……………………… 笑花主人 1010

（今古奇观识语）………………… 慎思草堂主人 1013

（今古奇观序）……………………………… 管窥子 1013

鸳鸯针

鸳鸯针序 …………………………………… 独醒道人 1015

枕上晨钟

枕上晨钟叙 ………………………………… 不睡居士 1017

31

金云翘传

（金云翘传）序 …………………… 天花藏主人　1019

醉醒石

醉醒石题辞 ………………………………… 1022
醉醒石跋 …………………………… 江东老蝉　1023

清夜钟

（清夜钟）序 ……………………… 薇园主人　1025

七峰遗编

七峰遗编序 ……………………… 七峰樵道人　1027

新世鸿勋

（新世鸿勋识语） ………………………… 1029
（新世鸿勋）小引 ………………… 蓬蒿子　1029
新史奇观序 ………………………… 申江居士　1031

樵史演义

（樵史演义识语） ………………………… 1032

樵史序 ………………………………… 樵子 1032

无声戏

无声戏序 ………………………………… 伪斋主人 1035
(无声戏题记) ………………………………… 1036

连城璧

连城璧序 ………………………………… 睡乡祭酒 1038

十二楼

(十二楼)序 ………………………………… 钟离睿水 1040

平山冷燕

平山冷燕序 ………………………………… 天花藏主人 1042
(平山冷燕)序 ………………………………… 冰玉主人 1045

玉娇梨

玉娇梨叙 ………………………………… 素政堂主人 1047
(玉娇梨)缘起 ………………………………… 1048
(双美奇缘)序 ………………………………… 海滨居士 1050

续金瓶梅

（续金瓶梅识语）……………………………… 1052

续金瓶梅序 …………………………… 茇隐道人 1052

（续金瓶梅）叙 ……………………… 爱日老人 1053

续金瓶梅集序 ………………………… 西湖钓史 1054

续金瓶梅后集凡例 ……………………………… 1056

续金瓶梅借用书目 ……………………………… 1057

太上感应篇阴阳无字解序 …………… 丁耀亢 1058

太上感应篇阴阳无字解 ……………… 丁耀亢 1059

（金瓶梅续集）叙 …………………… 西爽抱璞翁 1065

闪电窗

（闪电窗）序　读未曾读过书 …… 吴山道人谐野 1067

照世杯

（照世杯）序 ………………………… 吴山谐野道人 1070

宛如约

宛如约序 ……………………………… 卧读生 1073

目 录

赛花铃

（赛花铃识语） …………………………………… 1076

赛花铃题辞 …………………………… 烟水散人 1076

（赛花铃）后序 ……………………… 风月盟主 1077

吕祖全传

（吕祖全传）叶序 ………………………… 叶生 1081

（吕纯阳祖师全传识语） …………………………… 1083

纯阳吕仙传叙 ………………………… 白玉蟾 1083

憺漪子自纪小引 ……………………… 汪象旭 1085

校辨俚说 ……………………………… 憺漪子 1087

（吕纯阳祖师全传跋） ………………… 齐如山 1088

春柳莺

春柳莺序 ……………………………… 挤饮潜夫 1090

（春柳莺）凡例 ………………………… 鹖冠史者 1091

山水情

（山水情序） …………………………… 倬庵主人 1094

35

吴江雪

吴江雪序 …………………………… 顾石城　1095

吴江雪自序 …………………………… 佩蘅子　1096

《吴江雪》全部合评 ……………………………… 1097

水浒后传

（水浒后传识语） ……………………………… 1100

宋遗民原序 …………………………… 古宋遗民　1100

水浒后传序 …………………………… 雁宕山樵　1102

水浒传论略 …………………………… 雁宕山樵　1104

评刻水浒后传序 …………………………… 蔡奡　1117

水浒后传读法 …………………… 金陵憨客野云主人　1120

大唐秦王词话

唐秦王本传叙 …………………………… 陆世科　1138

后七国乐田演义

后七国序 …………………………… 遁世老人　1141

目 录

西湖佳话

〈西湖佳话〉序 ·················· 古吴墨浪子 1146
〈西湖佳话识语〉 ··············· 湖上扶摇子 1147

济颠全传

〈济颠全传〉小引 ················ 香婴居士 1150
〈新镌绣像麹头陀济颠全传跋〉 ······ 心发主人 1152

济颠大师醉菩提全传

济大师醉菩提叙 ················ 天花藏主人 1155
醉菩提序 ······················ 桃花庵主人 1158

十二笑

〈十二笑识语〉 ·················· 1160
笑引 ·························· 墨憨主人 1160

古今列女传演义

列女演义序 ···················· 东海犹龙子 1163

海烈妇传

　　（海烈妇传）叙言 ················· 亦卧庐主人　1167
　　（海烈妇传）凡例 ································ 1168

绣屏缘

　　绣屏缘序 ····························· 弄香主人　1170
　　绣屏缘凡例 ······························· 苏庵　1171

归莲梦

　　归莲梦序 ·· 1174

灯月缘

　　（灯月缘识语）························ 紫宙轩主人　1177
　　题春灯闹序 ··························· 幻庵居士　1177

桃花影

　　（桃花影）跋 ·························· 烟水山人　1180
　　（桃花影跋） ····························· 齐如山　1182

目录

合浦珠

（合浦珠）题辞 ·························· 桃花坞钓叟 1184

合浦珠序 ······························ 烟水散人 1184

梦月楼

（梦月楼序） ·························· 幻庵居士 1187

生绡剪

小说生绡剪弁语 ························ 谷口生 1189

珍珠舶

珍珠舶序 ······························ 烟水散人 1191

醒风流

（醒风流识语） ························ 1193

（醒风流）序 ·························· 崔市道人 1193

飞花咏小传

飞花咏序 ······························ 天花藏主人 1197

锦疑团

锦疑团序 ·················· 天花藏主人　1200

麟儿报

麟儿报序 ·················· 天花藏主人　1203

生花梦

（生花梦序）············ 青门逸史石仓氏　1206

（生花梦跋）························ 齐如山　1208

世无匹

世无匹题辞 ················· 学憨主人　1211

赛红丝

赛红丝序 ·················· 天花藏主人　1213

人间乐

人间乐序 ··················· 锡山老叟　1215

（人间乐序）····················· 古吴子　1217

目录

玉支玑

（玉支玑）序 …………………… 梦庄居士　1219

画图缘

画图缘序 ………………………… 天花藏主人　1221

花田金玉缘序 …………………… 临湖浪迹子　1223

两交婚

续四才子两交婚序 ……………… 天花藏主人　1225

（两交婚）叙 …………………… 墨庄老人　1227

（续四才子）叙 ………………………………… 1228

定情人

定情人序 ………………………… 素政堂主人　1230

梁武帝西来演义

（梁武帝西来演义识语） ……… 绍裕堂主人　1233

梁武帝西来演义序 ……………… 天花藏主人　1233

（西来演义）叙 ………………………………… 1235

41

好逑传

（好逑传）叙 …………………………… 维风老人 1237
侠义风月传序 …………………………… 独忧子 1239

惊梦啼

惊梦啼序 ………………………………… 竹溪啸隐 1242

后西游记

后西游序 ………………………………………… 1244

豆棚闲话

豆棚闲话叙 ……………………………… 天空啸鹤 1247
（豆棚闲话弁语） ………………………… 艾衲居士 1248

快心编

（快心编）原序 ………………………………… 1250
（快心编）凡例 ………………………………… 1251
（快心编）原序 ………………………………… 1253

隔帘花影

　　（隔帘花影序）··················· 四桥居士　1255
　　金屋梦凡例······················ 1257
　　（金屋梦识语）··················· 1259

古今传奇

　　古今传奇序·················· 梦闲子　1261

孤山再梦

　　（孤山再梦识语）················ 爱竹斋　1263
　　（孤山再梦）序·················· 1263
　　孤山再梦序··················· 天放子　1264
　　孤山再梦序··················· 千亩主人　1265
　　孤山再梦序··················· 惊梦主人　1266

空空幻

　　（空空幻序）··················· 梧冈主人　1268

闹花丛

　　（闹花丛叙）··················· 姑苏痴情士　1270

（闹花丛跋）……………………………… 情士 1271

斩鬼传

斩鬼传序 ……………………………… 瓮山逸士 1273

斩鬼传自序 …………………………… 烟霞散人 1275

第九才子书平鬼传序…………………… 黄越 1279

斩鬼传跋 ……………………………… 兼修堂 1280

斩鬼传、平鬼传引言 …………………… 郑振铎 1281

（斩鬼传）跋 …………………………… 献成 1283

东游记

（东游记）原序………………………… 朱鸟逸史 1286

东游妻镜弁言 ………………… 明极想消居士 1288

东去婆禅总评 ………………………… 竹坡笠翁 1292

竹坡评 ………………………………………… 1296

隋唐演义

（隋唐演义）序 ………………………… 褚人获 1299

隋唐演义原序 ………………………… 林瀚 1300

四雪草堂重编隋唐演义发凡…… 四雪草堂主人 1301

三教同原录

同原录序言 …………………… 张继宗 1305

同原录序 …………………………… 性统 1306

同原录序 …………………………… 绎堂 1308

(三教同原录)序言 ……………… 冯勋 1310

(三教同原录)序 ………………… 徐道 1311

凤凰池

(凤凰池识语) ……………………………… 1316

(凤凰池序) …………………… 华茵主人 1316

集咏楼

(集咏楼)序 …………………… 湖上憨翁 1319

台湾外志

(台湾外志)叙 ………………… 彭一楷 1321

(台湾外志)叙 ………………… 郑应发 1322

(台湾外志)自叙 ……………… 江日昇 1324

(台湾外志)例言九则 …………… 谢氏 1325

45

《台湾外记》序 …………………… 陈祈永 1327

《台湾外记》序 …………… 陈祈永 江大兰 1329

（台湾外记序） …………………… 余世谦 1331

（台湾外记序） …………………… 吴存忠 1334

（台湾外记跋） …………………… 初僧 1337

女仙外史

江西南安郡守陈奕禧香泉序言 ……… 陈奕禧 1338

古稀逸田叟吕熊文兆自叙 …………… 吕熊 1340

广州府太守叶旉南田跋语 …………… 叶旉 1342

（女仙外史自跋） …………………… 吕熊 1344

江西学史杨颙念亭评论七则 ………… 杨颙 1345

江西廉使刘廷玑在园品题二十则 …… 刘廷玑 1349

三春梦

《三春梦》序 ……………………………… 1355

说岳全传

《说岳全传》序 …………………… 金丰 1358

醒梦骈言

　　（醒梦骈言）序 ·················· 闲情老人　1360
　　（醒梦骈言跋） ·················· 齐如山　1361

闺阁完人传

　　（闺阁完人传序） ················ 介元居士　1363
　　（闺阁完人传）吴序 ··············· 魏及仁　1363

幻缘奇遇小说

　　（幻缘奇遇小说）叙 ··············· 撮合生　1366

鸳鸯蝴蝶梦

　　鸳鸯蝴蝶梦序 ···················· 天慵子　1368

驻春园

　　驻春园小史序 ···················· 水箬散人　1370
　　（驻春园）开宗明义 ··············· 谢幼衡　1371
　　绣像第十才子驻春园序 ············· 无我生　1374

47

五凤吟

（五凤吟）序 …………………………… 苏潭道人　1377

幻中真

（幻中真）序 …………………………… 天花藏主人　1379

巧联珠

（巧联珠）序 …………………………… 云水道人　1382

（巧联珠跋）…………………………… 齐如山　1383

二刻醒世恒言

（二刻醒世恒言）序 …………………… 芾斋主人　1386

二十一史通俗演义

纲鉴通俗演义序 ………………………… 李之果　1389

纲鉴通俗演义序 ………………………… 吕作肃　1390

（纲鉴通俗演义）凡例 ………………………… 1391

删定纲鉴总论 …………………………………… 1394

（纲鉴廿四史通俗衍义序）……………… 张芬敬　1402

铁花仙史

　　（铁花仙史）序 …………………… 三江钓叟　1404

女开科传

　　（女开科传）引 ……………………… 蠡庵　1406
　　（女开科传跋） ……………………… 蠡庵　1407

后三国石珠演义

　　（后三国石珠演义）序 ……………… 澹园主人　1409

飞花艳想

　　飞花艳想序 …………………………… 樵云山人　1411
　　（梦花想跋） ………………………… 齐如山　1413

莽男儿

　　（莽男儿）叙 ………………………… 姜桂主人　1415

姑妄言

　　（姑妄言）自序 ……………………… 曹去晶　1417

（姑妄言）曹去晶自评 …………………… 曹去晶 1417

（姑妄言）林钝翁总评 …………………… 林钝翁 1418

姑妄言首卷评 …………………………… 林钝翁 1423

雨花香

雨花香自叙 ……………………………… 石成金 1425

雨花香序 ………………………………… 袁载锡 1426

通天乐

通天乐自叙 ……………………………… 石成金 1429

林兰香

（林兰香）序 …………………………… 藤娄子 1431

林兰香丛语（寄旅散人引）………… 寄旅散人 1432

梦中缘

梦中缘叙 ………………………………… 莲溪氏 1436

五色石

（五色石）序言 ………………………… 笔炼阁主人 1438

〈五色石〉序 …………………………… 抚松主人　1440

遍地金

〈遍地金〉序 …………………………… 哈哈道士　1444

八洞天

〈八洞天〉序言 ………………………… 五色石主人　1446

快士传

〈快士传识语〉 ………………………………………… 1449

〈快士传〉序言 ………………………… 五色石主人　1449

东周列国志

〈东周列国志〉序 ……………………… 胡宗文　1452

〈东周列国志〉序 ……………………… 蔡元放　1454

〈东周列国志〉读法 …………………… 蔡元放　1457

说唐演义全传

〈说唐演义〉序 ………………………… 如莲居士　1473

说唐后传

（说唐后传）序 …………………… 鸳湖渔叟 1475

风流悟

（风流悟识语） …………………………… 1478

疗妒缘

鸳鸯会序 …………………… 静怡主人 1479

金石缘

金石缘序 …………………… 静怡主人 1481

金石缘总评 ………………… 日省斋主人 1482

野叟曝言

（野叟曝言）序 ……………… 知不足斋主人 1489

（野叟曝言）凡例 ………………………… 1490

（野叟曝言序） ……………… 西岷山樵 1492

（野叟曝言）凡例 ………………………… 1494

野叟曝言序 ………………… 赏奇室主人 1495

（野叟曝言）凡例 …………………………… 1498

儒林外史

（儒林外史）序 …………………… 闲斋老人 1502

（儒林外史）识语 ………… 潘世恩　潘祖荫 1504

儒林外史跋 …………………………… 金和 1505

（儒林外史识语）………………… 天目山樵 1509

儒林外史序 …………………………… 黄富民 1511

儒林外史又识 ………………………… 黄富民 1512

儒林外史序 ………………………… 惺园退士 1513

齐省堂增订儒林外史例言 ……………………… 1514

（儒林外史题记）……………………… 徐允临 1518

儒林外史评序 ………………………… 黄安谨 1518

（儒林外史评）…………………… 天目山樵 1519

儒林外史题记 ………………………… 华约渔 1523

儒林外史跋 …………………………… 徐允临 1524

儒林外史序 ………………………… 东武惜红生 1525

儒林外史新叙 ………………………… 陈独秀 1527

儒林外史新叙 ………………………… 钱玄同 1530

红楼梦

(乾隆甲戌)脂砚斋重评石头记

 凡例 ····················· 曹雪芹 1548

(脂砚斋重评石头记跋) ········ 刘铨福等 1550

(戚蓼生序本)石头记序 ········ 戚蓼生 1554

(甲辰本红楼梦)序 ············ 梦觉主人 1556

(舒序本红楼梦序) ············ 舒元炜 1559

(程甲本红楼梦)叙 ············ 程伟元 1562

(程甲本红楼梦)叙 ············ 高鹗 1563

(程乙本)红楼梦引言 ······ 程伟元 高鹗 1564

(文畬堂本红楼梦识语) ········ 东观主人 1566

(新镌全部绣像红楼梦序) ······ 张汝执 1567

红楼梦批序 ·················· 王希廉 1568

红楼梦论赞 ·················· 读花人 1570

红楼梦论 ···························· 1599

红楼梦问答 ·························· 1601

红楼梦题词并序 ·············· 周绮 1606

红楼梦总评 ·················· 王希廉 1609

妙复轩评石头记叙 ············ 孙桐生 1621

目 录

妙复轩评石头记跋	忏梦居士	1624
太平闲人红楼梦读法	太平闲人	1625
妙复轩评石头记自记	张新之	1635
附：铭东屏书	铭东屏	1636
妙复轩评石头记序	紫琅山人	1637
妙复轩评石头记序	五桂山人	1638
妙复轩评石头记序	鸳湖月痴子	1640
金玉缘序	华阳仙裔	1642
明斋主人总评	明斋主人	1643
大某山民总评	大某山民	1650
大观园影事十二咏		1656
新译红楼梦序	哈斯宝	1659
新译红楼梦读法	哈斯宝	1663
（新译红楼梦）总录	哈斯宝	1664
（桐花凤阁评红楼梦）吊梦文	桐花凤阁主人	1667
（桐花凤阁评红楼梦跋）	桐花凤阁主人	1669
阅红楼梦记	周春	1670
红楼梦偶得	徐凤仪	1672
红楼梦纪略	青山仙农	1678
红楼梦广义	青山仙农	1682

（红楼梦类索）丛说 ………………………… 姚燮 1711

（红楼梦类索）纠疑 ………………………… 姚燮 1725

（红楼梦考证总评）………………………… 洪秋蕃 1728

读红楼梦杂记 ………………… 愿为明镜室主人 1741

红楼梦竹枝词 ……………………………… 卢先骆 1749

红楼梦赋叙 ………………………………… 何镛 1759

（红楼梦赋自叙）…………………………… 沈谦 1761

红楼梦赋 …………………………………… 沈谦 1762

（清稗类钞·红楼梦）……………………… 徐珂 1791

红楼梦（我以为用"石头记"好些）新叙 ……… 陈独秀 1794

影印乾隆甲戌脂砚斋重评石头记
　的缘起 ………………………………… 胡适 1797

跋乾隆甲戌脂砚斋重评石头记
　影印本 ………………………………… 胡适 1801

（乾隆抄本百廿回红楼梦稿）跋 ………… 范宁 1837

异说反唐全传

（异说反唐全传序）………………………… 如莲居士 1843

异说征西演义全传

重刻征西传叙 …………………………… 恂庄主人 1846

妆钿铲传

妆钿铲传序 …………………… 东阜野史 1848

妆钿铲传序 …………………… 褦襶道人 1849

（妆钿铲传序）………………… 松月道士 1852

（妆钿铲传）圈点辨异 ………………… 1853

（妆钿铲传）跋 ………………………… 1853

绿野仙踪

（绿野仙踪）自序 ……………… 李百川 1856

（绿野仙踪）序 ………………… 侯定超 1858

（绿野仙踪）序 ………………… 陶家鹤 1861

飞龙全传

（飞龙全传）序 ………………… 吴璿 1865

（飞龙全传）序 ………………… 杭世骏 1866

东周列国志辑要

（东周列国志辑要序）…………… 彭元瑞 1869

列国志辑要序 …………………… 杨庸 1870

（东周列国志辑要）凡例 ………………………… 1871

双缘快史

（双缘快史序）………………………… 醒世主人 1874

二度梅奇说

二度梅奇说序 ………………………… 松林居士 1875

水石缘

（水石缘）自叙 ………………………… 李春荣 1877
（水石缘）自序 ………………………… 尚存隐者 1879
水石缘序 ………………………… 秋湖女士 1880
（水石缘）后序 ………………………… 李春荣 1882
（水石缘序） ………………………… 何昌森 1883
（水石缘序） ………………………… 郑朗峰 1884

雪月梅

（雪月梅自序）………………………… 镜湖逸叟 1886
（雪月梅跋）………………………… 董寄绵 1887
雪月梅读法 ………………………… 月岩氏 1888

（义勇四侠闺媛传序）…………… 甘泉伯良氏 1892

歧路灯

（歧路灯）序………………………… 碧圃老人 1894
（歧路灯题识）………………………………… 1897
歧路灯序……………………………… 绿园老人 1899
（歧路灯）序 ………………………… 杨懋生 1901
歧路灯书后…………………………… 张青莲 1902
（歧路灯）序 ………………………… 冯友兰 1904
歧路灯发刊辞………………………… 蔡振绅 1918
洛阳清义堂石印本歧路灯跋 ………… 孙楷第 1920

说呼全传

（说呼全传序）………………………… 滋林老人 1922

英云梦传

（英云梦传）弁言……………………… 扫花头陀 1924

希夷梦

（希夷梦自序）………………………… 汪寄 1927

（希夷梦叙）……………………………………… 吴云北　1928

　　南游两经蜉蝣墓并获希夷梦稿记 …………………　1931

海游记

　　海游记序 ……………………………………… 观书人　1937

离合剑莲子瓶

　　（离合剑莲子瓶序）…………………………… 白叟山人　1939

西湖拾遗

　　西湖拾遗序………………………………………… 陈树基　1941

　　西湖拾遗后序……………………………………… 梅溪氏　1943

娱目醒心编

　　（娱目醒心编）序 ……………………………… 自怡轩主人　1945

北史演义

　　（北史演义）叙 …………………………………… 许宝善　1948

　　北史演义凡例 ………………………………………………　1949

目　录

岭南逸史

（岭南逸史序）……………………… 西园老人　1954
（岭南逸史）序 ……………………… 醉园狂客　1955
（岭南逸史）叙 ……………………… 张器也　1956
（岭南逸史）凡例 …………………………………… 1958
赋序黄生三奇遇古风 ………………… 李梦松　1960

南史演义

南史演义序…………………………… 许宝善　1963
（南史演义）凡例 …………………………………… 1964

鬼谷四友志

鬼谷四友志序………………………… 杨澹游　1967
鬼谷四友志凡例 ……………………………………… 1968

绣戈袍全传

（真倭袍）序 ………………………… 蒋茗生　1973

草木春秋演义

（草木春秋演义）自叙 ……………… 云间子　1975

警富新书

警富新书序 …………………………… 敏斋居士 1977

绣鞋记警贵新书

绣鞋记全传序 ………………………… 子虚居士 1979
(绣鞋记)跋 …………………………… 沧浪隐士 1980
(绣鞋记)题词 ………………… 罗浮山下烟露客等 1980

后红楼梦

(后红楼梦)序 ………………………… 逍遥子 1983
(后红楼梦)序 ………………………… 林栖居士 1984
(后红楼梦)原序 ……………………………… 1985
(后红楼梦)题词 ………… 白云外史 散华居士 1986
后红楼梦凡例 ………………………………… 1987

粉妆楼

(粉妆楼序) …………………………… 竹溪山人 1990

合锦回文传

璇玑图叙 ……………………………… 武则天 1992

续红楼梦

（续红楼梦）序 ……………………… 郑师靖 1995

（续红楼梦题词） ……………………… 谭濚 1996

续红楼梦弁言 ……………………… 秦子忱 1996

（续红楼梦题词） ……………………………… 1997

续红楼梦凡例 ……………………………… 1998

于公案奇闻

于公案奇闻序 ……………………………… 2001

何典

（何典）序 ……………………… 太平客人 2004

（何典）序 ……………………… 过路人 2005

（何典）跋 ……………………… 海上餐露客 2006

关于何典的再版 ……………………… 刘复 2007

何典题记 ……………………… 鲁迅 2008

为刘半农题记何典后作 ……………………… 鲁迅 2010

（何典）序 ……………………… 林守庄 2014

重印何典序 ……………………… 刘复 2018

63

蟫史

蟫史序························ 小停道人 2023

（蟫史序）······················ 杜陵男子 2024

五虎平西前传

（五虎平西前传）序················· 2028

（五虎平西前传）序················· 2029

五虎平南狄青后传

（五虎平南狄青后传）叙········ 小琅环主人 2031

新编虞宾传

新编虞宾传序··············· 古吴协君氏 2034

瑶华传

（瑶华传）序···················· 冯瀚 2037

（瑶华传）序··················· 张兆鹏 2037

（瑶华传）自序·················· 丁秉仁 2039

（瑶华传）弁言·················· 尤凤真 2041

（瑶华传）跋 ················· 周永保 2043

婆罗岸全传

　　（婆罗岸）叙 ················· 圆觉道人 2046

蜃楼志

　　蜃楼志小说序 ················· 罗浮居士 2048

常言道

　　常言道序 ··················· 西土痴人 2050

续红楼梦

　　续红楼梦弁言 ················· 海圃主人 2052

绮楼重梦

　　（绮楼重梦）叙 ··················· 2056

附

　　第一回　警幻仙追述红楼梦　月下老重结
　　　　金锁缘 ······················· 2057
　　第四十八回　圆大梦贾府成婚　阅新书或

人问难……………………………………………… 2058

红楼复梦

（红楼复梦）序……………………… 陈诗雯 2065
（红楼复梦）自序…………………… 少海氏 2066
（红楼复梦）凡例……………………………… 2067

痴人福

（痴人福识语）……………………… 梅石山人 2072

白圭志

（白圭志）序………………………… 晴川居士 2074
（白圭志）凡例……………………………… 2075

玉蟾记

（玉蟾记）序………………………… 种柳主人 2078
（玉蟾记）叙………………………… 恬澹人 2079
（玉蟾记）题词……………………… 种兰居士等 2080
（玉蟾记跋）………………………… 芸樵外史 2082

雷峰塔奇传

（雷峰塔奇传）序 …………………… 吴炳文 2084

（绣像雷峰塔全传）序 ………………… 吴炳文 2086

雷峰塔序 …………………………… 醉花仙尉 2088

结水浒传

（结水浒传）序 …………………… 古月老人 2089

俞仲华先生荡寇志序 ………………… 陈奂 2090

（结水浒传）序 …………………… 徐佩珂 2091

荡寇志缘起 ………………………… 忽来道人 2093

（荡寇志按语）……………………… 俞龙光 2094

（荡寇志缘起）……………………… 俞万春 2095

荡寇志序 …………………………… 徐佩珂 2098

重刻俞仲华先生荡寇志叙 ………… 东篱山人 2100

（荡寇志识语）……………………… 俞焴 2101

（荡寇志）续序 ……………………… 俞龘 2102

荡寇志续序 ………………………… 半月老人 2106

续刻荡寇志序 ……………………… 钱湘 2108

荡寇志跋 ………………………… 镜水湖边老渔 2110

万花楼演义

万花楼演义叙 …………………………… 李鹤堂 2113

龙图刚峰公案合编

龙图刚峰公案合编叙 ………………… 云崖主人 2116

双凤奇缘

昭君传序 ………………………………… 雪樵主人 2118

双凤奇缘序 ……………………………… 古溪主人 2119

(双凤奇缘图序) ………………………… 饶云凤 2120

四游记

(四游记)序 ……………………………… 明轩主人 2122

听月楼

听月楼序 ……………………………………………… 2125

海公大红袍全传

大红袍序 ………………………………………… 李春芳 2127

目 录

红袍传小引……………………………… 李春芳 2128

红楼圆梦

红楼圆梦楔子……………………………… 2129

红楼圆梦序……………………………… 六如裔孙 2130

天豹图

（天豹图）序……………………………… 三影张氏 2132

补红楼梦

（补红楼梦识语）……………………………… 2134

补红楼梦叙……………………………… 嫏嬛山樵 2134

红楼觉梦

红楼觉梦弁词……………………………… 2137

飞跎全传

（飞跎全传）序……………………………… 一笑翁 2139

镜花缘

镜花缘序……………………………… 许乔林 2141

69

镜花缘序 …………………………… 洪棣元 2142

（镜花缘序） …………………………… 麦大鹏 2144

（镜花缘像）自序 …………………… 谢叶梅 2145

镜花缘题词（一百韵） ………… 讱斋孙吉昌等 2146

镜花缘图像叙 ……………………… 王韬 2158

题镜花缘后 ………………………………… 2160

西湖小史

西湖小史序 …………………………… 李荔云 2162

红楼梦补

（红楼梦补）序 …………………… 犀脊山樵 2164

红楼梦补序 …………………………… 归锄子 2165

（红楼梦补）叙略 …………………………… 2166

增补红楼梦

（增补红楼梦）叙 …………………… 槐眉子 2170

（增补红楼梦）叙 …………………… 讷山人 2171

（增补红楼梦）自叙 …………………… 娜嬛山樵 2172

增补红楼梦题词 ………………… 九畹农夫等 2173

目 录

争春园

争春园全传叙 ················· 寄生氏 2176

善恶图全传

善恶图序 ················· 浮槎使者 2178

后宋慈云走国全传

（后宋慈云走国全传）叙 ················· 2180

换夫妻

（谐佳丽序） ················· 2182

欢喜浪史

（欢喜浪史序） ················· 2183

碧玉楼

碧玉楼原序 ················· 2184

浓情秘史

（浓情秘史序） ················· 2185

风月鉴

（风月鉴序）·················· 爱存氏 2186
（风月鉴跋）·················· 方钰 2187

施公案

施公案序······················ 2189

清风闸

（清风闸序）·················· 梅溪主人 2192

三分梦

（三分梦题词）················ 缪艮 黎成华 2194
（三分梦）序·················· 潇湘仙史 2195
（三分梦凡例）················ 2195

平闽全传

（平闽全传）叙················ 2199

三续金瓶梅

（三续金瓶梅）自序············ 讷音居士 2201

（三续金瓶梅）小引 ················· 务本堂主人 2202

载阳堂意外缘

绣像载阳堂意外缘辩················· 秋斋 2205
（绣像载阳堂意外缘）序 ············· 龚晋 2206

末明忠烈奇书演传

忠烈奇书序 ·························· 2208

忠孝勇烈奇女传

（忠孝勇烈奇女传）序 ··············· 修庆氏 2211
忠孝勇烈奇女传辞 ···················· 2212
忠孝勇烈奇女传跋 ··············· 周汇淙 2214
忠孝勇烈奇女传序 ················ 刘芳 2216
贞德公主忠孝勇烈传序 ··········· 任从仁 2219

绿牡丹

（绿牡丹）叙 ························ 2223
（绣像反唐绿牡丹）序 ················ 2224

海公小红袍全传

（大明绣像小红袍全传）叙 ············ 铁崖外史 2226

如意君传

陈天池第一快活奇书序 ·············· 徐璈 2229

陈天池如意君传序 ·············· 刘象恒 2231

如意君传序 ·············· 田秌 2233

第一快活奇书序 ·············· 卢联珠 2235

陈可泉无恨天传奇序 ·············· 刘作霖 2238

如意君传自序 ·············· 陈天池 2240

梅兰佳话

（梅兰佳话）序 ·············· 赵小宋 2244

白鱼亭

（白鱼亭）叙 ·············· 黄瀚 2246

大明正德皇游江南传

（游龙幻志序） ·············· 黄逸峰 2249

（游江南序）……………………… 何梦梅 2249

五美缘

五美缘全传叙……………………… 寄生氏 2252

红楼幻梦

（红楼幻梦）叙……………………… 花月痴人 2254

升仙传

升仙传弁言……………………… 倚云氏主人 2256

二刻泉潮荔镜奇逢

荔镜传叙……………………………… 2258

风月梦

（风月梦）自序……………………… 邗上蒙人 2260

阴阳斗异说传奇

阴阳斗序……………………………… 2262

品花宝鉴

品花宝鉴题词 ················· 卧云轩老人 2264
（品花宝鉴）序 ················ 幻中了幻居士 2264
品花宝鉴序 ····················· 石函氏 2266

云锺雁三闹太平庄全传

（云锺雁全传）序 ················ 珠湖渔隐 2270
（大明奇侠传）叙 ················ 张佩芝 2271

北魏奇史闺孝烈传

（闺孝烈传）序 ··················· 槑道人 2273

儿女英雄传

（儿女英雄传）序 ················· 马从善 2275
（儿女英雄传）弁言 ············· 东海吾了翁 2276
儿女英雄传评话（初名正法眼藏五十三参）
　原载序文 ···················· 观鉴我斋 2277

烈女惊魂传

（烈女惊魂传）叙 ··················· 小楼氏 2283

施公案后传

（施公案后传序）……………………………… 2285
新刊绣像全图施公案后传序 ……… 文光主人 2286

三公奇案

新编绘图三公奇案序 ……………… 珊梅居士 2288

八续施公案

（八续施公案）叙 ………………… 文宜书局主人 2290

十续施公案

（十续施公案）序 ………………… 文宜书局主人 2292

明月台

明月台序 ……………………………… 翁桂 2293
明月台自序 …………………………… 烟水散人 2296
明月台题词 …………………………… 张仁榘等 2297

快心录

快心录自序 …………………………… 山石老人 2314

快心录序 …………………………… 小苍山房　2314

红楼梦影

　　红楼梦影序 …………………………… 西湖散人　2316

瓦岗寨演义

　　瓦岗寨演义序 ………………………… 梁朗川　2319

雅观楼

　　（雅观楼题词）………………………… 竹西逸史　2321

群英杰

　　群英杰后宋奇书叙 …………………… 瀛园旧主　2323

忠烈全传

　　绣像忠烈传（序）……………………… 戏笔主人　2325

锋剑春秋

　　锋剑春秋序 …………………………… 四和氏　2328
　　锋剑春秋序 …………………………… 黄淦　2329

宋太祖三下南唐

　　（宋太祖三下南唐）序 …………………………… 2331

花月痕

　　花月痕前序 …………………………… 眠鹤主人 2334
　　（花月痕）后序 ………………………… 眠鹤道人 2335
　　（花月痕）题词 ………………………… 栖霞居士 2337
　　（花月痕）题词 ………………………… 弱水渔郎 2338
　　（花月痕）题词 ………………………… 谢枚如等 2340
　　（花月痕）评语 ……………………… 符雪樵（兆纶） 2341
　　栖梧花史小传 ………………………… 定香主人 2341

绣云阁

　　绣云阁序 …………………………………… 拂尘子 2344
　　重刊绣云阁序 ……………………………… 虚明子 2345

俗话倾谈

　　（俗话倾谈）自序 ………………………… 邵彬儒 2348

后唐奇书莲子瓶演义传

后唐奇书莲子瓶序……………………………… 2350

梦红楼梦

三妙传序………………………………………… 2352

一层楼

一层楼序………………………… 奇渥温氏景山 2354

玄空经

(玄空经序)……………………………… 海曲居士 2356
(玄空经)题记…………………………… 海筹 2357
(玄空经)自序…………………………… 吴中介士 2358

金台全传

(绘图金台全传)序…………………… 王树棠 2360
(绘图金台全传序)…………………… 瘦秋山人 2360

铁冠图

忠烈奇书序……………………………………… 2363

绘芳录

（绘芳录）序 ················· 竹秋氏 2366

二奇合传

删定二奇合传叙 ················· 芸香馆居士 2367

三侠五义

侠义传序 ················· 石玉昆 2370

（忠烈侠义传）序 ················· 退思主人 2372

（忠烈侠义传）序 ················· 入迷道人 2373

重编七侠五义传序 ················· 俞樾 2374

今古奇闻

（今古奇闻）序 ················· 王寅 2378

古今奇闻序 ················· 醉犀生 2380

青楼梦

青楼梦序 ················· 金湖花隐 2382

青楼梦叙 ················· 邹弢 2383

宋史奇书

〈宋史奇书〉序 ·················· 潊兰居士 2388

〈宋史奇书〉序 ·················· 宾红阁外史 2389

武则天四大奇案

〈绘图武则天四大奇案〉序 ············ 警世觉者 2392

忠烈小五义

小五义序 ····················· 文光楼主人 2394

〈小五义叙〉 ···················· 知非子 2395

〈小五义序〉 ···················· 庆森 2395

小五义辨 ····················· 风迷道人 2396

续小五义

总序 ······················· 广百宋斋主人 2399

增像三续忠烈侠义传序 ············· 郑鹤龄 2399

〈续小五义〉叙 ··················· 伯寅氏 2401

续侠义传

侠义传评赞 ························· 2403

白牡丹全传

白牡丹小序…………………………… 柱石氏 2409

永庆升平全传

（永庆升平全传序）………………… 洗心主人 2411
（永庆升平全传序）………………… 郭广瑞 2412
（永庆升平全传）序………………… 周泽民 2412
（永庆升平全传序）………………… 樊寿岩 2413

永庆升平后传

续永庆升平叙………………………………… 2416
绣像绘图永庆升平后传序 ………… 龙友氏 2417
（续永庆升平）序 ………………… 贪梦道人 2418

彭公案

（彭公案）叙 ……………………… 张继起 2421
（彭公案）序 ……………………… 孙寿彭 2422
（彭公案）自序 …………………… 贪梦道人 2423
彭公案续刊重序 …………………… 心耕氏 2423

续彭公案

(续彭公案序) ·············· 采香居士 2427

(续彭公案叙) ·························· 2428

(续彭公案序) ·························· 2428

全续彭公案

(全续彭公案)序 ·············· 朱蔚彤 2430

七续彭公案

(绣像七续彭公案)弁言 ·········· 张逸 2431

八续彭公案

(八续彭公案)出版说明 ············ 2435

七真祖师列仙传

新刊七真因果传序 ············ 黄永亮 2436

重刻七真祖师列仙传序 ······ 濮炳增 杨明法 2437

重刻七真列仙传序 ············ 回道人 2439

七真祖师宝诰 ·············· 周祖道 2440

海上花列传

（海上花列传识语）……………… 花也怜侬 2442

（海上花列传）跋 ……………… 花也怜侬 2442

海上花列传例言 ………………………… 2445

龙凤配再生缘

（再生缘）序 …………………………… 2449

续今古奇观

（续今古奇观）序 ……………… 瀛园旧主 2451

昙花偶见传

（昙花偶见传序）……………… 劳孝光 2453

昙花偶见记 …………………… 栖霞山人 2454

（昙花偶见传）说 ……………… 扶风梦梦子 2455

（昙花偶见传）弁言 …………… 扶风孟子 2456

（昙花偶见传）论 ……………… 扶风仲氏 2458

（昙花偶见）诗 ………………… 扶风卓纫氏 2459

汪秋华女仙降坛自述 …………… 汪秋华 2460

汪秋华女仙降坛诗……………………汪秋华 2460

汪秋华女仙咏荔堤园十景并序………汪秋华 2462

汪秋华女仙咏杨溪十景序并诗一首…汪秋华 2464

（昙花偶见传）凡例……………………何有白屋樵豪 2465

巧奇冤

巧奇冤叙………………………………诵芬氏 2468

蜃楼外史

蜃楼外史序……………………………小万古楼寓公 2469

台湾巾帼英雄传

（台湾巾帼英雄传）序…………………竹隐居士 2471

（台湾巾帼英雄传）自序………………伴佳逸史 2472

熙朝快史

熙朝快史序……………………………西泠散人 2474

玉燕姻缘全传

玉燕姻缘传序…………………………沪北俗子 2476

金钟传

三教序 ················· 忘俗老人 2478

(金钟传)序 ················· 箪瓢主人 2479

(金钟传)序 ················· 自非道人 2480

(金钟传题词) ········· 苦竹老人 克明子 2481

(金钟传)跋 ················· 正一子 2482

(金仲传)跋 ················· 绝尘子 2483

扫荡粤逆演义

(扫荡粤逆演义)叙 ············ 遭劫馀生 2486

(湘军平逆传)序 ············ 王鸣藻 2487

仙卜奇缘

绘图仙卜奇缘全传序 ············ 吴毓恕 2489

续儿女英雄传

(续儿女英雄传自序) ············ 无名氏 2491

四大金刚奇书

(海上名妓四大金刚)题识 ········ 抽丝主人 2493

87

（海上名妓四大金刚）序 …………………… 2493

附录：启事

绘图海上名妓四大金刚奇书出售 …………… 2495

续集海上名妓四大金刚奇书出售 … 抽丝主人 2495

评演济公传

评演济公传序 ……………… 得古欢室主人 2497

评演后部济公传

（评演后部济公传序）…………………… 翰臣氏 2499

林文忠公中西战纪

（林文忠公中西战纪）序 …………………… 2501

平金川

（平金川序）…………………………… 惜馀馆主 2503

七星六煞征南传

（七星六煞征南传叙）………………… 西湖渔隐 2505

目 录

南朝金粉录

南朝金粉录原序 ················ 绿柳城郭山人 2507

海天鸿雪记

(海天鸿雪记)序 ················ 茂苑惜秋生 2509

海天鸿雪记题词 ···················· 绮盦 2512

海天鸿雪记题辞 ························· 2512

海天鸿雪记纪事补遗诗 ················· 2513

海天鸿雪记出售广告二则 ··············· 2514

跻春台

新镌跻春台序 ······················ 林有仁 2517

七剑十三侠

(七剑十三侠序) ···················· 江文蒲 2519

七剑十三侠续集

(七剑十三侠续集识语) ········ 有正书局主人 2521

(七剑十三侠续集)序 ············· 月湖渔隐 2521

七剑十三侠三集

（七剑十三侠三集）序 ················ 月湖渔隐 2524

仙侠五花剑

仙侠五花剑序 ···················· 狎鸥子 2526

仙侠五花剑说部题词 ········· 周忠鋆 黄鞠贞 2528

续七侠五义

续七侠五义序 ······················ 程芎 2531

萤窗清玩

（萤窗清玩著者后人致商务印书馆函）········ 2533

中东大战演义

（中东大战演义）自序 ·············· 洪兴全 2535

泪珠缘

泪珠缘弁言一　思量我生 ············ 何春旭 2537

泪珠缘弁言二　移赠有情 ············ 何春旭 2541

泪珠缘题词 …………………… 何春楸等 2546

泪珠缘楔子 …………………… 天虚我生 2548

泪珠缘书后一 ………………… 金振铎 2553

泪珠缘书后二 ………………… 梦石氏 2559

泪珠缘书后三 ………………… 汪大可 2562

泪珠缘自跋 …………………… 天虚我生 2568

泪珠缘题跋 …………………… 周之盛 2571

野草闲花臭姻缘

(野草闲花臭姻缘)序 ………… 月湖渔隐 2573

宜兴奇案双坛记

新出宜兴奇案双坛记序 ……… 山左督学使者 2575

查潘斗胜全传

新编查潘斗胜全传序 ………… 白芙奇叟 2577

李公案奇闻

(李公案奇闻)序 …………… 劳德士 张士同 2579

李公案奇闻序 ………………… 恨恨生 2580

新中国未来记

（新中国未来记）绪言……………………梁启超　2583

瑞士建国志

政治小说瑞士建国志序………………赵必振　2586

校印瑞士建国志小引…………………李继耀　2587

万国演义

万国演义序……………………………沈惟贤　2590

万国演义序……………………………高尚缙　2591

（万国演义）凡例………………………………2593

官场现形记

官场现形记序…………………………茂苑惜秋生　2595

官场现形记序…………………………忧患馀生　2599

官场现形记序…………………………迟云　2601

官场现形记出书预告三则………………………2605

官场现形记序…………………………胡适　2607

文明小史

（文明小史）叙引 …………………… 阿英 2627

二十年目睹之怪现状

二十年目睹之怪现状序 ………………… 石庵 2640
二十年目睹之怪现状总评 ………………………… 2641

痛史

痛史叙 ………………………………… 吴研人 2643
痛史跋 ………………………………… 残夫 2645

老残游记

老残游记自序 ………………… 洪都百炼生 2646
读老残游记感言 ………………… 钱启猷 2648
老残游记续集自序 …………… 鸿都百炼生 2650

孽海花

（孽海花）修改后要说的几句话 …… 东亚病夫 2653
（孽海花广告四则） ……………………… 2660

胡雪岩外传

　　〈胡雪岩外传〉序……………………浙东市隐　2662

海上繁华梦

　　〈海上繁华梦〉序……………………警梦痴仙　2665
　　海上繁华梦初集序……………………拜颠生　2666
　　海上繁华梦初集题词……情天觉梦人　曾经沧海客　2668
　　海上繁华梦题辞…………周忠鋆　古渝狎鸥子　2669

女狱花

　　〈女狱花〉叶女士序……………………沧桑客　2672
　　〈女狱花〉俞女士序……………………俞佩兰　2673
　　〈女狱花跋〉………………………………罗景仁　2674

女娲石

　　〈女娲石〉序……………………………卧龙浪士　2677
　　〈女娲石〉凡例…………………………………　2679

海上尘天影

　　海上尘天影叙……………………………王韬　2681

海上尘天影珍锦 ················· 苏瑗 2684

海上尘天影题词 ················· 樵云山人等 2691

海上尘天影缘根 ················· 司香旧尉 2693

城南草堂主人许幻园稿 ············ 许幻园 2698

寄幽贞馆主人书 ················· 司香旧尉 2699

辽天鹤唳记

辽天鹤唳记叙 ··················· 贾生 2702

美人魂

(美人魂序) ···················· 田铸 2704

(美人魂自序) ·················· 孙金易 2704

廿载繁华梦

廿载繁华梦小说序 ··············· 赖应钧 2706

(廿载繁华梦)序 ················ 岑学吕 2708

(廿载繁华梦)序 ················ 晏殊庵主 2709

(廿载繁华梦)凡例 ·············· 黄小配 2712

(廿载繁华梦)弁言 ·············· 黄小配 2717

(廿载繁华梦)广告两则 ················ 2719

95

廿载繁华梦小引 …………………………………… 2720

洪秀全演义

洪秀全演义序 ………………………………… 章炳麟 2722

（洪秀全演义）自序 …………………………… 黄小配 2723

（洪秀全演义）例言 …………………………………… 2726

五使瀛环略

五使瀛环录总序 ……………………… 小新民爱东氏 2733

苦社会

（苦社会）叙 ………………………………… 漱石生 2735

瓮金梦

瓮金梦自序 …………………………………… 湖州现愚 2737

情天恨

（情天恨识语）……………………………………… 顽石 2738

官世界

（官世界）序 …………………………………… 潜虬 2740

目 录

（官世界）自序 …………………… 蜀冈蠖叟 2741

兰花梦奇传

（兰花梦奇传）小引 ……………… 秋帆 2745

兰花梦奇传（序） ………………… 烟波散人 2746

泡影录

（泡影录）弁言 …………………… 儒冠和尚 2748

（泡影录）题辞 ………… 诸葛知白 古吴铁骨 2748

闺中剑

家庭小说闺中剑（原名普如堂课子记）弁言 ………… 2750

（闺中剑跋） ……………………… 沪滨散人 2751

（闺中剑跋） ……………………… 盲道人 2752

糊涂世界

（糊涂世界）序 …………………… 茂苑惜秋生 2754

精禽填海记

（精禽填海记）编辑大意 ………… 沁梅子 2757

97

赠履奇情传

　　（赠履奇情传）序 …………………… 惜蒔居士　2761

邹谈一噱

　　（邹谈一噱）叙 ……………………… 蛰园氏　2763
　　（邹谈一噱识语） ……………………… 启文社主　2764
　　（邹谈一噱）跋 ………………………… 汪鉴　2764

禽海石

　　言情小说禽海石弁言……………………… 符霖　2766

医界现形记

　　（医界现形记序） ……………………… 陈道庵　2768
　　（医界现形记）小引 …………………… 闻尧氏　2769

彭刚直公奇案

　　（社会小说彭刚直公奇案出版广告）………… 2771

两晋演义

　　两晋演义序 …………………………… 我佛山人　2772

立宪镜

立宪镜作意问答 …………………………………… 2776

梦平鬼奴记

（梦平鬼奴记）弁言 …………………… 仙源苍园 2778

（梦平鬼奴记跋）…………………………………… 2779

海外扶馀

海外扶馀序 ………………………………………… 2780

海上魂

（海上魂）绪言 …………………………………… 2783

罂粟花

（罂粟花）弁言 ………………………… 观我斋主人 2785

雌蝶影

雌蝶影重印缘起 ………………………………… 须弥 2787

上海游骖录

(上海游骖录自跋)·················· 吴趼人 2789

冷国复仇记

(冷国复仇记)序言················ 林下老人 2790
(冷国复仇记)引子················ 守白 2791

海外奇缘

(海外奇缘序)···················· 梅如 2793

新水浒

新水浒序······················ 谢亭亭长 2795

闺门秘术

(闺门秘术)序···················· 月湖渔隐 2797

中外三百年之大舞台

中外三百年之大舞台序················ 啸庐 2799

家庭现形记

家庭现形记弁言 .... 仙源苍园 2802

焚瑟怨

最新苦情小说焚瑟怨出版广告 2803

后官场现形记

后官场现形记序 .... 冷泉亭长 2804

（后官场现形记）题词 .... 滨江陶报癖 2805

云南野乘

（云南野乘）著者附白 .... 吴趼人 2806

新茶花

题新茶花第二楼武林林小影 .... 汪僻 2807

言情小说奇遇记

（言情小说奇遇记）原序 2809

小额

(小额)序 ……………………………… 杨曼青 2811

(小额)序 ……………………………… 漠南德洵少泉 2812

(小额)题词 …………………………… 绿堂吟馆 2813

幻梦奇冤

(幻梦奇冤)歌词 ……………………… 支那保黄人 2817

(幻梦奇冤序) ………………………… 田铸 2817

新列国志

西史小说新列国志序 …………………………… 2819

蜗触蛮三国争地记

(蜗触蛮三国争地记)题辞 ……… 牛角挂书客 2821

蜗触蛮三国争地记序 ……………… 蜗庐寄居生 2821

蜗触蛮三国争地记跋 ……………… 㐲虫长民 2822

金凤

(金凤)题辞 …………………………………… 2825

新镜花缘

新镜花缘作意述略 …………………… 啸庐 2826

宦海潮

宦海潮叙文 …………………………… 黄小配 2828
宦海潮凡例(十四则) ………………………… 2829

大马扁

(大马扁)序 …………………… 吾庐主人梭功氏 2834

五日缘

(五日缘)叙 …………………… 古瀛鉴余 2837
(五日缘)叙 …………………………… 梦兰 2838
(五日缘)例言 ………………………………… 2839
(五日缘)题辞 ………………… 吴门悝悝子等 2840

花柳深情传

花柳深情传自序 …………………………… 詹熙 2844

蓝桥别墅

（蓝桥别墅）序 ·················· 幼泉氏 2847

断肠草

改良小说社新出小说（断肠草）广告 ········· 2849

地府志

地府志序 ····················· 王庆寿 2850

医界镜

（医界镜）序 ······················ 2852

（医界镜）小引 ············· 儒林医隐主人 2853

九尾狐

（九尾狐）序 ················· 灵岩山樵 2854

金莲仙史

金莲仙史原序 ··················· 潘昶 2856

（金莲仙史）跋 ················· 常宝子 2858

学堂笑话

（学堂笑话上集自识）·················· 2860
（学堂笑话上集冷眼评）·········· 冷眼 2861
（学堂笑话上集冷眼读）·········· 冷眼 2862
（学堂笑话下集自识）·················· 2865
（学堂笑话下集冷眼评）·········· 冷眼 2866
（学堂笑话下集冷眼读）·········· 冷眼 2867

黑海钟

社会小说黑海钟初编绪言·········· 田铸 2871

侠义佳人

（侠义佳人自序）············ 问渔女史 2873

中国之女铜像

（中国之女铜像识语）················ 2875

商界现形记

（商界现形记序）············ 天赘生 2876

情天劫

关于自由结婚二题 …………………… 高吹万 2878

苏小小

女界小说苏小小出版预告 ……… 一帆游天涯客 2881

致富术

（致富术）缘起 ……………………………………… 2882

两头蛇

（两头蛇自序）…………………………… 张其切 2883
（两头蛇跋）……………………………………… 2883

鬼国史

（鬼国史序）……………………………… 江剑秋 2885

新三国义侠传

新三国义侠传序 ………………………… 孟叔任 2887
（新三国义侠传）开端 ………………… 陆士谔 2888

目 录

新中国之伟人

（新中国之伟人篇末）……………… 苍园 2890

美人计

（美人计自序）………………… 浣花主人 2891

风流道台

风流道台序…………………… 李友琴 2893

女总会

特别女总会小说序…………………… 2895

新水浒

新水浒序 ………………… 陆士谔 2897
新水浒总评………………… 李友琴 2898

夜花园之历史

夜花园之历史序……………… 经天略 2901

红楼梦逸编

（红楼梦逸编）引言 …………………………………… 2905

新孽海花

新孽海花序 ………………………………… 李友琴 2906

最新女界鬼蜮记

最新女界鬼蜮记序 ………………………… 何穉仁 2908

（最新女界鬼蜮记跋） ……………………… 新阳蹉跎子 2910

双拐奇案

醒世小说双拐奇案弁言　缘起 … 古之伤心人 2912

军界风流案

（军界风流案识语） ………………… 改良小说社 2914

社会小说军界风流案序 …………… 梦天天梦生 2914

新七侠五义

新七侠五义叙 …………………………… 平陵浊物 2917

（新七侠五义）弁言 ……………… 平陵浊物　2919

新西游记

　（新西游记）弁言 ………………… 冷血　2922

宦海升沉录

　宦海升沉录序 ……………………… 黄耀公　2924

东京梦

　（东京梦）序 ……………………… 危澜楼主人　2927
　题东京梦六绝 ……………………… 危澜楼主人　2929
　读东京梦感题六绝 ………………… 湘叶楼主人　2930

闽都别记

　（闽都别记序） …………………… 藕根居士　2931

北京新繁华梦

　（北京新繁华梦自序） …………… 侣兰阁　2933
　（北京新繁华梦序） ……………… 昔溪不梦子　2934

雍正剑侠奇案

雍正侠义奇案序 ·················· 冯煮 2936

雍正剑侠奇案自叙 ················ 澹秋生 2938

(雍正剑侠奇案)题词 ·············· 方寿祺等 2939

(雍正剑侠奇案)缘起 ·············· 澹秋生 2941

滑头吊膀子

(滑头吊膀子跋) ···················· 2945

满洲血

(满洲血)序言 ·················· 平江朱引年 2946

五续七侠五义

(五续七侠五义)序 ················ 阳湖饮剑生 2948

新西湖佳话

(新西湖佳话)序 ·················· 情囚 2950

情变

(情变按语) ························ 2952

最近官场秘密史

（最近官场秘密史自序）·················· 天公 2953

七载繁华梦

七载繁华梦序·················· 王伯庸 2955

（七载繁华梦自序）·················· 纪佩氏 2956

（七载繁华梦）例言·················· 2957

苏州繁华梦

苏州繁华梦自序·················· 天梦 2960

苏州繁华梦序言·················· 冷心肠人 2960

和尚现形记

（和尚现形记）序·················· 古盐补留生 2962

近十年之怪现状

（近十年之怪现状）自序·················· 吴趼人 2964

续镜花缘

（续镜花缘序）·················· 顾学鹏 2967

续镜花缘全编序 …………………… 胡宗瑱 2968

（续镜花缘）自序 …………………… 琴珊氏 2969

花有泪

（花有泪）叙文 ……………………… 郑梦湘 2971

题花有泪小说（七绝）………………………… 2974

读花有泪传有感（并序）……………… 邓景枚 2975

题花有泪集（七绝三首并序）……… 梦湘女史 2976

题花有泪集（七律并序）…………… 留荫主人 2977

吴三桂演义

吴三桂演义自序 ………………………………… 2980

（吴三桂演义）凡例 …………………………… 2981

（吴三桂演义）题诗 …………………………… 2985

曼殊花

（曼殊花跋）………………………………… 弱 2987

欢喜缘

（欢喜缘题记）………………………………… 2989

目 录

带印奇冤郭公传

（带印奇冤郭公传）叙文 ………… 也是道人 2990
（带印奇冤郭公传）凡例 ……………………… 2992
（带印奇冤郭公传）后序 ………… 亦禅子 2994
（带印奇冤郭公传）诗文小序 ……… 王国宾 2995
（带印奇冤郭公传）原序 ……… 寻梅山房主人 2997

神州光复志演义

（神州光复志演义）自叙 ………… 听涛馆主人 3000
（神州光复志演义）序 …………………… 朱瑞 3001
（神州光复志演义）序 ………………… 蒋尊簋 3003
（神州光复志演义）序 …………………… 孙壬 3005
（神州光复志演义）序 …………………… 吴斌 3007
（神州光复志演义）序 ………………… 宋学源 3009
（神州光复志演义）叙 ………………… 诸季子 3011
（神州光复志演义）序 ………………… 施心谷 3012
（神州光复志演义）凡例 ……………………… 3014

上下古今谈

（上下古今谈）序 ………………… 谈天老人 3018

（上下古今谈）重印后序……………… 吴敬恒　3021

书名索引 …………………………………… 3025

大唐三藏取经诗话

（大唐三藏取经诗话跋）

王国维

宋椠《大唐三藏取经诗话》三卷，日本高山寺旧藏，今在三浦将军许。阙卷上第一叶，卷中第二、三叶。卷末有"中瓦子张家印"款一行。中瓦子为宋临安府街名，倡优剧场之所在也。吴自牧《梦粱录》卷十九云："杭之瓦舍，内外合计有十七处：如清泠桥、熙春楼下，谓之南瓦子；市南坊北、三元楼前，谓之中瓦子。"又卷十五："铺席门、保佑坊前，张官人经史子文籍铺，其次即为中瓦子前诸铺。"此云"中瓦子张家印"，盖即《梦粱录》之张官人经史子文籍铺。南宋临安书肆，若太庙前尹家、太学前陆家、鞔鼓桥陈家，所刊书籍，世多知之；中瓦子张家，惟此一见而已。

此书与《五代平话》《京本小说》及《宣和遗事》，体例略同。三卷之书，共分十七节，亦后世小说分章回之祖。其称"诗话"，非唐、宋士夫所谓

"诗话",以其中有诗有话,故得此名;其有词有话者,则谓之词话。《也是园书目》有宋人词话十六种,《宣和遗事》其一也。词话之名,非遵王所能杜撰,必此十六种中有题词话者。此有诗无词,故名诗话。皆《梦粱录》《都城纪胜》所谓"说话"之一种也。

　　书中载玄奘取经,皆出猴行者之力,即《西游演义》所本。又考陶南村《辍耕录》所载"院本"名目,实金人之作,中有《唐三藏》一本。《录鬼簿》载元吴昌龄杂剧有《唐三藏西天取经》,其书至国初尚存。《也是园书目》有吴昌龄《西游记》四卷,《曹楝亭书目》有《西游记》六卷,《无名氏传奇汇考》亦有《北西游记》,云"今用北曲,元人作",盖即昌龄所撰杂剧也。今金人院本、元人杂剧皆佚;而南宋人所撰话本尚存,岂非人间希有之秘笈乎?闻日本德富苏峰尚藏一大字本,题《大唐三藏取经记》,不知与小字本异同何如也?乙卯(民国四年,1915)春,海宁王国维。

（宋椠本三藏取经诗话跋）

罗振玉

宋人平话，传世最少，旧但有《宣和遗事》而已。近年若《五代平话》《京本小说》，渐有重刊本，此外仍不多觏。

此日本三浦将军所藏，予借付景印。宋人平话之传人间者，至是遂得四种。《四库全书总目》"杂史"类存目《平播始末》条言：《永乐大典》有"平话"一门，所收至夥，皆优人以前代轶事敷衍成文，而口说之。今《大典》已散佚，庚子拳匪之乱，翰林院火，《大典》烬馀，有以糊油篓及包苴食物者，其幸完者，多流入海外。辛亥国变，官寺所储，亦为人盗窃分散，今一册不存。"平话"一门，不知人间尚存残帙否？念之慨叹！丙辰九月。（上虞罗振玉记。）

（宋椠本三藏取经记残本跋）

罗振玉

日本三浦将军所藏《唐三藏取经诗话》巾箱本，予既命工写影，颇惜其有佚叶。闻德富氏成篑堂文库中尚有别本，乃移书求观。书往不逾旬，苏峰翁果寄所藏本至。亟取以校巾箱本。称名虽异，而实是一书，惟巾箱本分为上、中、下，此则署一、二、三为不同耳。且皆为高山寺旧藏，而此本刊刻尤精。书中"驚"字作"鷩"，"敬"字缺末笔，盖亦宋椠也。巾箱本佚三叶，此则卷一佚少半，卷二全佚，不能取以补巾箱本。而巾箱本之讹脱，可取此本补正之，因与巾箱本同付印，以广两君之嘉惠于艺林。丙辰十月。（永丰乡人罗振玉书于海东寓舍。）

　　说明：原书无序跋，附录近人序跋备考。上三跋，第一种录自该书之日本高山寺旧藏《大唐三藏取经诗话》罗振玉影印本。书分上中下三卷，凡十七节，以"××第几"标题。上卷缺第一节，存九叶；中卷正文卷端第一叶镌"大唐三藏取经诗话中"，残存十叶，卷末题"大唐三藏取经诗话中"；下卷卷端镌"大唐三藏取经诗话下"，有"高山寺"印，卷末双行镌"大唐三藏取经诗话下"，最后一行镌"中瓦子张家印"。王国维据书中所镌"中瓦子张家印"，以为宋椠；鲁迅则谓"逮于元朝，张家或亦无恙"提出异议（有关信件录于下）。全书正文半叶十行，行十三、十四、十五字不等，左右双边，版心黑鱼尾，题卷次、叶次。后二跋录自《国家图书馆藏古籍题跋丛刊》第二十四册《雪堂校刊群书叙录》卷下。另《新雕大唐三藏法师取经记》之罗振玉影印本亦有此二跋，文字几同。《新雕大唐三藏法师取经记》原本旧藏高山寺，后归德富苏峰成篑堂文库。书亦残。与上所述之《大唐三藏取经诗话》实为同书而异名。1955年文学古籍刊行社据罗氏两种影印本排印行世。

  王国维（1877—1927），初名国桢，字静安，亦字伯隅，初号礼堂，晚号观堂，又号永观，谥忠悫。浙江海宁人。著有《人间词话》《宋元戏曲考》《静安文集》《观堂集林》《观堂别集》等六十馀种。

  罗振玉（1866—1940），字式如、叔蕴、叔言，号雪堂，晚号贞松老人、松翁。祖籍浙江上虞，生于江苏淮安。近代著名农学家、教育家、考古学家、金石学家、敦煌学家、目录学家、校勘学家、古文字学家。著有《甲云窗漫稿》《贞松老人外集》《集殷虚文字楹帖汇编》《扶桑两月记》等。

关于《唐三藏取经诗话》的版本
——寄开明书店中学生杂志社

鲁迅

编辑先生：

这一封信，不知道能否给附载在《中学生》上？事情是这样的——《中学生》新年号内，郑振铎先生的大作《宋人话本》中关于《唐三藏取经诗话》，有如下的一段话："此话本的时代不可知，但王国维氏据书末'中瓦子张家印'数字，而断定其为宋椠，语颇可信。故此话本，当然亦必为宋代的产物。但也有人加以怀疑的。不过我们如果一读元代吴昌龄的《西游记》杂剧，便知这部原始的取经故事其产生必定是远在于吴氏《西游记》杂剧之前的。换一句话说，必定是在元代之前的宋代的。而'中瓦子'的数字恰好证实其为南宋临安城中所出产的东西，而没有什么疑义。"

我先前作《中国小说史略》时，曾疑此书为元椠，甚招收藏者德富苏峰先生的不满，著论辟谬，我也略加答辩，后来收在杂感集中。所以郑振铎先生大作中之所谓"人"，其实就是"鲁迅"，于唾弃之中,仍寓代为遮羞的美意,这是我万分惭而且感的。但我以为考证固不可荒唐,而亦不宜墨守,世间许多事,只消常识,便得了然。藏书家欲其所藏版本之古,史家则不然。故于旧书,不以缺笔定时代,如遗老现在还有将儀字缺末笔者,但现在确是中华民国;也不专以地名定时代,如我生于绍兴,然而并非南宋人,因为许多地名,是不随朝代而改的;也不仅据文意的华朴巧拙定时代,因为作者是文人还是市人,于作品是大有分别的。

所以倘无积极的确证,《唐三藏取经诗话》似乎还可怀疑为元椠。即如郑振铎先生所引据的同一位"王国维氏",他别有《两浙古刊本考》两卷,民国十一年序,收在遗书第二集中。其卷上"杭州府刊版"的"辛,元杂本"项下,有这样的两种在内——《京本通俗小说》、《大唐三藏取经诗话》三卷,是不但定《取经诗话》为元椠,且并以《通俗小说》为元本了。《两浙古本考》虽然并非僻书,但中学生诸君也并非专治文学史者,恐怕未必有暇涉猎。所以录寄贵刊,希为刊载,一以略助多闻,二以见单文孤证,是难以"必定"一种史实而常有"什么疑义"的。

专此布达,并请撰安。

　　　　　鲁迅启上。一月十九日夜。

说明:本篇最初发表于一九三年二月上海《中学生》杂志第十二号,原题为《关于〈唐三藏取经诗话〉》。后选入《二心集》。

鲁迅(1881—1936),著名文学家、思想家、革命家。原名周樟寿,后改名周树人。字豫山,后改为豫才。浙江绍兴人,著有《阿Q正传》《狂人日记》《华盖集》《南腔北调集》《朝花夕拾》等。

梁公九谏

梁公九谏序

唐中宗皇帝姓李讳哲,高宗皇帝之子。母曰则天顺圣皇后,姓武氏。先是高宗在位岁久,多苦风疾,不能视朝,百司奏事,皆委则天详决。则天素多计智,兼涉文史。自此内辅国政,威势与帝无异,当时称二圣。高宗崩,中宗即位。未及一月,为裴炎所谮,废为庐陵王,贬均州。明年,又徙房州。则天女主,冠冕法服,临御以治天下,改唐称周二十年。于是悉封诸武为王,杀唐之子孙殆尽,坚欲传位与侄武三思。当时之时,诸武之势,焰如烈火;李唐之族,冷如寒灰。何心不随,何力可回?且中宗岂有复返者乎?且不死为幸尔。赖我梁公贞社稷之臣,舍死不顾,直言极谏,屡以母子性天之道为言,使则天感悟。遂遣使往房州召还,立为皇太子。故中宗得复帝位,而唐祚不移者,皆梁公之力也。昔吕温颂曰:"取日虞渊,洗光咸池。潜授五龙,夹日以飞。

忠心与日月同明，本传与天地同其久。"然而世有《梁公九谏词》者，即赵岐所谓外堂也。传述既久，旧本多谬，与本传互有同异，观者不能无憾。今三复参考，订其讹而补其阙，不衍不忘，率由旧章。倘博古君子别求明本而正诸，不亦宜乎？

梁公九谏跋

黄丕烈

《梁公九谏》一卷，赐书楼藏旧钞本。此载诸《读书敏求记》中者也。今此本有赐书楼图记，字迹又旧，则其为述古堂物无疑。赐书楼未知谁氏，余所藏《张乖崖集》宋阙钞补者，每叶板心，皆刻赐书楼，所钞字迹，审是明人书，未知即此家否？此本卷中首叶有"辨之"印，此姑馀山人沈与文也。尾叶有一印，其文曰："姑苏吴岫家藏"，此吴方山也。皆吾郡中人。二人皆明嘉靖时人，皆藏书家。则此书之珍重，由来已久，偶为他邑所得，而仍归郡中。物之流传，固自有异。然更得也是翁一番记述，不愈足引重乎？嘉庆癸亥三月朔，黄丕烈书。

梁公九谏诗跋

黄丕烈

题书纪事诗,久绝响矣。即欲为三益联吟之续,而良友弗聚,异书不来,意兴殊索然也。闲窗检点旧藏,出此《梁公九谏》一卷,仍用旧例,独吟新诗,亦聊为破寂之助云尔。(原注:得"梁"字,禁押本事。)

《九谏词》犹在,文章振李唐。安危资柱石,举废得津梁。气挟雷霆厉,心争日月光。名臣传表奏(原注:《读书敏求记》以此入总集,《述古堂诗目》则入表奏),应比赐书藏。荛翁。

说明:上序、跋均录自嘉庆十一年《士礼居丛书》本《梁公九谏》。其中跋语,《荛圃藏书题识》《士礼居藏书题跋记续编》(《国家图书馆藏古籍题跋丛刊》第八册)亦收。《士礼居丛书》本所据为明叶氏赐书楼旧抄本。书凡一卷。正文半叶八行,行二十字。《古本小说集成》又据以影印行世。此书明董其昌《玄赏斋书目》史部杂史、钱谦益《绛云楼书目》、钱曾《述古堂书目》《读书敏求记》均曾著录。卷首附范仲淹《唐相梁公庙碑》。《序》作者佚名。

　　黄丕烈（1763—1825），字绍武，号荛圃、荛夫，又号复翁，荛翁当亦其自称。清嘉庆间吴县（今苏州）人，乾隆戊申举乡试。著名藏书家、学者。有《求古居宋本书录》《百宋一廛书目》《士礼居藏书题跋记》《续记》《再续记》《荛圃藏书题识》等。

五代史平话

(影印残本五代史平话跋)

曹元忠

宋巾箱本《五代史平话》，于梁、唐、晋、汉、周各分上下二卷，惜《梁史》《汉史》皆缺下卷，虽上卷尚存回目，而《梁史》已敚去数叶，不能补矣。元忠于光绪辛丑游杭，得自常熟张大令敦伯家，以压归装。顾各家书目皆未著录，博访通人，亦惊以为罕见秘籍。偶忆《梦粱录》小说讲经史门有云："讲史者，谓讲说《通鉴》，汉、唐历代书史文传兴废争战之事，有戴书生、周进士、张小娘子、宋小娘子、邱机山、徐宣教。"疑此平话或出南渡小说家所为，而书贾刻之，故目录及每卷首尾，辄大书新编五代某史平话也。惟刊自坊肆，每于宋讳不能尽避，其称"魏徵"及"贞观"处，则皆作"魏证""正观"，要亦当时习惯使然。是书近为吾友武进董大理授经景刊行世，写刻之精，无异宋椠，他日藏书家或与士礼居本《宣和遗事》并传乎！宣统辛亥七月，吴曹元忠跋于京邸之凌波榭。

　　说明:《五代史平话》一书,未见历代书目著录。上跋录自该书之1911年毗陵董氏诵芬室新刊《景宋残本五代史平话》。书凡十卷,存佚情况见上跋。此外有曹元忠藏宋巾箱本,未见。1925年商务印书馆据董氏诵芬室影印本排印,又有1954年古典文学出版社排印本,1958年中华书局排印本等。书中夹有元人用语,或经元人增益,为宋编而元刊者也。

　　曹元忠(1865—1923),字夔一,一作揆一,号君直,晚号凌波居士,吴县(今苏州)人。光绪二十年(1894)举人,官翰林学士,充值内阁。藏书家,著有《笺经室书目》等。

　　董氏,即董康(1867—1947),字授经,号诵芬室主人,武进(今江苏常州市辖区)人,中举人、进士,仕刑部主事、郎中、提牢厅主事等。法学家、藏书家、学者,有《曲海总目提要》等。

宣和遗事

重刊宋本宣和遗事跋

学山海居主人

余于戊辰冬得《宣和遗事》二册，识是述古旧藏，询诸书友，果自常熟得来。但检《述古堂书目》宋人词话门，有《宣和遗事》四卷，兹却二卷，微有不同。后检高儒《百川书志》，于史部传记类云："《宣和遗事》二卷，载徽、钦二帝屯太二百七十馀事。虽宋人所记，辞近瞽史，颇伤不文。"据此，则二卷非误。又《文渊阁书目》亦载是书，其卷数未详。可知此书向来传布，备藏书家插架久矣。己巳春游杭州，登城隍山，于坊间又获一本，与前所得本正同，而前所缺失，一一完好。因动开雕之兴，用宋体字刊之。原本多讹舛处，复赖旧抄校之，略可勘正。板刻甚旧，以卷中"惇"字避讳作"惇"证之，当出宋刊。敢以质诸好古者。学山海居主人漫笔。

说明：上跋出《宣和遗事》之《士礼居丛书》本。此本凡二卷。内封题"宣和遗事""宋本重刊"。正文半叶十三行,行二十三字。书末有跋,尾署"学山海居主人漫笔"。《国家图书馆藏古籍题跋丛刊》之《荛圃藏书题识》(江阴缪荃荪、长洲章钰、仁和吴昌绶同校辑)所收文字略有不同。

学山海居主人,或谓即黄丕烈,见《梁公九谏》条。下不赘叙。

元刻本宣和遗事跋

复翁

己巳三月十日,为武林之游。越二日,抵松木场。明晨肩舆入武林门,迂道登城隍山,访书友陶士秀于集古斋。主人不在家。余通姓名,主人之弟若侄,延余入斋中。余闻其去年收汪氏开万楼书,索观其目。检所欲得者,皆已卖去,甚乏意味。最后举是书以对。问其"刻与钞?"则云:"旧刻。"急索观之,即与余旧收刻本同一刻也。开卷视之,目录俱全,尤为欣幸。盖旧所收者,前失目录几叶,此刻独全,故如获至宝,遂携归舟中。适旧收刻本带在行箧,取两本相勘,是书亦缺前集之九叶、廿一叶,可影写足之。始信天壤之间,各有定数,不可强也。念余足迹不常出门,今至杭,此书若为之待,而余又先携前本以引之,岂非事之素定者乎?交易既成,因志缘起如右。其直十二番云。立夏前一日,复翁识。

说明:上跋录自《国家图书馆藏古籍题跋丛刊》之《菦圃藏书题识》(江阴缪荃孙、长洲章钰、仁和吴昌绶同校辑)。

缪荃孙(1844—1919),字炎之,又字筱珊,号江东老蟫,晚号艺风老人,江苏江阴人。近代藏书家、目录学家、校勘家。清光绪二年(1876)进士,授翰林院编修。有《艺风堂藏书记》《红雨楼题跋》,辑刻有《云自在龛丛书》《对雨楼丛书》《藕香零拾》《烟画东堂小品》等。

章钰(1864—1937),字式之,一字坚孟,号茗簃、汝玉,别号蛰存、负翁,晚号北池逸老、霜根老人、全贫居士等,江苏长洲(今苏州)人,近代藏书家、校勘学家。著有《四当斋集》《宋史校勘记》《钱遵王读书敏求记校正》《胡刻通鉴正文校宋记》等。

吴昌绶(1867?—?),字伯宛,一字印臣、印丞,号甘遯,晚号松邻。浙江仁和(今杭州)人,光绪二十三年(1897)举人,官内阁中书。近代藏书家、金石学家、刻书家。著有《松邻遗集》《吴郡通典备稿》等。

大宋宣和遗事跋

孙毓修

《宣和遗事》,旧传士礼居二卷本。黄荛翁跋谓:戊辰冬得一本,己巳春游杭州,登城隍山,于坊间又获一本,与前所得本正同,而前所缺失,一一完好。原本多舛讹处,复赖旧钞校之,以卷中"惇"避讳"停"证之,当出宋刊云云,是黄氏所据者,乃合二残刻、一旧钞,参校而成。

前年宗室盛意园之书散出,中有《宣和遗事》一种,卷首题"金陵王氏洛川校正重刊"一行,"惇"字亦阙笔作"停"。以元、亨、利、贞离为四集。俗文讹字,弥望皆是,盖宋、元人词话,多当时坊肆雕本,故写校不工。所见《五代史平话》等书亦然。取校黄刻,此本较多佳处。黄本缺字,亦赖此补出。且首尾完善,偶有脱叶,亦经前人补足。黄先生未见全本,今居然见之,岂不可喜?因为付印,以广其传。

至黄本二卷，而此分四集，则《述古堂书目》《百川书志》俱载四卷，当是高、钱二家编录之时，改集为卷，免与他书歧出耳。此书宋时实有二本，如魏野《东观集》之类，不必致疑也。元本半叶九行，行二十字。今录副时，误九行为十行，手民仍之。兹为记出，以存古书面目。乙卯八月，孙毓修跋于涵芬楼。

说明：上跋出该书之涵芬楼据金陵王氏本排印本。金陵王氏本四卷，正文半叶九行，行二十字。排印本半叶十行，行二十字。古典文学出版社曾据此排印，上跋即录自该本。

孙毓修（1871—1923），字星如，一字恂如，号留庵，自署小渌天主人。江苏无锡人。近代编译家、藏书家、版本目录学家。清光绪二十一年（1895）秀才。著有《永乐大典考》《中国雕版源流考》等。

全相三国志平话

（全相平话三国志序）

姜殿扬

平话盛行于宋元之世。常言道：俗以肖合古人身分、方言事物情状为务，结构粗简，辞句拙朴，与一般说部文字不同，犹足见近古民众文学于一斑。此《三国志》，为元至治间建安虞氏新刊全相平话汇刻之一。书中如"诸葛"之作"朱葛"，"糜竺"之作"梅竹"，"新野"之作"辛冶""辛治"，"讨虏"之作"托虏""托膚"。人名、地名、官职，往往多非本字。作者师承白话，未见史传正文，每以同音习见之字通用之。省俗形，近传录讹又复杂出其间，坊贾据以入梓，难可校订。盖出自江湖小说人（"小说人"见宋吴自牧《梦粱录》，即今之"说书者"）师徒相传之脚本，开卷则市井能谙，入耳则妇竖咸晓，乃后世通俗演义之嚆矢，当日士夫所不屑寓目者也。所叙事迹，颇多今本演义所不见，传至今日，实为饶有考古价值之珍本。

戊辰初冬,菊生先生东渡访书,觏之于扶桑,重其为中土佚书也,归而印传,以供于当世。复以书中多讹字,不易卒读,仍命稽之史书,辨其致误之由,分别订释,录为校记如右。同音通用之字,曰"音通",偏旁形似之讹,曰"形讹",减略省笔之字,曰"省文",为草不成之字,曰"俗写"。其无心误敚、文有疑义,亦附及焉。庶读是书者,文从字顺,无烦冥索之劳,且以见今世店坊俗字,由来已旧,晓然于平民文学之渊源云。己巳秋分,吴趋姜殿扬。

说明:上序录自该书之上海涵芬楼影印元至治本。原本无序跋,附录近人姜殿扬《全相平话三国志》序备考。元刊原本藏日本东京内阁文库,分上中下三卷,共六十九叶,叶分上下两栏,上图下文,图有标题,凡六十九目(卷上有两幅重题"桃园结义"),第一图署刊工"古樵吴俊甫刊";正文半叶二十行,行二十字。为元至治建安虞氏新刊《全相平话五种》之一。另有日本盐谷温影印元至治本、海宁陈氏古佚小说丛书本、文学古籍刊行社《全相平话五种》影印本、古典文学出版社排印本、中华书局排印本等。《三国志平话》未见历代书目著录。

姜殿扬(？—1957),别名佐禹,江苏吴县(今属江苏苏州市)人。上海文史馆馆员。擅书法,著名校勘出版家。

薛仁贵征辽事略

《薛仁贵征辽事略》后记

赵万里

右《薛仁贵征辽事略》,明《文渊阁书目》著录。原书明以后久佚,余从英国牛津大学图书馆所藏《永乐大典》卷五千二百四十四辽字韵(原注云:据影片)辑出,付上海古典文学出版社印行。《大典》中有戏文,有杂剧。现存宋元戏文《小孙屠》《张协状元》《宦门子弟错立身》等三本,即从《大典》传录。至《大典》中发现整部话本,则自此书始。《永乐大典》目录"话"字韵共收宋元评话二十六卷,此书疑亦其中一种,尚冀他日能继是发现也。薛仁贵征辽事迹,详见两唐书《薛仁贵传》。旧书薛《传》云:

> 薛仁贵,绛州龙门人。贞观末,太宗亲征辽东。仁贵谒将军张士贵应募,请从行。至安地,有郎将刘君昂为贼所围,仁贵往救之,跃马径前,手斩贼将,贼皆慑服,仁贵遂知名。及大

军攻安地城,高丽莫离支遣将高延寿、高惠真率兵二十五万来距战,依山结营,太宗分命诸将四面击之,仁贵自恃骁勇,欲立奇功,乃异其服色,着白衣,握戟,腰鞬张弓,大呼先入,所向无前,贼尽披靡。大军乘之,贼大溃。太宗遥望见之,问先锋:白衣者为谁?引见,赐马两匹、绢四十匹,擢游击将军,云泉府果毅。

旧《传》又称:高宗时,九姓突厥有众十馀万,令骁健数十人逆来挑战。仁贵发三矢,射杀三人,自馀下马请降。仁贵更就碛北安抚馀众,擒其伪叶护兄弟三人而还。军中歌曰:"将军三箭定天山,战士长歌入汉关。"和话本内容比较,事实大致相合。惟称征辽时仁贵军功为张士贵副将刘君昂冒领,事发,张士贵、刘君昂共谋背唐奔高丽,中途为尉迟恭等追回,士贵递流海岛,刘君昂受戮。刘君昂当即《旧唐书·薛仁贵传》之刘君昂(原注云:《新书·薛仁贵传》作刘君卬)。案:此事全属子虚。两唐书《张士贵传》:"士贵以军功累迁左领军大将军,封虢国公。高宗显庆初卒,陪葬昭陵。"自无"递流海岛"之事。话本又称:"莫离支借天山军颉利可罕领元龙、元虎、元凤兼大兵三万来助高丽,被仁贵两箭一戟,将元龙等打下马来。"则是把高宗朝仁贵领兵击九姓突厥于天山一事,和太宗征辽事混为一谈。话本既是小说,其中事实自可东搬西凑,任意捏造,固无足怪矣。后来《说唐后传》,又捏造薛仁贵本名薛礼,张士贵本名张环,仁贵战功为士贵之婿何宗宪所掩,事发,张士贵、何宗宪等俱诛死。和话本内容,似是一脉相承。不过把刘君昂换了何宗宪,事情又趋向复杂化、演义化而已。

此书文辞古朴简率之处,和至治新刊平话五种相似,当是宋元间说话人手笔。其叙仁贵引兵至安地岭,至一高峰,发现一座宫观。仁贵下马,令众兵排门而入。忽于正殿转过一个妇人。话本形容这个妇人,生得十分美貌,有如"芙蓉城下,子高适会琼姬;洛水堤边,郑子初逢龙女"。案:芙蓉城故事,苏轼芙蓉城诗引首咏其事。施元之注东坡诗引胡微之《王子高芙蓉城传》,详载子高与周瑶英遇合本末。赵彦卫《云麓漫钞》卷十、王实父《韩彩云丝竹芙蓉亭》杂剧"王子高不好色,周琼姬忒分外",则女主角周瑶英改称周琼姬,与此书同。宋元戏文中有《王子高》戏文,残文引见《九宫正始》。元以后文学作品中,此故事已罕见称引(原注云:事详中山大学语言历史研究所周刊拙撰《王子高芙蓉城故事考》,和钱南扬先生《宋元戏文辑佚》王子高条)。此书随手拈来,便成故实,可知此书写作时代,当在王子高故事流传正盛时。据此推断,知非南宋时或元初不可矣。

此书又称"秦怀玉领兵出阵,便似挂孝关平也"。案:关平与父关羽同时被杀,明见于史。此事本无问题,但在至治新刊《三国志平话》卷下"刘禅即位""诸葛七擒孟获""诸葛造木牛流马"三节中,均有关平出场。可知说话人心目中关羽被杀时,关平并未同死,与此书称"挂孝关平"若合符节。据此推断,此书写作时代当与《三国志平话》写作时代相距不远。事或然乎?

书中讹别之字,如"呐喊"作"纳喊","萧铣"作"肖铣","慌忙"作"荒忙","铁锏"作"铁简","睁目"作"争目","正走"作"盛走","甫能"作"付能","纵马"作"从马","可汗"作"可罕",疑《永乐大典》所据底本如此,重印时不予改正。附志于此,以告读者。

  赵万里 一九五七年六月三十日

  说明：原本无序跋。附录近人《〈薛仁贵征辽事略〉后记》备考。该《后记》录自赵万里编注之《薛仁贵征辽事略》。原书出《永乐大典》卷五千四百四十四"辽"字韵，藏英国牛津大学图书馆，二十世纪五十年代赵万里摄回，1957年由古典文学出版社出版。明代《文渊阁书目》曾著录此书，入卷六"杂史"类中。中华书局影印《永乐大典》（缩印本）收录。

  赵万里（1905—1980），字斐云，号芸庵、舜庵。著名文献学家、敦煌学家。

忠传

(忠传)跋

孙毓修

《永乐大典》卷四百八十五之下半至卷四百八十六为《忠传》,不著撰人。《文渊阁书目》亦不载,陆存斋谓《大典》所采有出于文渊阁外者,此亦一证也。《四库》附存其目,注云:《永乐大典》本,明初人著,四卷。今所存《大典》一册,文臣自子产至归旸止,而无武臣,当非完书。《四库》存目中书流传绝少,《永乐大典》更稀如星凤,虽属残卷,亦足珍也。其书以流俗本马融《忠经》为主,仿宋人平话体,引史事以阐演之。每事皆有画像。前辈谓《大典》录宋元平话小说甚多,馆臣钞缉遗书,以非朝旨所及,皆未录进,仅见此耳。《大典》正本,毁于嘉庆丁巳乾清宫之灾,副本虽存,迭经咸丰庚申、光绪庚子之乱,縢囊帷盖亡佚已多,其幸而存者,或流至外国,或散入私家。辛亥鼎革,止存六十四册。毓修在沪先后览得十册,抄出西湖老人《繁胜录》及此,并为刊行。此以有图,即用原本缩印。自来《大典》本无以原本影刻者,此殊别开生面云。丙辰九月二十一日,无锡孙毓修跋。

说明:上跋录自《涵芬楼秘笈》本《忠传》。原书出自《永乐大典》,《四库全书总目》著录,四卷,谓:"其书集古今事迹,各绘图系说,语皆鄙俚,似委巷演义之流。殆亦明太祖时官书欤?"

孙毓修,见《宣和遗事》条。

京本通俗小说

京本通俗小说跋

缪荃孙

宋人平话,即章回小说。《梦粱录》云:"说话有四家,以小说家为最。"此事盛行于南北宋,特藏书家不甚重之;坊贾又改头换面,轻易名目,遂致传本寥寥天壤。前只士礼居重刻《宣和遗事》,近则曹君直重刻《五代史平话》,为天壤不易见之书。余避难沪上,索居无俚,闻亲串妆奁中有旧钞本书,类乎平话,假而得之。杂庋于《天雨花》《凤双飞》之中,搜得四册,破烂磨灭,的是影元人写本。首行"京本通俗小说第几卷",通体皆减笔小写,阅之令人失笑。三册尚有钱遵王图书,盖即也是园中物。《错斩崔宁》《冯玉梅团圆》二回,见于书目。而宋人词话标题,"词"字乃"评"字之讹耳。所引诗词,皆出宋人,雅韵欲流,并有可考者,如《碾玉观音》一段,三镇节度延安郡王指韩蕲王,秦州雄武军刘两府是刘锜,杨和王是杨沂中。官衔均不错。尚有《定州三怪》一回,破碎太甚,《金主亮荒淫》两卷,过于秽亵,未敢传摹。与也是园有合有不合,亦不知其故。岁在旃蒙单阏,江东老蟫跋。

说明:上跋出缪荃孙刊行《烟画东堂小品》丛书本《京本通俗小说》,书残存十至十六卷。书中《冯玉梅团圆》篇开头引瞿佑"帘卷水西楼"词,所谓"的是影元人写本"显然失据,故学者自日人长泽规矩也、郑振铎起,多认为非出元人之手,李家瑞并考定此书之出,早不过明宣德年间;马幼垣、苏兴并认为系缪荃孙作伪。但缪荃孙这样的学者,没有作伪的必要,而马、苏二位的缪荃孙伪作说也缺乏可靠证据。书中俗体字很多,今人很难造作出来。很可能是明末人所为,而缪氏失察。此据1957年古典文学出版社刊本录入。

江东老蟫,即缪荃孙,见《宣和遗事》条。

附录

《金虏海陵王荒淫跋》

叶德辉

此《京本通俗小说》中之二十一卷,所叙乃金主亮荒淫之事,一一与《金史·后妃列传》《海陵妃嬖诸传》相合。当时修史诸臣,或据此等纪载采入,非甚之之辞也。书中译名,多同旧本《金史》,与今武英殿本重译者小异。然殿本固注明原译,可覆按也。

《京本小说》为虞山钱遵王述古堂藏书,其前《碾玉观音》《冯玉梅团圆》《拗相公》《西山一窟鬼》等七种,已经艺风老人影写刊行。馀此一卷,以秽亵弃之。

吾谓金亮起自戎索,荼毒中原,恃其武威,淫暴无复人理,所谓罪浮于桀、纣,虐过于政、广。史臣谓其戾气感召,身由恶终,使天下后世称无道主者以海陵为首,洵不诬也。

是书传自《金史》,译于宋人,非独恨其为国仇,亦有族类之感，故一则曰"房中书"，再则曰"骚挞子"。描写金亮禽兽之行，颇觉酣畅淋漓。其稍异者，此书谓萧拱与柔妃有染，亮故杀之。史则谓妃入宫非处子，亮疑萧拱，竟致之死。意史臣为萧拱讳与？时在丁巳闰二月春分，郋园记。

（金虏海陵王荒淫又跋）

叶德辉

中国风俗语言，皆随时随地而变更。三代以上有方言，有文言。其后蛮夷通道，侵入蛮语；五胡乱华，杂以胡言。迨用之日久，不独语言袭之，即行文亦袭之。周秦诸子，《史》《汉》以后至于《南》《北》各史，亦皆袭之。唐以来，古文义法行，而此等方言俚语遂不见于文人纪载之书；而或时见唐宋人小说中，然不能详也。详者惟传奇杂剧及金元人北曲。按：其辞多无意义，且不知其来历也。

今此书中所引谚语如"鸡踏雄，狗交恋"；"羊肉不得吃，空惹一身臊"；"癞虾蟆躲在阴沟洞里指望天鹅肉吃"；"嘻嘻哈哈，不要惹他；脸儿狠狠，一问就肯"；"黄花女儿做媒，自身难保"等类，今皆有之。

又如讥翁奸妇曰"爬灰";屈指时光曰"约摸",亦作"约莫";称人貌美曰"标致";听人戏弄曰"听人做作";男女交合曰"干事";拔擢人曰"抬举";人有邪行曰"不正气";设计诱人曰"圈套";允诺此事曰"招架";作事细致曰"水磨工夫";求免曰"告饶";此件事曰"这桩事";舍此处往他处曰"跳槽";骂人曰"狗才";奴仆曰"小底";获利曰"撰钱";器物曰"家伙";妇人称男子曰"活宝",亦相沿至今而未改变。其他"竹夫人""汤婆子"等物名,今皆相同。

假使当时此等小说流传尚多,正不知有多少隽语也。丁巳夏五再记。

说明:1915年缪荃孙(署名江东老蟬)刊《烟画东堂小品》丛书,收《京本通俗小说》,中有《碾玉观音》《菩萨蛮》《西山一窟鬼》《志诚张主管》《拗相公》《错斩崔宁》《冯玉梅团圆》七篇。缪谓:"尚有《定州三怪》一回,破碎太甚,《金主亮荒淫》两卷,过于秽亵,未敢传摹。"并谓"的是影元人写本"。或以为缪荃孙杂取《醒世通言》等书而成。窃谓:缪荃孙作伪，不大可能；"影元人写本"之说，或系缪氏失察，将某晚明抄本错作元人抄本。此书《烟画东堂小品》丛书本外，另有有正书局影印本、商务印书馆排印本、亚东图书馆《宋人话本八种》本、古典文学出版社排印本等。亚东本增《金主亮荒淫》上下卷。上二跋即据亚东图书馆刊《宋人话本八种》录入。

郋园，即叶德辉。叶德辉（1864—1927），字奂彬（也作焕彬），号直山，一号郋园，湖南湘潭人，祖籍苏州吴县（今苏州）。清光绪十八年（1892）进士。著名藏书家及出版家。著有《书林清话》《六书古微》等，汇编校刻有《郋园丛书》《观古堂汇刻书》《双梅景闇丛书》等。

水浒传

水浒传序

天都外臣

小说之兴,始于宋仁宗。于时天下小康,边衅未动,人主垂衣之暇,命教坊乐部,纂取野记,按以歌词,与秘戏优工相杂而奏。是后盛行,遍于朝野。盖虽不经,亦太平乐事,含哺击壤之遗也。

其书无虑数百十家,而《水浒》称为行中第一。故老传闻:洪武初,越人罗氏,诙诡多智,为此书,共一百回,各以妖异之语引于其首,以为之艳。嘉靖时,郭武定重刻其书,削去致语,独存本传。余犹及见《灯花婆婆》数种,极其蒜酪。馀皆散佚,既已可恨。自此版者渐多,复为村学究所损益:盖损其科诨形容之妙,而益以淮西、河北二事。赭豹之文,而画蛇之足,岂非是书之再厄乎?

近有好事者,憾致语不能复收,乃求本传善本校之,一从其旧,而以付梓。则有正襟而语者曰:"十三经二十一史不以是图,奈何亟亟齐东氏之言而为木灾也？"余谓：诸君得无以为贼智而少之也？经曰："窃钩者诛，窃国者侯。侯之门，仁义存。"若辈俱以匹夫亡命，千里横行，焚杵叫嚣，揭竿响应，此不过窃钩者耳。夷考当时，上有秕政，下有菜色，而蔡京、童贯、高俅之徒，壅蔽主聪，操弄神器，卒使宋室之元气索然，厌厌不振，以就夷虏之手，此诚窃国之大盗也。有王者作，何者当诛？彼不得沾一命为县官出死力，而此则析圭儋爵，拖紫纡青，道君为国，一至于此！北辕之辱，故自贻哉！如《传》所称：吴军师善运筹，公孙道人明占候，柴王孙广结纳，三妇能擐甲胄作娘子军，卢俊义以下，俱鸷发枭雄，跳梁跋扈，而江以一人主之，始终如一。夫以一人而能主众人，此一人者，必非庸众人也。使国家募之而起，令当七校之队，受偏师之寄，纵不敢望髯将军、韩忠武、梁夫人、刘岳二武穆，何渠不若李全、杨氏辈乎？余原其初，不过以小罪犯有司，为庸吏所迫，无以自明，既嵩目君侧之奸，拊膺以愤，而又审华夷之分，不肯右绁辽而左绁金，如郦琼、王性之逆，遂啸聚山林，凭陵郡邑。虽掠金帛而不虏子女，惟翦葊墨而不戕善良。诵义负气，百人一心，有侠客之风，无暴客之恶。是亦有足嘉者。盖诚如侯蒙之言，惜蒙未行而卒，终不得其用耳。后乃降张叔夜。史与《宣和遗事》俱不载所终。《夷坚志》乃有张叔夜杀降之说，叔夜儒将，余不之信。史又言淮南，不言山东，言三十六人，不言一百八人。此其虚实，不必深辨，要自可喜。载观此书，其地则秦、晋、燕、赵、齐、楚、吴、越，名都荒落，绝塞遐方，无所不通；其人则王侯将相、官师士农、工贾方技、吏胥厮养、驵侩舆台、粉黛缁黄、赭衣左衽，无所不有；其事则天地时令、山川草木、鸟兽虫鱼、刑名法律、韬略甲兵、干支风角、图书珍玩、市语方言，无所不解；其情则上下同异、欣戚离合、捭阖纵横、揣摩挥霍、寒暄嚬笑、谑浪排调、行役献酬、歌舞谲怪，以至大乘之偈、真诰之文、少年之场、宵人之态，无所不该。记载有章，繁简有则，发凡起例，不杂易于。如良史善绘，浓淡远近，点染尽工；又如百尺之锦，玄黄经纬，一丝不纰。此可与雅士道，不可与俗士谈也。视之《三国演义》，雅俗相牵，有妨正史，固大不侔，而俗士偏赏之，坐暗无识耳。雅士之赏此书者，甚以为太史公演义。夫《史记》上国武库，甲仗森然，安可枚举。而其所最称犀利者,则无如巨鹿破秦、鸿门张楚、高祖还沛、长卿如邛、范蔡之倾、仪秦之辩、张陈之隙、田窦之争、卫霍之勋、朱郭之侠,与夫四豪之交、三杰之算、十吏之酷、诸吕七国之乱亡、货殖滑稽之琐屑,真千秋绝调矣。《传》中警策,往往似之。《艺苑》以高则诚《蔡中郎传奇》比杜文贞,关汉卿《崔张杂剧》比李长庚,甚者以施君美《幽闺记》比汉魏诗,盖非敢以婢作夫人,政许其中作大家婢耳。然则即谓此书乃牛马走之下走,亦奚不可?

或曰:子叙此书,近于诲盗矣。余曰:息庵居士叙《艳异编》,岂为诲淫乎?庄子盗跖,愤俗之情;仲尼删《诗》,偏存《郑》《卫》。有世思者,固以正训,亦以权教,如国医然,但能起疾,即乌喙亦可,无须参苓也。

罗氏又有《三遂平妖传》,亦皆系风捕影之谈,盖荒野鬼才,惯作此伎俩也。三世子孙俱瘖,当亦是口业报耳。余又惜夫人有才,上之不能著作金马之庭,润色鸿业,下之不能起名山之草,成一家言,乃折而作此,为迂儒骂端,若罗氏者,可鉴也。

钱塘郎仁宝载三十六人，有李英，非李应；有孙立，非林冲。田叔禾《西湖游览志》又云出宋人笔。二公罗氏同邑，别有所据，今并及之，以俟再考。万历己丑（十七年）孟冬，天都外臣撰。

说明：上序原载康熙五年刊石渠阁本《水浒传》，转录自1954年人民文学出版社《水浒全传·附录》。范宁云：北京图书馆收藏有前面冠有天都外臣序的本子，北图所藏石渠阁补刻本"每回开头的诗词俱在，并未削去"，"阎婆事亦未移动"，"那篇天都外臣序是康熙时补刻者从别的版本中移置过来的"。"万历间大涤馀人翻刻郭勋本，前有天都外臣序。明末清初芥子园又翻刻大涤馀人序本，并加上'李卓吾评'字样。"

天都外臣，沈德符谓系汪太函（道昆）之托名（见《野获编》卷五）。汪道昆（1525—1593），字伯玉，号南溟、南明。安徽歙县人。嘉靖二十六年（1547）进士，曾任兵部左侍郎。万历三年致仕。著有《大雅堂杂剧》四种。《明史·文苑》有传。

水浒传序

张凤翼

予读《春秋》而知圣人不得已之心矣。夫仲尼之门,羞称五伯,故孟氏以为三王之罪人也。而葵丘之会,首止之盟,仲尼汲汲与之者何?以为春秋之世,王迹熄矣,有五霸,名分犹有存也。是固礼失而求诸野,非得已也。论宋道,至徽宗,无足观矣。当时,南衙北司,非京即贯,非俅即勔,盖无刃而戮,不火而焚,盗莫大于斯矣。宋江辈遁逃于城旦,渊薮于山泽,指而鸣之曰:是鼎食而当鼎烹者也,是丹毂而当赤其族者也!建旗鼓而攻之。即其事未必悉如传所言,而令读者快心,要非徒《虞初》谬悠之论矣。乃知庄生寓言于盗跖、李涉寄咏于被盗,非偶然也。兹传也,将谓诲盗耶,将谓弭盗耶?斯人也,果为寇者耶,御寇者耶?彼名非盗而实则盗者,独不当弭耶?传行而称雄稗家,宜矣。刻本惟郭武定为佳,坊间杂以王庆、田虎,便成添足,赏音者当辨之。

说明:上序原载明张凤翼《处实堂集·续集》卷六十四。

张凤翼（1527—1613），字伯起，明长洲（今苏州）人。嘉靖四十三年（1564）举人，《明史·文苑传》附见《皇甫涍传》末。著有《梦占类考》（《四库全书总目》著录）等。《四库全书总目》又载：其"《处实堂集》八卷，江苏周厚堉家藏本。……是编诗四卷、文三卷，末一卷曰《谈辂》，则其笔记也。""凤翼才气亚于其弟献翼……生平好填词，集中多论传奇之语。《千顷堂书目》载凤翼《处实堂前集》十二卷、《后集》六卷，与此本皆不符，未喻其故。"

水浒辨

《水浒》一书，坊间梓者纷纷，偏像者十馀副，全像者止一家。前像板字中差讹，其板蒙旧，惟三槐堂一副，省诗去词，不便观诵。今双峰堂余子，改正增评，有不便览者芟之，有漏者删之，内有失韵诗词欲削去，恐观者言其省漏，皆记上层。前后廿馀卷，一画一句，并无差错。士子买者，可认双峰堂为记。

题水浒传叙

先儒谓：尽心之谓忠，心制事宜之谓义。愚因曰：尽心于为国之谓忠，事宜在济民之谓义。若宋江等其诸忠者乎？其诸义者乎？当是时，宋德衰微，乾纲不揽，官箴失措，下民咨咨，山谷嗷嗷。英雄豪杰，愤国治之不平，悯民庶之失所，乃崛起山东，乌合云从，据水浒之险以为依，涣汗大号，其势吞天浴日，奔鲸骇鹢，可谓涣奔其机，涣有丘矣。不知者曰：此民之贼也，国之蠹也。噫！不然也。彼盖强者锄之，弱者扶之，富者削之，贫者周之，冤屈者起而伸之，囚困者斧而出之。原其心虽未必为仁者博施济众，按其行事之迹，可谓桓文仗义，并轨君子。玩之者当略彼□□之非，取其平济之是。则豪□□□□，贫困者生全，而奸官敛手。□□曰：有为国之忠，有济民之义。昔人谓《春秋》者，史外传心之要典；愚则谓此《传》者，纪外叙事之要览也。岂可曰此非圣经，此非贤传，而可藐之哉！谨序。万历甲午（万历二十二年）岁腊月吉旦。

说明：上辨及叙，录自福建双峰堂本《水浒志传评林》。此本首叶,板分上下两栏,上栏为《水浒辨》;下栏为《题水浒传叙》,署"天海藏";尾署"万历甲午岁腊月吉旦"。正文分上中下三栏。上栏为评赞,中栏为图像,像之两边有题目如"宋太祖开""基定天下"之属,下栏系正文,卷端题"京本增补校正全像忠义水浒志传评林卷之× 中原贯中罗道本名卿父编集 后学仰止余宗下云登父评校 书林文台余象斗子高父补梓",半叶十四行,行二十一字。版心单鱼尾上镌"全像评林",下镌"水浒"书名及卷次、叶次。书无总目,凡二十五卷,三十回前,有回数,有回目,三十回后有回目无回数,每卷回数不等。原本藏日本日光轮王寺慈眼堂,有文学古籍刊行社1956年影印本,缺卷九第十一叶下半叶、十二叶上半叶。上海古籍出版社《古本小说集成》本剧以影印行世,所缺补辑于后。

《天海藏》,日本德川家光发起,日本僧正天海主持,于1637—1648年在东睿山宽永寺雕造的一部活字版式丛书,凡665函,又称《宽永寺藏》《东睿山藏》或《倭藏》。收经1453部,6323卷。天海藏具有某种书坊性质,亦是个藏书的地方。

忠义水浒传叙

李贽

　　太史公曰："《说难》《孤愤》，贤圣发愤之所作也。"由此观之，古之圣贤不愤则不作矣。不愤而作，譬如不寒而颤、不病而呻吟也。虽作何观乎？《水浒传》者，发愤之所作也。盖自宋室不竞，冠屦倒施。大贤处下，不肖处上；驯致夷狄处上，中原处下。一时君相，犹然处堂燕雀，纳币称臣，甘心屈膝于犬羊已矣。施、罗二公，身在元，心在宋；虽生元日，实愤宋事。是故愤二帝之北狩，则称大破辽以泄其愤；愤南渡之苟安，则称灭方腊以泄其愤。敢问泄愤者谁乎？则前日啸聚水浒之强人也。欲不谓之忠义不可也。是故施、罗二公传《水浒》，而复以"忠义"名其传焉。

　　夫忠义何以归于水浒也？其故可知也。夫《水浒》之众，何以一一皆忠义也？所以致之者可知也。今夫小德役大德，小贤役大贤，理也。若以小贤役人，而以大贤役于人，其肯甘心服役而不耻乎？是犹以小力缚人，而使大力缚于人，其肯束手就缚而不辞乎？其势必至驱天下大力、大贤而尽纳之水浒矣。则谓《水浒》之众，皆大力、大贤、有忠、有义之人可也。然未有忠义如宋公明者也。今观一百单八人者，同功同过，同死同生，其忠义之心，犹之乎宋公明也。独宋公明者，身居水浒之中，心在朝廷之上，一意招安，专图报国，卒至于犯大难，成大功，服毒自缢，同死而不辞，则忠义之烈也。真足以服一百单八人者之心，故能结义梁山，为一百单八人之主。最后南征方腊，一百单八人者，阵亡已过半矣。又智深坐化于六和，燕青涕泣而辞主，二童就计于混江，宋公明非不知也，以为见几明哲，不过小丈夫自完之计，决非忠于君、义于友者所忍屑矣。是之谓宋公明也！是以谓之忠义也！传其可无作欤？传其可不读欤？故有国者不可以不读，一读此传，则忠义不在水浒，而皆在于君侧矣。贤宰相不可以不读，一读此传，则忠义不在水浒，而皆在于朝廷矣。兵部掌军国之枢，督府专阃外之寄，是又不可以不读也，苟一日而读此传，则忠义不在水浒，而皆为干城心腹之选矣。否则，不在朝廷，不在君侧，不在干城心腹。乌在乎？在水浒。此《传》之所为发愤矣。若夫好事者资其谈柄，用兵者藉其谋划，要以各见所长,乌睹所谓忠义者哉。温陵卓吾李贽撰。庚戌(万历三十八年)仲夏日,虎林孙朴书于三生石畔。

梁山泊一百单八人优劣

李逵者,梁山泊第一尊活佛也。为善为恶,彼俱无意。宋江用之,便知有宋江而已。无成心也,无执念也。藉使道君皇帝能用之,我知其不为蔡京、高俅、童贯、杨戬矣。其次如石秀之为杨雄,鲁达之为林冲,武松之为施恩,俱是也。若夫宋江者,逢人便拜,见人便哭,自称曰"小吏,小吏",或招曰"罪人,罪人",的是假道学、真强盗也。然能以此收拾人心,亦非无用之人也。当时若使之为相,虽不敢曰休休一个臣,亦必能以人事君,有可观者矣。至于吴用,一味权谋,全身奸诈,佛性到此,澌灭殆尽,倘能置之帷幄之中,似亦可与陈平诸人对垒。屈指梁山,有如此者。若其馀诸人,不过梁山泊中一班强盗而已矣,何足言哉!何足言哉!或曰:其中尽有事穷势迫,为宋公明勾引入伙,如秦明、呼延灼等辈，岂可概以强盗目之？予谓：不能杀身成仁，舍生取义，便是强盗耳。独卢俊义、李应，在诸人中少可原耳，亦终不如祝氏三雄、曾氏五虎之为得死所也！

批评水浒传述语

和尚自入龙湖以来，口不停诵，手不停批者三十年，而《水浒传》《西厢曲》尤其所不释手者也。盖和尚一肚皮不合时宜，而独《水浒传》足以发抒其愤懑，故评之为尤详。

据和尚所评《水浒传》，玩世之词十七，持世之语十三。然玩世处亦俱持世心肠也，但以戏言出之耳。高明者自能得之语言文字之外。

《水浒传》讹字极多，和尚谓不必改正，原以通俗与经史不同故耳，故一切如"代"为"带"，"的"为"得"之类，俱照原本不改一字。

和尚评语中亦有数字不可解，意和尚必自有见，故一如原本云。

和尚又有《清风史》一部，此则和尚手自删削而成文者也，与原本《水浒传》绝不同矣，所谓太史公之豆腐帐，非乎？

和尚读《水浒传》，第一当意黑旋风李逵，谓为梁山泊第一尊活佛，特为手订《寿张县令黑旋风集》，此则令人绝倒者也，不让《世说》诸书矣。艺林中亦似少此一段公案不得。小沙弥怀林谨述。

本衙已精刻《黑旋风集》《清风史》将成矣，不日即公海内。附告。

又论水浒传文字

《水浒传》虽小说家也，实泛滥百家，贯串三教。鲁智深临化数语，已揭内典之精微；罗真人、清道人、戴院长，又极道家之变幻；独其有心贬抑儒家，只以一王伦当之，局量區浅，智识鄙陋，强盗也做不成，可发一笑。至于战法阵图，人情土俗，百工技艺，无所不有，真搜罗殆尽，一无遗漏者也。更可喜者，如以一丈青配合王矮虎、王定六追随郁保四，一长一短，一肥一瘦，天地悬绝，真堪绝倒。文思之巧，乃至于是哉！恐读者草草看过，又为拈出，以作艺林一段佳话。如李大哥举动爽利，言语痛快，又多不经人道之语，极其形容，不可思议，既有寿张令公之集，兹不具举。

水浒传一百回文字优劣

世上先有《水浒传》一部，然后施耐庵、罗贯中借笔墨拈出，若夫姓某名某，不过劈空捏造，以实其事耳。如世上先有淫妇人，然后以杨雄之妻、武松之嫂实之；世上先有马泊六，然后以王婆实之；世上先有家奴与主母通奸，然后以卢俊义之贾氏、李固实之。若管营，若差拨，若董超，若薛霸，若富安，若陆谦，情状逼真，笑语欲活，非世上先有是事，即令文人面壁九年，呕血十石，亦何能至此哉！亦何能至此哉！此《水浒传》之所以与天地相终始也与？其中照应谨密，曲尽苦心，亦觉琐碎，反为可厌。至于披挂战斗，阵法兵机，都剩技耳，传神处不在此也。更可恶者是九天玄女、石碣天文两节，难道天地故生强盗，而又遣鬼神以相之耶？决不然矣。读者毋为说梦痴人前其可。

宋江以三十六人横行诸郡,张叔夜招而降之。《宋史》二十二《徽宗本纪》宣和三年、《宋史纪事本末》卷五方腊之乱、《宋元通鉴》五十五、《宋纪》徽宗九并有之。又《宋史》三百五十三《张叔夜传》有降宋江事。

说明:以上五则,均录自容与堂本《李卓吾先生批评忠义水浒传》。原本一藏日本内阁文库,一藏北京图书馆。内阁文库本首有《忠义水浒传叙》,尾署"温陵卓吾李贽撰,庚戌仲夏日,虎林孙朴书于三生石畔",有"孙朴之印""三生石印"阴文钤两方(萧按:此序又见李贽《焚书》卷三;袁无涯本《水浒传》卷首,题作《读忠义水浒传叙》;芥子园本,作《读忠义水浒传序》)。次分别为《梁山泊一百单八人优劣》《批评水浒传述语》《又论水浒传文字》《水浒传一百回文字优劣》。唯《批评水浒传述语》尾署"小沙弥怀林谨述",其馀几则不题撰人。此本不题撰人,无图。北京图书馆藏本无李卓吾叙。《又论水浒传文字》后有《李卓吾先生批评忠义水浒传引首》,《引首》后为"李卓吾先生批评忠义水浒传目录",凡一百卷一百回。正文卷端题"李卓吾先生批评忠义水浒传卷之×",版心上镌"李卓吾批评水浒传",鱼尾下镌卷次、叶次,最下方镌"容与堂藏板"。正文半叶十一行,行二十二字。每回有图像一叶,凡一百叶,图中署有刻工"黄应光""以贞""吴凤台"等名字。

李贽(1527—1602),初姓林,名载贽,后改姓李,名贽,字宏甫,号卓吾,别号温陵居士、百泉居士等。福建泉州人。嘉靖三十一年(1552)举人,不应会试。历共城教谕、国子监博士,万历中为姚安知府。旋弃官,寄寓黄安、湖北麻城芝佛院。在麻城讲学时,从者数千人。晚年往来南北两京,后被诬下狱,自刎死于狱中。

据考,此书所提及的李贽,乃是叶昼的托名。叶昼,字文通,自称锦翁、叶五叶、叶不夜、梁无知等,无锡人。明小说、戏曲评点家。有《四书评》《中庸颂》《法海雪》《黑旋风集》等。曾评《水浒传》等。

孙朴,待考。

叙水浒忠义志传

汪子深

不佞癖嗜诸传记。忽一日阅《水浒传》，不觉跃然起而愤然慨。跃者何？盖以一刀笔保义，率三十五人，虎视眈眈，借忠义两字以震世，其侠力殆有大过人者。独愤其弄兵潢池，伏戎蓁莽，而勿克奋庸，以熙帝之载耳。向令蚤克致身王室，力扶宋祚之倾，则亦麟台云阁之选也。然究能以讨方腊等赎愆，卒不愧忠义两字，则亦世间奇男子也。乌得目之以寇？戊辰（崇祯元年）长至日，清源汪子深书于巢云山房。

说明：上叙录自富沙刘兴我梓行本《新刻全像水浒传》。此本首有《叙水浒忠义志传》，尾署"戊辰长至日，清源汪子深书于巢云山房"，有"汪子深印"阳文钤印一方。据此本之刻印风格，当系明代的本子，则"戊辰"最迟应为崇祯元年。次，"鼎镌全像水浒忠义志传目录"，凡二十五卷一百十四回，正文实为一百十五回（总目中缺第一百十三回"卢俊义战昱岭关，宋公明取清溪洞"），正文上图下文，卷端题"新刻全像水浒传"（亦有题"新刻全像水浒志传"者),署"钱塘施耐庵编辑　富沙刘兴我梓行",半叶十五行,首尾两行各三十五字,馀皆二十七字。原本旧藏日本长泽规矩也千叶文库,今归文渊阁。据长泽规矩也《家藏中国小说书目》云,系"翻刻藜光堂本者"。

汪子深,待考。

出像评点忠义水浒全书小引

杨定见

吾之事卓吾先生也,貌之承而心之委无非卓吾先生者:非先生之言弗言,非先生之阅弗阅。或曰狂,或曰癖,吾忘吾也,知有卓吾先生而已矣。先生殁而名益尊,道益广,书益播传。即片牍单词,留向人间者,靡不珍为瑶草,俨然欲倾宇内。猗欤盛哉!不朽可卜已。然而奇其文者十七,奇其人者十三。叩尔胸中,则皆未有卓吾先生者也。自吾游吴,访陈无异使君,而得袁无涯氏。揖未竟,辄首问先生,私淑之诚,溢于眉宇,其胸中殆如有卓吾者。嗣是数过从语,语辄及卓老,求卓老遗言甚力,求卓老所批阅之遗书又甚力。无涯氏岂狂耶?癖耶?吾探吾行笥,而卓吾先生所批定《忠义水游传》及《杨升庵集》二书与俱,挈以付之。无涯欣然如获至宝,愿公诸世。吾问:"二书孰先?"无涯曰:"《水浒》而忠义也,忠义而《水浒》也,知我罪我,卓老之春秋近是。其先《水浒》哉!其先《水浒》哉!"吾笑曰:"唯,唯!非卓老不能发《水浒》之精神,非无涯不能发卓老之精神。吾之事卓吾先生最久,而无涯之得卓吾先生乃最深。吾愧无涯矣!然无涯非吾,亦谁能发无涯之精神者?吾不负卓吾先生,无涯亦不负吾兹游也。"于是相视而笑,煮茶共啜,取卓吾先生叙《忠义水浒传》文,同声读之。胥江怒涛,若或应答。吾忘无涯矣,无涯忘吾矣,知有卓吾先生而已矣。楚人凤里杨定见书于胥江舟次。

出像评点忠义水浒全书发凡

一、传始于左氏,论者犹谓其失之诬,况稗说乎!顾意主劝惩,虽诬而不为罪。今世小说家杂出,多离经叛道,不可为训。间有借题说法,以杀盗淫妄,行警醒之意者,或钉拾而非全书,或捏饰而非习见,虽动喜新之目,实伤雅道之亡,何若此书之为正耶?昔贤比于班、马,余谓进于丘明,殆有《春秋》之遗意焉,故允宜称传。

一、梁山泊属山东兖州府,《志》作泺,称八百里,张之也。然昔人欲平此泊,而难于贮水,则亦不小矣。《传》不言梁山,不言宋江,以非贼地,非贼人,故仅以《水浒》名之——"浒",水涯也,虚其辞也。盖明率土王臣,江非敢据有此泊也。其居海滨之思乎?罗氏之命名微矣!

一、忠义者,事君处友之善物也。不忠不义,其人虽生已朽,而其言虽美弗传。此一百八人者,忠义之聚于山林者也;此百廿回者,忠义之见于笔墨者也。失之于正史,求之于稗官;失之于衣冠,求之于草野。盖欲以动君子,而使小人亦不得借以行其私,故李氏复加"忠义"二字,有以也夫。

一、书尚评点,以能通作者之意,开览者之心也。得则如着毛点睛,毕露神采;失则如批颊涂面,污辱本来,非可苟而已也。今于一部之旨趣,一回之警策,一句一字之精神,无不抉出,使人知此为稗家史笔,有关于世道,有益于文章,与向来坊刻,复乎不同。如按曲谱而中节,针铜人而中穴,笔头有舌有眼,使人可见可闻,斯评点所最贵者耳。

一、此书曲尽情状,已为写生,而复益之以绘事,不几赘乎？虽然,于琴见文,于墙见尧,几人哉？是以云台凌烟之画,豳风流民之图,能使观者感奋悲思,神情如对,则像固不可以已也。今别出心裁,不依旧样,或特标于目外,或叠采于回中,但拔其尤,不以多为贵也。

一、古本有罗氏"致语",相传《灯花婆婆》等事,既不可复见;乃后人有因"四大寇"之拘而酌损之者,有嫌一百廿回之繁而淘汰之者,皆失。郭武定本,即旧本移置阎婆事,甚善;其于寇中去王、田而加辽国,犹是小家照应之法,不知大手笔者,正不尔尔。如本内王进开章而不复收缴,此所以异于诸小说,而为小说之圣也欤！

一、旧本去诗词之烦芜,一虑事绪之断,一虑眼路之迷,颇直截清明。第有得此以形容人态,顿挫文情者,又未可尽除。兹复为增定:或窜原本而进所有,或逆古意而去所无。惟周劝惩,兼善戏谑,要使览者动心解颐,不乏咏叹深长之致耳。

一、订文音字,旧本亦具有功力,然淆讹舛驳处尚多。如首引一词,便有四谬。试以此刻对勘旧本,可知其馀。至如"耐"之为"奈","躁"之为"燥",犹云书错;若溷"戴"作"带",溷"煞"作"杀",溷"闩"作"拴","冲""衝"之无分,"迳""竟"之莫辨,遂属义乖。如此者,更难枚举,今悉校改。其音缀字下,虽便寓目,然大小断续,通人所嫌,故总次回尾,以便翻查。回远者例观,音异者别出。若半字可读,俗义可通者,或用略焉。

一、立言者必有所本。是书盖本情以造事者也,原不必取证他书,况《宋鉴》及《宣和遗事》,姓名人数,实有可征;又《七修类纂》亦载姓名,述贯中三十六天罡、七十二地煞。今以二文弁简,并列一百八人之里籍出身,亦便览记,以助谈资。

一、纪事者提要,纂言者钩玄。卷中李逵,已有提为《寿张传》者矣,如鲁达、林冲、武松、石秀、张顺、李俊、燕青等,俱可别作一传,以见始末。至字句之隽好,即方言谑詈,足动人心,今特揭出,见此书碎金拾之不尽。坡翁谓:"读书之法,当每次作一意求之。"小说尚有如此之美,况正史乎!

说明：上序及凡例，均录自袁无涯刊本衙藏板《出像评点忠义水浒全书》。此本内封上镌"李卓吾评阅"，下题"绣像藏本　水浒四传全书　本衙藏板"。首李卓吾《读忠义水浒全传序》。次《小引》，尾署"楚人凤里杨定见书于胥江舟次"。又次"出像评点忠义水浒全书发凡"。复次"水浒忠义一百八人籍贯出身""新镌李氏藏本忠义水浒全传引首

施耐庵集撰　罗贯中纂修""宣和遗事"。再次"忠义水浒全书目录"，凡一百二十回。有图像。图像后方为正文。正文半叶十行，行二十二字。有眉批总评。原本藏北京图书馆。此书或出万历间，以无明确记载，待考。

杨定见，楚人，李贽之学生。李贽《焚书》卷一"书答"中有《与杨定见》。馀待考。

袁无涯，本名叔度，号无涯。苏州人，著名书坊主。书坊名曰"书种堂"，刊行过公安三袁的集子，书中有署"门人袁叔度无涯校梓"者。冯梦龙所编《太霞新奏》卷五收有自己的散曲《送友访伎》，其小序曰："王冬生，名姝也，与余友无涯氏一见成契，将有久要，而终迫于家累。比再访，已鬻为越中苏

小矣。无涯氏固多情种，察其家，侯姓，并其门巷识之。刻日治装，将访之六桥花柳中。词以送之。"此无涯氏未知是否袁无涯。馀待考。

水浒传序

钟惺

汉家擅一代奇绝文字，当最《史记》一部。《史记》中极奇绝者，却不在帝纪、年表、八书、诸列传，只在货殖、滑稽、游侠、刺客四传。政唯世先有殖货蠢夫，走死地如骛五什，秦官（宫）夜狗，函谷晓鸡，迁乃提游侠高义，笑杀此辈。已又觉此辈只扮一场优旃戏局，为淳于赘婿拍拳揶揄，恨无荆、聂、舞阳，既挟徐夫人匕以泄其愤者，盖寓言此，托意彼。玩世、丑世、复用悲世，寸寸热肠，几乎欲笑不能，欲哭不敢矣。脉脉此情谁识？越数百年，乃又劈空有一部《水浒》传奇，啸傲于浊世云。而《水浒》中极奇绝者，又不在逢人便拜，翘然为梁山泊之主，而在锄奸斩淫，杀恶人如麻，吐世人不平之气于一百单八人。总之，世人先有《水浒传》中几番行径，然后施耐庵、罗贯中借笔墨拈出，与迁史同千古之恨：世上先有淫妇人，然后以杨雄之妻、武松之嫂实之；世上先有马泊六，然后以王婆实之；世上先有家奴与主母通，然后以卢俊义之贾氏、李固实之。若管营，若差拨，若董超，若薛霸，若富安，若陆谦，情状逼真，笑语欲活，非世人先有是事，即令文人面壁九年，呕血十石，安能有此笔舌耶？予谓《水浒传》明是画出一幅英雄面孔，装成个漆城葬马笑谈，堪与货殖、刺客、诸丑、世语并垂勿朽也。李卓吾复恐读者草草看过，又为点定，作艺林一段佳话。仍以鲁智深临化数言，揭内典之精微，唤醒一世沉梦。若罗真人、清道人、戴院长，又极道家变幻，为渡世津筏，撑照睡不醒汉于彼岸乎。伟哉，宋公明！乱世奸雄，治世能臣。收方腊如拉朽摧枯，能已见于天下矣。最奇者，气岸如黑旋风，靴尖可踢倒一世，惜今代无此人。何可怪卓吾氏以《水浒》为绝世奇文也者？非其文奇，其人奇耳。噫！世无李逵、吴用，令哈赤猖獗辽东。每诵《秋风》思猛士，为之狂呼叫绝。安得张、韩、岳、刘五六辈，扫清辽蜀妖氛，剪灭此而后朝食也。楚景陵伯敬钟惺题。

水浒传人品评

钟惺

宋江：宋江逢人便拜，见人便哭，每自称曰："小吏小吏"，或招曰"罪人罪人"，的是个假道学、真强盗也。然终能以此收拾人心，亦非无用者。当时若使之为相，虽不敢曰休休一个臣，亦必能以人事君，有可观者矣。

吴用：吴用一味权谋，全身奸诈，佛性到此，澌灭殆尽。倘能置之帷幄之中，似亦可与陈平诸人对垒。

李逵：李逵者，梁山泊第一尊活佛也。为善为恶，彼俱无意。宋江用之，便只知有宋江而已，无成心也，无执念也。藉使道君皇帝能用之，我知其不为蔡京、高俅、童贯、杨戬矣。

卢俊义：俊义山东富室，人称三绝，惟知丘园自贲，那肯沦落江湖，却被大圆和尚一荐，吴用便平白赚人做贼，性命几不能保。噫！吴用至此计太毒矣。可恨可恨。

鲁智深：智深性急颇像李逵，却比李逵更有许多蕴藉处。观其打死郑屠，计退周通，乃粗中之细，真世上大有心人。或谓其收拾器皿一节,便非丈夫所为。余谓率性所为,不拘小节,此正是后来成佛作祖处。如今人假慈悲者,毕竟济得甚事?总之,周通东手来,西手去,何妨之有?何妨之有?

林冲:林冲仪表逞异,膂力过人,实兔苴之纠纠者,际遇名世,可方彭季之俦,卒落权奸之穽,逃入水泊。当日倘用之御金辽,焉知不为干城心腹乎?

扈三娘:扈三娘二八娉婷,巾帼丈夫。其英勇可比锦伞夫人,人共赏之。既字祝彪,可称同调。何彪之命薄,竟不能妇三娘,而为贼人所得,人共惜之。然红颜薄命,自古有之。朱淑真才好而遇穷,李夫人被遇而短世,真大缺陷也。

杨雄、石秀:石秀之遇杨雄,如波投水;杨雄之结石秀,如漆付胶。从来路见不平者多,拔刀相助者少。世人至亲兄弟,至切交情,尚有反面无情者,怎似杨雄、石秀,萍水一逢,便成肝胆之交?杨雄必竟得他之力。如杨雄者不难,如石秀者,世不易得。石秀不止一武夫,观其委婉详悉,的是智勇之士。

海阇黎、潘巧云:阇黎色中饿鬼,巧云花阵魔头。两下正逢敌手,极恣欢悦,孽报相随,终遭惨祸。从来佛法淫戒最重,历看僧道贪淫,皆收无上苦报。而僧人每每犯之,杳不知戒,何也?今后僧家贪淫者,且勿看经,请看《水浒传》。

说明:上序及品评,录自该书之"积庆堂藏版本"(见卷二十二第三叶版心下)。原本日本神山润次氏藏,有上海古籍出版社《古本小说集成》本、台湾天一出版社本。首《水浒传序》,尾署"楚景陵伯敬钟惺题",有"钟惺之印"阳文、"伯敬子"阴文钤各一方。次,"钟伯敬先生批评水浒传卷之一目录",凡一百卷一百回。又次,"水浒传人物品评"。复次图像三十九幅。正文卷端题"钟伯敬先生批评水浒传卷之× 竟陵钟惺伯敬父批评",半叶十二行,行二十六字。版心上镌"批评水浒传",鱼尾下镌卷次。每回有总评,也有少量眉批。其序中的议论、人物品评、包括回中的一些批评文字,均显示出此书与李卓吾评本间的渊源。

钟惺(1574—1624),字伯敬,号退谷,竟陵(今湖北天门)人,万历三十八年(1610)进士,曾官礼部主事。官至福建提学佥事。与同里谭元春共选《唐诗归》和《古诗归》,名扬一时,形成"竟陵派"。有

《隐秀集》。此本序云:"世无李逵、吴用,令哈赤猖獗辽东。每诵《秋风》思猛士,为之狂呼叫绝。安得张、韩、岳、刘五六辈,扫清辽蜀妖氛,剪灭此而后朝食也。"书之出当在天启至崇祯初。钟惺天启二年丁忧,并受南居益所劾而废于家。开始选《诗归》、评《左传》《史记》等,文名特盛。此书是否钟敬伯批评,尚有待考证。

水浒忠义传叙

郑大郁

昔先王广励学宫,而率作天下事也。其忠义在人心,不特一时为然,至千百万世莫不然;不特盛时为然,即式微板荡莫不然;不特朝端之士为然,即田间泽畔,极之稗林笑聚之场,至无聊藉之徒,其杀身成仁,舍生取义,忠义之慨,犹凛然而不衰。噫!此《水浒》所以"忠义"名《传》也。夫忠义何以归于"水浒"也?观其身居水浒之中,心在朝廷之上,一意招安,颛图报效,至于犯大难,成大功,卒罹大冤,服毒自缢,同死而不辞,则谓宋公明真有智力、有忠有义之人可也。此一百单八人,同功同过,同死同生，其有智有力，有忠有义，投之宋公明其人可也。"忠义"名《传》，讵曰不互（宜）？至若其中叙事之变幻，慕（摹）写之曲尽，战法阵图、人情土俗、百工技艺，无所不具，则薪传也。虽艺林小说，其益后来之见闻于不殆，术先王之教泽于无穷，岂浅浅哉。温陵云明郑大郁题。

　　说明：上叙录自藜光堂刊本《新刻全像忠义水浒志传》。据《中国古代小说总目（白话卷）》，此本二十五卷，一百十五回，内封上镌"忠义堂图"，下分三栏，左右两栏镌"全像忠义水浒"六字，中栏镌"藜光堂藏板"。首"水浒忠义传叙"，尾署"温陵云明郑大郁题"。正文卷端署"清源姚宗镇国藩父编 武荣郑国扬文甫仝校　书林刘欣恩荣吾父梓行"。孙楷第《中国通俗小说书目》谓此本已佚，引日本《斯文杂志》十二编三号神山润次文谓"书为藜光堂本。首温陵郑大郁序，梁山辕门图，每叶本文中嵌出像（上图下文？），卷端题'清源姚宗镇国藩父编'，大致同评林本。刻书时代不下万历"。所谓已佚，实误。

　　萧按：曾于李福庆先生处钞得另一郑大郁序，

与上所录有异：不同在"啸聚之场"至"至于犯大难，成"一段文字被放置在"至若其中"的后面，殆为断简错接所致。

郑大郁，字孟周，明末清初温陵（今福建泉州）人，自称观社主人。曾与郑芝龙、郑鸿逵一起编刻《经国雄略》，书出南明弘光间。《经国雄略》首有郑芝龙撰《经国雄略序》、张运泰撰《经国雄略序》及郑大郁《经国雄略自序》《纪例》。郑芝龙是郑成功的父亲、郑鸿逵是郑成功的叔父，与郑大郁同乡，或为一族亦未可知。又与黄道周一起整理过《海篇群玉》，留下序文两篇。又有《武学备考》十六卷。馀待考。

忠义水浒全传序

五湖老人

夫天地间真人不易得，而真书亦不易数觏。有真人而后一时有真面目，真知己；有真书而后千载有真事业，真文章。虽然，其人不必尽皆文、周、孔、孟也，即好勇斗狠之辈，皆含真气；其书亦不必尽皆二典、三谟、周诰、殷盘也，即嬉笑怒骂之顷，俱成真境。故真莫真于孩提，乃不转瞬而真已变，惟终不失此孩提之性则真矣。真又莫真于山川之流峙，烟云之变化，乃一经渲染而真已失。惟能得而至者，皆天下有心汉，娘子军是。

计亏时，不无以干戈始，以玉帛终，不谓真相知乃从干戈中得耶？试稽施、罗两君所著，凡传中诸人，其须眉眼耳鼻，写照毕肖，不独当年之卢面蒙愧，李笑口丑，苏舌受惭，即以较今日之伪道学，假名士，虚节侠，妆丑抹净，不羞莫夜泣而甘东郭餍者，万万迥别，而谓此辈可易及乎！兹余于梁山公明等，不胜神往其血性。总血性发忠义事，而其人足不朽。至如血性不朽矣，而须眉眼耳鼻，或不经于著述，如是者易湮。尝见夫《西洋》《平妖》及《痴婆子》《双双小传》，甚者《浪史》诸书，非不纷借其名，人函户缄，滋读而味说之为愉快，不知滥觞启窦，只导人惛淫耳。兹余于《水浒》一编，而深赏其血性，总血性有忠义名，而其《传》亦足不朽。何者？此《传》一日留宇宙间，即公明辈一日不死宇宙间。披借而得其如虬如戟之须，似蛾似黛之眉，或青或白或慈或慧或逃之眼，若儋若白若瞩垣之耳，为隆准为截筒之鼻。读半则而笑骂声宛然,读全则而怒痴状宛然。及读上下相关处,而细作者冠冕其胸,奴隶者英雄其胆。仆人渔老,贩子舆夫,每每潜天潜地,忽鬼忽蜮者,又狂豪情烈其肝膈,寓于编不少遗焉。嗟嗟！眼不亲炙公明辈,犹喜神遇公明辈也。

今天下何人不拟道学,不扮名士,不矜节侠？久之而借排解以润私橐,逞羽翼以剪善类,贤有司惑其公道,仁乡友信其义举。茫茫世界,竟成极龌龊、极污蔑乾坤。此辈血性何往,而忠义何归？必其人直未尝读《水浒》者也。倘公明辈有灵,即读亦不解,况原不会读也。何其悲哉！何其悲哉！虽然,与其为伪道学,假名士,虚节侠,不若尚友公明辈矣。与其为哦《西洋》,咏《平妖》,览《双双》《浪史》,不若羹墙《梁山传》矣。且以罡人、煞人,天地之生畸才不数；罡传、煞传,古今之成异集亦不数,甚矣。此传须慧心人参读,而徒口者则以为死人之糟粕矣夫。

余近岁得《水浒》正本一集,较旧刻颇精简可嗜；而其映合关生,倍有深情,开示良剂。因与同社,略商其丹铅,而佐以评语,洎名山久藏之书,尚与宇宙共之。今而后,安知全本显而赝本不晦,全本行而繁本不止乎?果尔,则余之诠次有功,而纸贵决可翘俟,庶不负耐庵、贯中良意,如曰什袭亦可,则罪同怀璧。五湖老人题于莲子峰小曼陀精舍。

说明:上序出宝翰楼刻本《文杏堂批评水浒传》卷首,原本藏法国巴黎国家图书馆,转录于刘修业《古典小说戏曲丛考》。或谓此书出明天启间,未知何据?

五湖老人,待考。

第五才子书施耐庵水浒传卷之一
圣叹外书　序一

金圣叹

原夫书契之作,昔者圣人所以同民心而出治道也。其端肇于结绳,而其盛殽而为《六经》。其秉简载笔者,则皆在圣人之位而又有其德者也。在圣人之位,则有其权;有圣人之德,则知其故。有其权而知其故,则得作而作,亦不得不作而作也。是故

《易》者,导之使为善也;《礼》者,坊之不为恶也;《书》者,纵以尽天运之变;《诗》者,衡以会人情通也。故《易》之为书,行也;《礼》之为书,止也;《书》之为书,可畏;《诗》之为书,可乐也。故曰:《易》圆而《礼》方,《书》久而《诗》大。又曰:《易》不赏而民劝,《礼》不怒而民避,《书》为庙外之几筵,《诗》为未朝之明堂也。若有《易》而可以无《书》也者,则不复为《书》也;有《易》有《书》而可以无《诗》也者,则不复为《诗》也;有《易》有《书》有《诗》,而可以无《礼》也者,则不复为《礼》也。有圣人之德,则知其故;知其故,则知《易》与《诗》与《礼》各有其一故,而不可以或废也。

有圣人之德,而又在圣人之位,则有其权;有其权,而后作《易》,之后又欲作《书》,又欲作《诗》,又欲作《礼》,咸得奋笔而遂为之,而人不得面议其罪也。无圣人之位,则无其权;无其权而不免有作,此仲尼是也。仲尼无圣人之位而有圣人之德,有圣人之德则知其故,知其故而不能已于作,此《春秋》是也。顾仲尼必曰:"知我者其惟《春秋》乎!罪我者其惟《春秋》乎!"斯其故何哉?知我惟《春秋》者,

《春秋》一书，以天自处学《易》，以事系日学《书》，罗列与国学《诗》，扬善禁恶学《礼》。皆所谓有其德而知其故，知其故而不能已于作，不能已于作而遂兼四经之长，以合为一书，则是未尝作也。夫未尝作者，仲尼之志也。罪我惟《春秋》者，古者非天子不考文，自仲尼以庶人作《春秋》，而后世巧言之徒，无不纷纷以作；纷纷以作既久，庞言无所不有，君读之而旁皇于上，民读之而惑乱于下，势必至于拉杂燔烧，祸连六经。夫仲尼非不知者，而终不已于作，是则仲尼所为引罪自悲者也。或问曰：然则仲尼真有罪乎？答曰：仲尼无罪也。仲尼心知其故，而又自以庶人，不敢辄有所作，于是因史成经，不别立文，而但于首大书"春王正月"。若曰其旧则诸侯之书也，其新则天子之书也。取诸侯之书，手治而成天子之书者，仲尼不予诸侯以作书之权也。仲尼不肯以作书之权予诸侯，其又乌肯以作书之权予庶人哉？是故作书，圣人之事也；非圣人而作书，其人可诛，其书可烧也。

  作书，圣人而天子之事也；非天子而作书，其人可诛，其书可烧也。何也？非圣人而作书，其书破道;非天子而作书,其书破治。破道与治,是横议也。横议则乌得不烧?横议之人则乌得不诛?故秦人烧书之举,非直始皇之志,亦仲尼之志。乃仲尼不烧,而始皇烧者,仲尼不但无作书之权,是亦无烧书之权者也。若始皇烧书而并烧圣经,则是虽有其权而实无其德;实无其德,则不知其故;不知其故,斯尽烧矣!故并烧圣经者,始皇之罪也;烧书,始皇之功也。无何汉兴,又大求遗书。当时在廷诸臣,以献书进者多有。于是四方功名之士,无人不言有书,一时得书之多,反更多于未烧之日。

今夫自古至今,人则知烧书之为祸至烈,又岂知求书之为祸之尤烈哉!烧书而天下无书,天下无书,圣人之书所以存也;求书而天下有书,天下有书,圣人之书所以亡也。烧书是禁天下之人作书也;求书是纵天下之人作书也。至于纵天下之人作书矣,其又何所不至之与有。明圣人之教者,其书有之;叛圣人之教者,其书亦有之。申天子之令者,其书有之;犯天子之令者,其书亦有之。夫诚以三代之治治之,则彼明圣人之教与申天子之令者,犹在所不许。何则?恶其破道与治,黔首不得安也。

如之何而至于叛圣人之教,犯天子之令,而亦公然自为其书也?原其繇来,实惟上有好者,下必尤甚。父子兄弟,聚族撰著,经营既久,才思溢矣。夫应诏固须美言,自娱何所不可?刻画魑魅,诋讪圣贤,笔墨既酣,胡可忍也?是故乱民必诛,而"游侠"立传;市侩辱人,而"贷殖"名篇。意在穷奇极变,皇惜刳心呕血。所谓上薄苍天,下彻黄泉,不尽不快,不快不止也。如是者,当其初时,犹尚私之于下,彼此传观而已,惟畏其上之禁之者也。殆其既久,而上亦稍稍见之,稍稍见之,而不免喜之,不惟不之禁也。夫叛教犯令之书,至于上不复禁而反喜之,而天下之人,岂其复有忌惮乎哉!其作者惊相告也,其读者惊相告也,惊告之后,转相祖述,而无有一人不作,无有一人不读也。于是而圣人之遗经,一二篇而已;诸家之书,坏牛折轴不能载,连阁复室不能庋也。天子之教诏,土苴之而已;诸家之书,非缥缃不为其题,非金玉不为其签也。积渐至于今日,祸且不可复言:民不知偷,读诸家之书,则无不偷也;民不知淫,读诸家之书,则无不淫也;民不知诈,读诸家之书,则无不诈也;民不知乱,读诸家之书,则无不乱也。夫吾向所谓非圣人而作书,其书破道,非天子而作书,其书破治者,不过忧其附会经义,示民以杂,测量治术,示民以明。示民以杂,民则难信;示民以明,民则难治。故遂断之破道与治,是为横议,其人可诛,其书可烧耳,非真有所大诡于圣经,极害于王治也。而然且如此,若夫今日之书,则岂复苍帝造字之时之所得料,亦岂复始皇燔烧之时之所得料哉!是真一诛不足以蔽其辜,一烧不足以灭其迹者。而祸首罪魁,则汉人诏求遗书,实开之衅,故曰烧书之祸烈,求书之祸尤烈也。烧书之祸,祸在并烧圣经,圣经烧而民不兴于善,是始皇之罪,万世不得而原之也。求书之祸,祸在并行私书,私书行而民之于恶乃至无所不有,此汉人之罪,亦万世不得而原之也。然烧圣经,而圣经终大显于后世,是则始皇之罪,犹可逭也。若行私书,而私书遂至灾害蔓延,不可复救,则是汉人之罪,终不活也。

　　呜呼!君子之至于斯也,听之则不可,禁之则不能,其又将以何法治之与哉?曰:吾闻之,圣人之作书也以德,古人之作书也以才。知圣人之作书以德,则知六经皆圣人之糟粕,读者贵乎神而明之,而不得栉比字句,以为从事于经学也。知古人之作书以才,则知诸家皆鼓舞其菁华,览者急须褰裳去之,而不得捃拾齿牙,以为谭言之微中也。于圣人之书而能神而明之者,吾知其而今而后,始不敢于《易》之下作《易传》,《书》之下作《书传》,《诗》之下作《诗传》,《礼》之下作《礼传》,《春秋》之下作《春秋传》也。何也?诚愧其德之不合,而惧章句之未安,皆当大拂于圣人之心也。于诸家之书而诚能褰裳去之者,吾知其而今而后,始不肯于《庄》之后作《广庄》,《骚》之后作《续骚》,《史》之后作《后史》,《诗》之后作《拟诗》,稗官之后作新稗官也。何也?诚耻其才之不逮而徒唾沫之相袭,是真不免于古人之奴也。夫扬汤而不得冷,则不如且莫进薪;避影而影愈多,则不如教之勿趋也。恶人作书,而示之以圣人之德,与夫古人之才者,盖为游于圣门者难为言,观于才子之林者难为文,是亦止薪勿趋之道也。

然圣人之德,实非夫人之能事;非夫人之能事,则非予小子今日之所敢及也。彼古人之才,或犹夫人之能事;犹夫人之能事,则庶几予小子不揣之所得及也。夫古人之才也者，世不相延，人不相及。庄周有庄周之才，屈平有屈平之才，马迁有马迁之才，杜甫有杜甫之才，降而至于施耐庵有施耐庵之才，董解元有董解元之才。才之为言材也：凌云蔽日之姿，其初本于破荄分荚；于破荄分荚之时，具有凌云蔽日之势；于凌云蔽日之时，不出破荄分荚之势。此所谓材之说也。又才之为言裁也：有全锦在手，无全锦在目；无全衣在目，有全衣在心，见其领，知其袖，见其襟，知其裾也，夫领则非袖，而襟则非裾，然左右相就，前后相合，离然各异，而宛然共成者，此所谓裁之说也。

今天下之人，徒知有才者始能构思，而不知古人用才，乃绕乎构思以后；徒知有才者始能立局，而不知古人用才，乃绕乎立局以后；徒知有才者始能琢句，而不知古人用才，乃绕乎琢句以后；徒知有才者始能安字，而不知古人用才，乃绕乎安字以后。此苟且与慎重之辩也。言有才始能构思、立局、琢句而安字者，此其人外未尝矜式于珠玉，内未尝经营于惨淡。隤然放笔，自以为是，而不知彼之所为才，实非古人之所为才，正是无法于手而又无耻于心之事也,言其才绕乎构思以前,构思以后,乃至绕乎布局、琢句、安字以前以后者,此其人笔有左右,墨有正反,用左笔不妥换右笔,用右笔不妥换左笔,用正墨不现换反墨,用反墨不现换正墨。心之所至,手亦至焉;心之所不至,手亦至焉;心之所不至,手亦不至焉。心之所至,手亦至焉者,文章之圣境也;心之所不至,手亦至焉者,文章之神境也;心之所不至,手亦不至焉者,文章之化境也。夫文章至于心手皆不至,则是其纸上无字无句无局无思者也。而独能令千万世下人之读吾文者,其心头眼底,乃窅窅有思,乃摇摇有局,乃铿铿有句,而烨烨有字。则是其提笔临纸之时,才以绕其前,才以绕其后,而非徒然卒然之事也。故依世人之所谓才,则是文成于易者,才子也;依古人之所谓才,则必文成于难者,才子也。依文成于易之说,则是迅疾挥扫,神气扬扬者,才子也;依文成于难之说,则必心绝气尽,面犹死人者,才子也。故若庄周、屈平、马迁、杜甫以及施耐庵、董解元之书,是皆所谓心绝气尽,面犹死人,然后其才前后缭绕,得成一书者也。庄周、屈平、马迁、杜甫,其妙如彼,不复具论。若夫施耐庵之书,而亦必至于心尽气绝,面犹死人,而后其才前后缭绕,始得成书,夫而后知古人作书,真非苟且也者。而世之人犹尚不肯审己量力,废然歇笔,然则其人真不足诛,其书真不足烧也。

夫身为庶人,无力以禁天下之人作书,而忽取牧猪奴手中之一编,条分而节解之,而反能令未作之书不敢复作,已作之书一旦尽废,是则圣叹廓清天下之功,为更奇于秦人之火。故于其首篇叙述古今经书兴废之大略如此。虽不敢自谓斯文之功臣,亦庶几封关之丸泥也。

第五才子书施耐庵水浒传卷之一
圣叹外书　序二

观物者审名,论人者辨志。施耐庵传宋江,而题其书曰《水浒》,恶之至,迸之至,不与同中国也,而后世不知何等好乱之徒,乃谬加以"忠义"之目。呜呼!忠义而在《水浒》乎哉?忠者,事上之盛节也;义者,使下之大经也。忠以事其上,义以使其下,斯宰相之材也。忠者,与人之大道也;义者,处己之善物也。忠以与乎人,义以处乎己,则圣贤之徒也。

若夫耐庵所云《水浒》也者,王土之滨则有"水",又在水外则曰"浒",远之也。远之也者,天下之凶物,天下之所共击也;天下之恶物,天下之所共弃也。若使忠义而在《水浒》,忠义为天下之凶物、恶物乎哉?且《水浒》有忠义,国家无忠义耶?夫君则犹是君也,臣则犹是臣也,夫何至于国而无忠义?此虽恶其臣之辞,而已难乎为吾之君解也。父则犹是父也,子则犹是子也,夫何至于家而无忠义?此虽恶其子之辞,而已难乎为吾之父解也。故夫以"忠义"予《水浒》者,斯人必有忮其君父之心,不可以不察也。且亦不思宋江等一百八人,则何为而至于水浒者乎?其幼,皆豺狼虎豹之姿也;其壮,皆杀人夺货之行也;其后,皆敲朴劓刖之馀也;其卒,皆揭竿斩木之贼也。有王者作,比而诛之,则千人亦快,万人亦快者也。如之何而终亦幸免于宋朝之斧锧。彼一百八人而得幸免于宋朝者,恶知不将有若干百千万人思得复试于后世者乎?耐庵有忧之,于是奋笔作传,题曰《水浒》。意若以为之一百八人,即得逃于及身之诛僇,而必不得逃于身后之放逐者,君子之志也。而又妄以"忠义"予之,是则将为戒者而反将为劝耶!豺狼虎豹而有祥麟、威凤之目;杀人夺货而有伯夷、颜渊之誉;劓刖之馀而有上流、清节之荣;揭竿斩木而有忠顺、不失之称。既已名实抵牾,是非乖错,至于如此之极!然则几乎其不胥天下后世之人,而惟宋江等一百八人,以为高山景行,其心向往者哉。是故繇耐庵之《水浒》言之,则如史氏之有《梼杌》是也。备书其外之权诈,备书其内之凶恶,所以诛前人既死之心者,所以防后人未然之心也。繇今日之《忠义水浒》言之,则直与宋江之赚入伙、吴用之说撞筹无以异也。无恶不归朝廷,无美不归绿林。已为盗者,读之而自豪;未为盗者,读之而为盗也。

呜呼!名者,物之表也;志者,人之表也。名之不辨,吾以疑其书也;志之不端,吾以疑其人也。削忠义而仍《水浒》者,所以存耐庵之书其事小,所以存耐庵之志其事大。虽在稗官,有当世之忧焉。后世之恭慎君子,苟能明吾之志,庶几不易吾言矣哉!

第五才子书施耐庵水浒传卷之一
圣叹外书　序三

　　施耐庵《水浒》正传七十卷,又楔子一卷,原序一篇,亦作一卷,共七十二卷。今与汝释弓。

　　序曰:吾年十岁,方入乡塾,随例读《大学》《中庸》《论语》《孟子》等书,意惛如也。每与同塾儿窃作是语,不知习此将何为者。又窥见大人彻夜吟诵,其意乐甚,殊不知其何所得乐,又不知尽天下书,当有几许,其中皆何所言,不雷同耶? 如是之事,总未能明于心。

　　明年,十一岁,身体时时有小病,病作,辄得告假出塾。吾既不好弄,大人又禁不许弄,仍以书为消息而已。吾最初得见者,是《妙法莲华经》;次之,则见屈子《离骚》;次之,则见太史公《史记》;次之,则见俗本《水浒传》。是皆十一岁病中之创获也。《离骚》苦多生字,好之而不甚解,记其一句两句吟唱而已。《法华经》《史记》解处为多,然而胆未坚刚,终亦不能尝读。其无晨无夜不在怀抱者,吾于《水浒传》,可谓无间然矣。吾每见今世之父兄,类不许其子弟读一切书,亦未尝引之见于一切大人先生,此皆大错。夫儿子十岁,神智生矣,不纵其读一切书,且有他好;又不使之列于大人先生之间,是驱之与婢仆为伍也。汝昔五岁时,吾即容汝出坐一隅,今年始十岁,便以此书相授者,非过有所宠爱,或者教汝之道当如是也。吾犹自记十一岁读《水浒》后,便有于书无所不窥之势。吾实何曾得见一书,心知其然,则有之耳。然就今思之,诚不谬矣。天下之文章,无有出《水浒》右者;天下之格物君子,无有出施耐庵先生右者。学者诚能澄怀格物,发皇文章,岂不一代文物之林,然但能善读《水浒》而已,为其人绰绰有馀也。

　　《水浒》所叙,叙一百八人,人有其性情,人有其气质,人有其形状,人有其声口。夫以一手而画数面,则将有兄弟之形;一口而吹数声,斯不免再映也。施耐庵以一心所运,而一百八人各自入妙者,无他,十年格物而一朝物格,斯以一笔而写百千万人,固不以为难也。格物亦有法,汝应知之。格物之法,以忠恕为门。何谓忠?天下因缘生法,故忠不必学而至于忠,天下自然无法不忠。火亦忠,眼亦忠，故吾之见忠，钟忠、耳忠，故闻无不忠。吾既忠，则人亦忠，盗贼亦忠，犬鼠亦忠。盗贼、犬鼠无不忠者，所谓恕也。夫然后物格，夫然后能尽人之性，而可以赞化育，参天地。今世之人吾知之，是先不知因缘生法；不知因缘生法，则不知忠。不知忠，乌知恕哉？是人生二字而不能自解也，谓其妻曰：眉犹眉也，目犹目也，鼻犹鼻，口犹口，而大儿非小儿，小儿非大儿者何故？而不自知实与其妻亲造作之也。夫不知子，问之妻，夫妻因缘，是生其子。天下之忠，无有过于夫妻之事者；天下之忠，无有过于其子之面者。审知其理，而睹天下人之面，察天下夫妻之事，彼万面不同，岂不甚宜哉！忠恕，量万物之斗斛也；因缘生法，裁世界之刀尺也。施耐庵左手握如是斗斛，右手持如是刀尺，而仅乃叙一百八人之性情、气质、形状、声口者，是犹小试其端也。若其文章，字有字法，句有句法，章有章法，部有部法，又何异哉。吾既喜读《水浒》，十二岁便得贯华堂所藏古本，吾日夜手钞，谬自评释，历四五六七八月，而其事方竣，即今此本是已。如此者，非吾有读《水浒》之法，若《水浒》固自为读一切书之法矣。

吾旧闻有人言，庄生之文放浪，《史记》之文雄奇，始亦以之为然，至是忽哑然其笑。古今之人，以瞽语瞽，真可谓一无所知，徒令小儿肠痛耳。夫庄生之文，何尝放浪？《史记》之文，何尝雄奇？彼殆不知庄生之所云，而徒见其忽言化鱼，忽言解牛，寻之不得其端，则以为放浪。徒见《史记》所记，皆刘、项争斗之事，其他又不出于杀人报仇、捐金重义为多，则以为雄奇也。若诚以吾读《水浒》之法读之，正可谓庄生之文精严，《史记》之文亦精严。不宁惟是而已，盖天下之书，诚欲藏之名山，传之后人，即无有不精严者。何谓之精严？字有字法，句有句法，章有章法，部有部法是也。夫以庄生之文杂之《史记》，不似《史记》，以《史记》之文杂之庄生，不似庄生者，庄生意思欲言圣人之道，《史记》摅其怨愤而已。其志不同，不相为谋，有固然者，毋足怪也。若复置其中之所论，而直取其文心，则惟庄生能作《史记》，惟子长能作《庄子》。吾恶乎知之？吾读《水浒》而知之矣。夫文章小道，必有可观，吾党斐然，尚须裁夺。古来至圣大贤，无不以其笔墨为身光耀。只如《论语》一书，岂非仲尼之微言，洁净之篇节？然而善论道者论道,善论文者论文,吾尝观其制作,又何其甚妙也。《学而》一章,三唱"不亦";《叹觚》之篇,有四"觚"字;馀者一"不"两"哉"而已。"质胜文则野,文胜质则史",其文交互而成。"知之者不如好之者,好之者不如乐之者",其法传接而出。山水动静乐寿,譬禁树之对生;子路问闻斯行,如晨鼓之频发。其他不可悉数,约略皆佳构也。彼《庄子》《史记》,各以其书独步万年。万年之人,莫不叹其何处得来。若自吾观之,彼亦岂能有其多才者乎？皆不过以此数章引而伸之,触类而长之者也。

　　《水浒》所叙,叙一百八人。其人不出绿林,其事不出劫杀,失教丧心,诚不可训。然而吾独欲略其形迹,伸其神理者,盖此书七十回,数十万言,可谓多矣,而举其神理,正如《论语》之一节两节,浏然以清,湛然以明,轩然以轻,濯然以新,彼岂非《庄子》《史记》之流哉！不然,何以有此？如必欲苟其形迹,则夫十五国风,淫污居半;《春秋》所书,弑夺十九,不闻恶神奸而弃禹鼎,憎梼杌而诛倚相,此理至明,亦易晓矣。

嗟乎！人生十岁，耳目渐吐，如日在东，光明发挥。如此书，吾即欲禁汝不见，亦岂可得。今知不可相禁，而反出其旧所批释，脱然授之于手也，夫固以为《水浒》之文精严，读之即得读一切书之法也。汝真能善得此法，而明年经业既毕，便以之遍读天下之书，其易果如破竹也者。夫而后叹施耐庵《水浒传》真为文章之总持，不然，而犹如常儿之泛览者而已。是不惟负施耐庵，亦殊负吾。汝试思之，吾如之何其不郁郁乎哉！皇帝崇祯十四年二月十五日。

第五才子书施耐庵水浒传卷之二
圣叹外书

《宋史纲》："淮南盗宋江掠京东诸郡，知海州张叔夜击降之。"

史臣断曰：赦罪者，天子之大恩；定罪者，君子之大法。宋江掠京东诸郡，其罪应死，此书降而不书诛，则是当时已赦之也。盖盗之初，非生而为盗也，父兄失教于前，饥寒驱迫于后，而其才与其力又不堪以郁郁让人，于是无端入草，一啸群聚，始而夺货，既而称兵，皆有之也。然其实谁致之失教，谁致之饥寒，谁致之有才与力而不得自见？"万方有罪，罪在朕躬"，成汤所云，不其然乎？孰非赏之亦不窃者？而上既陷之，上又刑之，仁人在位，而罔民可为，即岂称代天牧民之意哉！故夫降之而不诛，为天子之大恩，处盗之善法也。若在君子，则又必不可不大正其罪而书之曰盗者，君子非不知盗之初非生而为盗，与夫既赦以后之乐与更始，亦不复为盗也，君子以为天子之职，在养万民，养万民者，爱民之命，虽蜎飞蠕动，动关上帝生物之心；君子之职在教万民，教万民者，爱民之心，惟一朝一夕必麆履霜为冰之惧。故盗之后，诚能不为盗者，天子力能出之汤火，而置之衽席，所谓九重之上，大开迁善之门也。乃盗之后，未必遂无盗者，君子先能图其神奸而镇以禹鼎，所谓三尺之笔，真有雷霆之怒也。盖一朝而赦者，天子之恩。百世不改者，君子之法。宋江虽降而必书曰"盗"，此《春秋》谨严之志，所以昭往戒，防未然，正人心，辅王化也。后世之人不察于此，而衷然于其外史冠之以"忠义"之名，而又从而节节称叹之。呜呼！彼何人斯，毋乃有乱逆之心矣夫！

张叔夜之击宋江而降之也，《宋史》大书之曰"知海州"者何？予之也。何予乎张叔夜？予其真能知海州者也。何也？盖君子食君之食，受君之命，分君之地，牧君之民，则曰"知某州"。"知"之为言，司其事也。老者未安，尔知其安；少者未育，尔知其育；饥者未食，尔知树畜；寒者未衣，尔知蚕桑；劳者未息，尔知息之；病者未愈，尔知愈之；愚者未教，尔知教之；贤者未举，尔知举之。夫如是，然后谓之不废厥职。三年报政，而其君劳之，锡之以宴享，赠之以歌诗，处之以不次，延之以黄阁，盖知州真为天子股肱心膂之臣，非苟且而已也。自官箴既坠，而肉食者多，民废田业，官亦不知；民学游手，官亦不知；民多饥馁，官亦不知；民渐行劫，官亦不知。如是即不免至于盗贼蜂起也。而问其城郭，官又不知；问其兵甲，官又不知；问其粮草，官又不知；问其马匹，官又不知。嗟乎！既已一无所知，而又欺其君曰："吾知某州。"夫尔知某州何事者哉？《宋史》于张叔夜击降宋江而独大书"知海州"者，重予之也。

　　史臣之为此言也，是犹宽厚言之者也。若夫官知某州，则实何事不知者乎？关节则知通也，权要则知跪也，催科则知加耗也，对簿则知罚赎也，民户殷富则知波连以逮之也，吏胥狡狯则知心膂以托之也。其所不知者，诚一无所知；乃其所知者，且无一而不知也。嗟乎！嗟乎！一无所知，仅不可以为官；若无一不知，不且俨然为盗乎哉？诚安得张叔夜其人，以击宋江之馀力而遍击之也。

　　《宋史目》："宋江起为盗，以三十六人横行河朔，转掠十郡，官军莫敢婴其锋。知亳州侯蒙上书，言江才必有大过人者，不若赦之，使讨方腊以自赎。帝命蒙知东平府，未赴而卒。又命张叔夜知海州。江将至海州，叔夜使间者觇所向。江径趋海滨，劫巨舟十馀，载卤获。叔夜募死士，得千人，设伏近城，而出轻兵距海诱之战。先匿壮卒海旁，伺兵合，举火焚其舟。贼闻之，皆无斗志。伏兵乘之，擒其副贼，江乃降。"

　　史臣断曰：观此而知天下之事无不可为，而特无为事之人。夫当宋江以三十六人，起于河朔，转掠十郡，而十郡官军，莫之敢婴也，此时岂复有人谓其饥兽可缚，野火可扑者哉？一旦以朝廷之灵，而有张叔夜者至。夫张叔夜则犹之十郡之长官耳，非食君父之食独多，非蒙国家之知遇独厚也者。且宋江则亦非独雄于十郡，而独怯于海州者也。然而前则恣其劫杀，无敢如何；后则一朝成擒，如风迅扫者。此无他，十郡之长官，各有其妻子，各有赀重，各有其禄位，各有其性命，而转顾既多，大计不决，贼骤乘之，措手莫及也。张叔夜不过无妻子可恋，无赀重可忧，无禄位可求，无性命可惜，所谓为与不为，维臣之责，济与不济，皆君之灵，不过如是。而彼宋江三十六人者，已悉縶其臂而投麾下。呜呼！史书叔夜募死士，得千人。夫岂知叔夜固为第一死士乎哉？传曰：见危致命。又曰：临事而惧，好谋而成。又曰：我战则克。又曰：可以寄百里之命。张叔夜有焉，岂不矫矫社稷之臣也乎？

侯蒙欲赦宋江，使讨方腊，一语而八失焉：以皇皇大宋，不能奈何一贼，而计出于赦之使赎，夫美其辞则曰赦曰赎，其实正是温语求息，失朝廷之尊，一也；杀人者死，造反者族，法也，劫掠至于十郡，肆毒实惟不小，而轻与议赦，坏国家之法，二也；方腊所到残破，不闻皇师震怒，而仰望扫除于绿林之三十六人，显当时之无人，三也；诱一贼攻一贼，以冀两斗一伤，乌知贼中无人不窥此意而大笑乎，势将反教之合而令猖狂愈甚，四也；武功者，天下豪杰之士捐其头颅肢体而后得之，今忽以为盗贼出身之地，使壮夫削色，五也；《传》言：四郊多垒，大夫之辱，今更无人出手犯难，为君解忧，而徒欲以诏书为弭乱之具，有负养士百年之恩，六也；有罪者可赦，无罪者生心，从此无治天下之术，七也；若谓其才有过人者，则何不用之未为盗之先，而顾荐之既为盗之后，当时宰相为谁，颠倒一至于是，八也。呜呼！君子一言以为智，一言以为不智。如侯蒙其人者，亦幸而遂死耳，脱真得知东平，恶知其不大败公事，为世僇笑者哉？何罗贯中不达，犹祖其说而有《续水浒传》之恶札也？

第五才子书施耐庵水浒传卷之三
圣叹外书　读第五才子书法

　　大凡读书，先要晓得作书之人是何心胸。如《史记》，须是太史公一肚皮宿怨发挥出来，所以他于游侠、货殖传特地着精神，乃至其馀诸纪传中，凡遇挥金杀人之事，他便啧啧赏叹不置。一部《史记》，只是"缓急人所时有"六个字，是他一生著书旨意。《水浒传》却不然，施耐庵本无一肚皮宿怨要发挥出来，只是饱暖无事，又值心闲，不免伸纸弄墨，寻个题目，写出自家许多锦心绣口，故其是非皆不谬于圣人。后来人不知，却于《水浒》上加"忠义"二字，遂并比于太史公发奋著书一例，正是使不得。

　　《水浒传》有大段正经处，只是把宋江深恶痛绝，使人见之，真有犬彘不食之恨，从来人却是不晓得。《水浒传》独恶宋江，亦是歼厥渠魁之意，其馀便饶恕了。

　　或问施耐庵寻题目写出自家锦心绣口，题目尽有，何苦定要写此一事？答曰：只是贪他三十六个人,便有三十六样出身,三十六样面孔,三十六样性格,中间便结撰得来。

题目是作书第一件事,只要题目好,便书也作得好。

或问题目如《西游》《三国》如何?答曰:这个都不好。《三国》人物事体说话太多了,笔下拖不动,挃不转,分明如官府传话奴才,只是把小人声口,替得这句出来,其实何曾自敢添减一字?《西游》又太无脚地了,只是逐段捏捏撮撮,譬如大年夜放烟火,一阵一阵过,中间全没贯串,便使人读之,处处可住。

《水浒传》方法,都从《史记》出来,却有许多胜似《史记》处。若《史记》妙处,《水浒》已是件件有。

凡人读一部书,须要把眼光放得长,如《水浒传》七十回,只用一目俱下,便知其二千馀纸,只是一篇文字,中间许多事体,便是文字起承转合之法。若是拖长看去,却都不见。

《水浒传》不是轻易下笔,只看宋江出名,直在第十七回,便知他胸中已算过百十来遍。若使轻易下笔,必要第一回就写宋江,文字便一直帐,无擒放。

某尝道《水浒》胜似《史记》，人都不肯信，殊不知某却不是乱说，其实《史记》是以文运事，《水浒》是因文生事，以文运事是先有事生成如此如此，却要算计出一篇文字来，虽是史公高才，也毕竟是吃苦事。因文生事即不然，只是顺着笔性去，削高补低都繇我。

作《水浒传》者，真是识力过人，某看他一部书，要写一百单八个强盗，却为头推出一个孝子来做门面，一也。三十六员天罡，七十二座地煞，却倒是三座地煞先做强盗，显见逆天而行，二也。盗魁是宋江了，却偏不许他便出头，另又幻一晁盖盖住在上，三也。天罡地煞都置第二，不使出现，四也。临了收到"天下太平"四字作结，五也。

三个石碣字，是一部《水浒传》大段落。

《水浒传》不说鬼神怪异之事，是他气力过人处。《西游记》每到弄不来时，便是南海观音救了。

《水浒传》并无之乎者也等字，一样人，便还他一样说话，真是绝奇本事。

《水浒传》一个人出来，分明便是一篇列传，至于中间事迹,又逐段逐段自成文字,亦有两三卷成一篇者,亦有五六句成一篇者。

别一部书,看过一遍即休,独有《水浒传》,只是看不厌,无非为他把一百八个人性格都写出来。

《水浒传》写一百八个人性格,真是一百八样。若别一部书,任他写一千个人,也只是一样,便只写得两个人,也只是一样。

《水浒传》章有章法,句有句法,字有字法。人家子弟稍识字,便当教令反复细看。看得《水浒传》出时,他书便如破竹。

江州劫法场一篇,奇绝了,后面却又有大名府劫法场一篇,一发奇绝。潘金莲偷汉一篇,奇绝了,后面却又有潘巧云偷汉一篇,一发奇绝。景阳冈打虎一篇,奇绝了,后面却又有沂水县杀虎一篇,一发奇绝。真正其才如海。

劫法场、偷汉、打虎,都是极难题目,直是没有下笔处,他偏不怕,定要写出两篇。

《宣和遗事》具载三十六人姓名,可见三十六人是实有,只是七十回中许多事迹,须知都是作书人凭空造谎出来,如今却因读此七十回,反把三十六个人物都认得了,任凭提起一个,都似旧时熟识。文字有气力如此!

一百八人中,定考武松上上,时迁、宋江是一流人,定考下下。鲁达自然是上上人物,写得心地厚实,体格阔大。论粗卤处,他也有些粗卤;论精细处,他亦甚是精细。然不知何故,看来便有不及武松处。想鲁达已是人中绝顶,若武松直是天神,有大段及不得处。

《水浒传》只是写人粗卤处,便有许多写法。如鲁达粗卤是性急,史进粗卤是少年任气,李逵粗卤是蛮,武松粗卤是豪杰不受羁靮,阮小七粗卤是悲愤无说处,焦挺粗卤是气质不好。

李逵是上上人物,写得真是一片天真烂漫到底。看他意思,便是山泊中一百七人,无一个入得他眼。孟子"富贵不能淫,贫贱不能移,威武不能屈",正是他好批语。

看来作文,全要胸中先有缘故。若有缘故时,便随手所触,都成妙笔;若无缘故时,直是无动手处,便作得来,也是嚼蜡。

只如写李逵,岂不段段都是妙绝文字?却不知正为段段都在宋江事后,故便妙不可言。盖作者只是痛恨宋江奸诈,故处处紧接出一段李逵朴诚来做个形击,其意思自在显宋江之恶,却不料反成李逵之妙也。此譬如刺枪,本要杀人,反使出一身家数。近世不知何人,不晓此意,却节出李逵事来,另作一册,题曰《寿张文集》,可谓咬人屎撅,不是好狗。

写李逵色色绝倒,真是化工肖物之笔。他都不必具论,只如逵还有兄李达,便定然排行第二也,他却偏要一生自叫李大,直等急切中移名换姓时,反称作李二,谓之乖觉,试想他肚里是何等没分晓!

任是真正大豪杰好汉子,也还有时将银子买得他心肯。独有李逵便银子也买他不得,须要等他自肯,真又是一样人。

林冲自然是上上人物,写得只是太狠。看他算得到,熬得住,把得牢,做得彻,都使人怕。这般人在世上,定做得事业来,然琢削元气也不少。

吴用定然是上上人物,他奸猾便与宋江一般,只是比宋江却心地端正。

宋江是纯用术数去笼络人,吴用便明明白白驱策群力,有军师之体。

吴用与宋江差处,只是吴用却肯明白说自家是智多星,宋江定要说自家志诚质朴。

宋江只道自家笼罩吴用,吴用却又实实笼罩宋江。两个人心里各各自知,外面又各各只做不知,写得真是好看煞人。

花荣自是上上人物,写得恁地文秀。

阮小七是上上人物,写得另是一样气色。一百八人中,真要算做第一个快人,心快口快,使人对之,龌龊都销尽。

杨志、关胜是上上人物。杨志写来是旧家子弟,关胜写来全是云长变相。

秦明、索超是上中人物。

史进只算上中人物,为他后半写得不好。

呼延灼却是出力写得来的,然只是上中人物。

卢俊义、柴进只是上中人物。卢俊义传,也算极力将英雄员外写出来了,然终不免带些呆气。譬如画骆驼,虽是庞然大物,却到底看来觉道不俊。柴进无他长,只有好客一节。

朱仝与雷横,是朱仝写得好,然两人都是上中人物。

杨雄与石秀,是石秀写得好。然石秀便是中上人物,杨雄竟是中下人物。

公孙胜便是中上人物,备员而已。

李应只是中上人物,然也是体面上定得来,写处全不见得。

阮小二、阮小五、张横、张顺都是中上人物。燕青是中上人物,刘唐是中上人物,徐宁、董平是中上人物。

戴宗是中下人物,除却神行,一件不足取。

吾最恨人家子弟,凡遇读书,都不理会文字,只记得若干事迹,便算读过一部书了,虽《国策》《史记》,都作事迹搬过去,何况《水浒传》。

《水浒传》有许多文法,非他书所曾有,略点几则于后:

有倒插法。谓:将后边要紧文字,蓦地先插放前边。如五台山下铁匠间壁父子客店,又大相国寺岳庙间壁菜园,又武大娘子要同王干娘去看虎,又李逵去买枣糕,收得汤隆等是也。

有夹叙法。谓:急切里两个人一齐说话,须不是一个说完了又一个说,必要一笔夹写出来。如瓦官寺崔道成说"师兄息怒,听小僧说",鲁智深说"你说你说"等是也。

有草蛇灰线法。如景阳冈勤叙许多"哨棒"字,紫石街连写若干"帘子"字等是也。骤看之,有如无物,及至细寻,其中便有一条线索,拽之通体俱动。

有大落墨法。如吴用说三阮、杨志北京斗武、王婆说风情、武松打虎、还道村捉宋江、二打祝家庄等是也。

有绵针泥刺法。如花荣要宋江开枷,宋江不肯;又晁盖番番要下山,宋江番番劝住,至最后一次便不劝是也。笔墨外,便有利刃直戳进来。

有背面铺粉法。如要衬宋江奸诈,不觉写作李逵真率;要衬石秀尖利,不觉写作杨雄糊涂是也。

有弄引法。谓:有一段大文字,不好突然便起,且先作一段小文字在前引之。如索超前先写周谨,十分光前先说五事等是也。《庄子》云:始于青萍之末,盛于土囊之口。《礼》云:鲁人有事于泰山,必先有事于配林。

有獭尾法。谓:一段大文字后不好寂然便住,更作馀波演漾之。如梁中书东郭演武归去后,知县时文彬升堂；武松打虎下冈来，遇着两个猎户；血溅鸳鸯楼后，写城壕边月色等是也。

有正犯法。如武松打虎后，又写李逵杀虎，又写二解争虎；潘金莲偷汉后，又写潘巧云偷汉；江州城劫法场后，又写大名府劫法场；何涛捕盗后，又写黄安捕盗；林冲起解后，又写卢俊义起解；朱仝、雷横放晁盖后，又写朱仝、雷横放宋江等。正是要故意把题目犯了，却有本事出落得无一点一画相借，以为快乐是也。真是浑身都是方法。

有略犯法。如林冲买刀与杨志卖刀，唐牛儿与郓哥，郑屠肉铺与蒋门神快活林，瓦官寺试禅杖与蜈蚣岭试戒刀等是也。

有极不省法。如要写宋江犯罪，却先写招文袋、金子，却又先写阎婆惜和张三有事，却又先写宋江讨阎婆惜，却又先写宋江舍棺材等，凡有若干文字，都非正文是也。

有极省法。如武松迎入阳谷县，恰遇武大也搬来，正好撞着。又如宋江琵琶亭吃鱼汤后，连日破腹等是也。

有欲合故纵法。如白龙庙前，李俊、二张、二童、二穆等救船已到,却写李逵重要杀入城去;还道村玄女庙中,赵能、赵得都已出去,却有树根绊跌士兵叫喊等,令人到临了,又加倍吃吓是也。

有横云断山法。如两打祝家庄后,忽插出解珍、解宝争虎越狱事;又正打大名城时,忽插出截江鬼、油里鳅谋财倾命事等是也。只为文字太长了,便恐累坠,故从半腰间暂时闪出,以间隔之。

有鸾胶续弦法。如燕青往梁山泊报信,路遇杨雄、石秀,彼此须互不相识,且繇梁山泊到大名府,彼此既同取小径,又岂有止一小径之理,看他便顺手借如意子打鹊求卦,先斗出巧来,然后用一拳打倒石秀,逗出姓名来等是也。都是刻苦算得出来。

旧时《水浒传》,子弟读了,便晓得许多闲事;此本虽是点阅得粗略,子弟读了,便晓得许多文法。不惟晓得《水浒传》中有许多文法,他便将《国策》《史记》等书,中间但有若干文法,也都看得出来。旧时子弟读《国策》《史记》等书,都只看了闲事,煞是好笑。

《水浒传》到底只是小说,子弟极要看,及至看了时,却凭空使他胸中添了若干文法。

人家子弟,只是胸中有了这些文法,他便《国策》《史记》等书都肯不释手看,《水浒传》有功于子弟不少。

旧时《水浒传》,贩夫皂隶都看,此本虽不曾增减一字,却是与小人没分之书,必要真正有锦绣心肠者,方解说道好。

第五才子书施耐庵水浒传卷之四
圣叹外书　贯华堂本序

施耐庵

贯华堂所藏古本《水浒传》前自有序一篇,今录之:

人生三十而未娶,不应更娶;四十而未仕,不应更仕;五十不应为家;六十不应出游。何以言之?用违其时,事易尽也。朝日初出,苍苍凉凉,澡头面,裹巾帻,进盘飧,嚼杨木。诸事甫毕,起问可中?中已久矣!中前如此,中后可知。一日如此,三万六千日何有!以此思忧,竟何所得乐矣!每怪人言,某甲于今若干岁。夫若干者,积而有之之谓。今其岁积在何许?可取而数之否?可见,已往之吾,悉已变灭。不宁如是,吾书至此句,此句以前已疾变灭。是以可痛也!

快意之事莫若友,快友之快莫若谈,其谁曰不然?然亦何曾多得。有时风寒,有时泥雨,有时卧病,有时不值,如是等时,真住牢狱矣。舍下薄田不多,多种秫米,身不能饮,吾友来需饮也。舍下门临大河,嘉树有荫,为吾友行立蹲坐处也。舍下执炊爨、理盘槅者,仅老婢四人,其馀凡畜童子大小十有馀人,便于驰走迎送、传接简帖也。舍下童婢稍闲,便课其缚帚织席。缚帚所以扫地,织席供吾友坐也。吾友毕来,当得十有六人,然而毕来之日为少,非甚风雨而尽不来之日亦少。大率日以六七人来为常矣。吾友来,亦不便饮酒,欲饮则饮,欲止先止,各随其心,不以酒为乐,以谈为乐也。吾友谈不及朝廷,非但安分,亦以路遥,传闻为多,传闻之言无实,无实即唐丧唾津矣。亦不及人过失者,天下之人,本无过失,不应吾诋诬之也。所发之言,不求惊人,人亦不惊。未尝不欲人解,而人卒亦不能解者,事在性情之际,世人多忙,未曾尝闻也。吾友既皆绣谈通阔之士,其所发明,四方可遇,然而每日言毕即休,无人记录。有时亦思集成一书,用赠后人,而至今阙如者,名心既尽,其心多懒,一;微言求乐,著书心苦,二;身死之后,无能读人,三;今年所作,明年必悔,四也。

是《水浒传》七十一卷,则吾友散后,灯下戏墨为多;风雨甚,无人来之时半之。然而经营于心,久而成习,不必伸纸执笔,然后发挥。盖薄莫篱落之下,五更卧被之中,垂首捻带,睇目观物之际,皆有所遇矣。或若问言既已未尝集为一书,云何独有此传?则岂非此传成之无名,不成无损,一;心闲试弄,舒卷自恣,二;无贤无愚,无不能读,三;文章得失,小不足悔,四也。呜呼哀哉!吾生有涯,吾乌乎知后人之读吾书者谓何?但取今日以示吾友,吾友读之而乐,斯亦足耳。且未知吾之后身读之谓何?亦未知吾之后身得读此书者乎?吾又安所用眷念哉!东都施耐庵序。

《第五才子书施耐庵水浒传》楔子总批

金圣叹

哀哉乎!此书既成,而命之曰《水浒》也,是一百八人者,为有其人乎?为无其人乎?诚有其人也,即何心而至于水浒也?为无其人也,则是为此书者之胸中,吾不知其有何等冤苦,而必设言一百八人而又远托之于水涯?吾闻率土之滨,莫非王臣;普天之下,莫非王土也。一百八人而无其人,犹已耳;一百八人而有其人,彼岂真欲以宛子城、蓼儿洼者,为非复赵宋之所覆载乎哉?吾读《孟子》,至"伯夷避纣,居北海之滨","太公避纣,居东海之滨"二语,未尝不叹。纣虽不善,不可避也。海滨虽远,犹纣地也。二老倡众去故就新,虽以圣人,非盛节也,彼孟子者,自言愿学孔子,实未离于战国游士之习,故有此言,未能满于后人之心,若孔子,其必不出于此。今一百八人而有其人,殆不止于伯夷、太公居海避纣之志矣。大义灭绝,其何以训?若一百八人而无其人也,则是为此书者之设言也。为此书者,吾则不知其胸中有何等冤苦而为如此设言?然以贤如孟子,犹未免于大醇小疵之讥,其何责于稗官?后之君子,亦读其书,哀其心可也。

古人著书,每每若干年布想,若干年储材,又复若干年经营点窜,而后得脱于稿,裒然成为一书也。

今人不会看书，往往将书容易混帐过去，于是古人书中所有得意处、不得意处，转笔处、难转笔处，趁水生波处，翻空出奇处，不得不补处，不得不省处，顺添在后处，倒插在前处，无数方法，无数筋节，悉付之于茫然不知，而仅仅粗记前后事迹，是否成败，以助其酒前茶后，雄谈快笑之旗鼓。呜呼！《史记》称五帝之文，尚不雅训，而为荐绅之所难言，奈何乎今忽取绿林豪猾之事，而为士君子之所雅言乎？吾特悲读者之精神不生，将作者之意思尽没，不知心苦，实负良工，故不辞不敏，而有此批也。

　　说明：以上金圣叹的数篇文字，均录自"贯华堂本水浒传"之本衙藏板本。此本内封题"施耐庵水浒传　金阊贯华堂古本叶瑶池梓行　第五才子书本衙藏板"，其"第五才子书施耐庵水浒传卷之一　圣叹外书"下有序三篇，序三末题"皇帝崇祯十四年二月十五日"；"第五才子书施耐庵水浒传卷之二　圣叹外书"下有《宋史纲》《宋史目》；"第五才子书施耐庵水浒传卷之三　圣叹外书"下有《读第五才子书法》；"第五才子书施耐庵水浒传卷之四　圣叹外书"下云："贯华堂所藏古本《水浒传》前自有序一篇,今录之"。所录即所谓施耐庵原序。"第五才子书施耐庵水浒传卷之五　圣叹外书"和"楔子"之间有曲一首,与容与堂本同,曲后、"楔子"的总评之前,有短文一篇(即"哀哉乎"篇)。正文第一回卷端题"第五才子书施耐庵水浒传卷之六",半叶八行,行十九字。版心上镌"第五才子书",鱼尾下镌卷次、叶次,最下方镌"贯华堂"。凡七十五卷,正传七十卷七十回。

金圣叹(1608—1661),名采,字若采。一说原姓张。明亡后改名人瑞,字圣叹,自称泐庵法师。明末清初吴县(今苏州)人,文学批评家,曾评点《庄子》《离骚》《史记》《杜诗》《水浒传》《西厢记》并将其列为"六才子书",在中国文学批评史上占有重要地位。

明贺复徵编《文章辨体汇选》卷三百二十七"《水浒传》自序"则,署"元施伯雨",序之文字与金圣叹贯华堂本《水浒传》"人生三十而未娶"一篇几同,而序末仍署"元东都施耐庵序"。此序是否录自贯华堂本《水浒传》,尚难定论。《文章辨体汇选》,《千顷堂书目》著录。《书目》钞本该条有黄启中、黄虞稷藏书印两方，此书的系黄家藏本。据王学军考证，黄启中卒于明崇祯十七年，其时黄虞稷方十五岁，《文章辨体汇选》一书为黄启中购进收藏的可能更大。如果这样，则《文章辨体汇选》，应在崇祯十七年以前相当长一段时间里编成，方能入黄启中之手。《汇选》作者贺复徵就不大可能看到成书于崇祯十七年的金本《水浒传》。《汇选》中的《水浒传》"东都施耐庵序"必另有所本。它录自何书？是否真如金圣叹所说，确实还有一个古本《水浒传》？但若是黄虞稷在父亲死后购进《汇选》而盖上了父亲黄启中的藏书印，则贺复徵就有可能看到金本《水浒传》，情形就又当别论了。姑录以备考云。

贺复徵，字仲来，行二，万历二十八年（1600）三月二十六日生。丹阳（今属江苏）人。著有《文章辨体汇选》等。

刻忠义水浒传缘起

大涤馀人

自忠义之说不明，而人文俱乱矣。人乱则盗贼繁兴，文乱则邪说横恣，识者有忧之。乃日禁盗而盗愈难禁，日正文而文愈难正者，何也？庄语之不足以厌人心，以禁盗正文之人，未必自禁自正也。故欲世知忠孝节义之事，当髫童而习之。如晦翁之《小学》，闲翁之《小儿语》，蚤宜讲明。自衣冠翰墨之间，有清宁之理。然百年树人，匪伊朝夕，急则治标。莫若用俗以易俗，反经以正经，故特评此传行世，使览者易晓，亦知《水浒》惟以招安为心，而名始传。其人，忠义也。施、罗惟以人情为辞，而书始传，其言忠义也。所杀奸贪淫秽，皆不忠不义者也。道揆法守，讵不相因哉？故能大法小廉，不拂民性，使好勇疾贫之辈无以为口实，则盗弭矣。且即以此写愚夫愚妇之情者，写圣贤之情，则文体亦得矣。正辞禁非，或有权巧。盖正史不能摄下流，而稗说可以醒通国。化血气为德性，转鄙俚为菁华，其于人文之治，未必无小补云。大涤馀人识。

说明：或谓上"缘起"出自明末新安黄诚之刻本《忠义水浒传》（百回本），又载清初芥子园本《李卓吾评忠义水浒传》。然无可靠根据证实。这里转录自1956年人民文学出版社《水浒全传》之"附录"。

孙楷第《中国通俗小说书目》云：芥子园本："图五十叶，记刻工姓名曰'黄诚之刻'、'新安刘启先刻'。皆同李氏（萧按：即李玄伯）藏本。惟一叶作'白南轩'不同。正文半叶十行，行二十二字，亦同李本。板心下有'芥子园藏板'五字。首'大涤馀人'序（萧按：即上录《缘起》）。其旁批、眉批与袁无涯百二十回同，无每回后总评。"又李玄伯藏本也有大涤馀人《缘起》，孙楷第认为，"此为新安刻本，殆从郭勋本出者"。

大涤馀人，生平待考。萧按：杭州有大涤山，《咸淳临安志》卷二十四"大涤山洞天"云："此山清幽，大可洗涤尘心，故名。"是道教胜地。大涤馀人是否杭州人？

五才子水浒序

王仕云

《水浒》一书，七十回，为一百八人作列传。或谓东都施耐庵所著，或谓越人罗贯中所作，皆不可知，要不过编辑绿林之劫杀以示戒也。原其意盖曰之百八人者，非宋朝之乱臣贼子耶？苟生尧舜之世，井田学校，各有其方，皆可为耳目股肱、奔走御侮之具，不幸生徽宗时，或迫饥寒，或逼功令，遂相率而为盗耳。作者之旨，不责下而责上，其词盖深绝而痛恶之，其心则悲悯而矜疑之，亦有关世道之书，与宣淫导欲诸稗史迥异也。近见《续文献通考·经籍志》中，亦列《水浒》，且以"忠义"命之，又不可使闻于邻国。试问此百八人者，始而夺货，继而杀人，为王法所必诛，为天理所不贷。所谓"忠义"者如是，天下之人不尽为盗不止，岂作者之意哉？吴门金圣叹反而正之，列以"第五才子"，为其文章妙天下也。其作者示戒之苦心，犹未阐扬殆尽，余则补其所未逮，曰：《水浒》百八人非忠义，皆可为忠义，是子舆氏祖述孔子"性相近"之论，而创为"性善"之意也夫。时顺治丁酉冬月，桐庵老人书于醉耕堂墨室。

王望如先生评论出像水浒传总论

王仕云

施耐庵著《水浒》，申明一百八人之罪状，所以责备徽宗、蔡京之暴政也。然严于论君相，而宽以待盗贼,令读之者日生放辟邪耻之乐,且归罪朝廷以为口实,人又何所惮而不为盗？余故深亮其著书之苦心,而又不能不深憾其读书之流弊。后世续貂之家,冠以"忠义",盖痛恶富贵利达之士,敲骨吸髓,索人金钱,发愤而创为此论。其言益令盗贼作护身符,余谓不可使闻邻国,诚哉,其不可使闻邻国也！细阅金圣叹所评,始以"天下太平"四字,终以"天下太平"四字；始以石碣放妖,终以石碣收妖,发明作者大象之所在。抬举李逵,独罪宋江,责其私放晁盖,责其谋夺晁盖,其旨远,其词文。而余最服其终之以恶梦,俾盗贼不寒而慄。天下乱臣贼子,从此有痛哭流涕之心,从此有畏罪不敢为非之事,遇尧、舜同勉于为君子,遇桀、纣亦不终为小人,仁人之言,其利溥哉！

人死饥寒者什九,死盗贼者什一。盖人饥则死,寒则死,盗贼未必死。盗贼攫人金钱,可救死；盗贼有官争护持,终不死。不死矣,而且小官之,大官之,执"无侯非盗,无盗不侯"之说,以自解免,皆宋江作之俑也。《水浒》可不传矣。《水浒》可不传,而圣叹评其文,望如评其人,非教天下以偷也,教天下以止偷之法也。余不喜阅《水浒》，喜阅圣叹之评《水浒》，为其终以恶梦，有功于圣人不小也。

入梁山人如此之多者，非为盗也，将为官也。以盗为官，故梁山一席，如海中江瑶柱，能令不事口腹人见之朵颐固也。若秦明、关胜、呼延灼、花荣、韩滔、彭玘、董平、张清、徐宁、杨志、索超、黄信、宣赞、郝思文、单廷珪、魏定国、凌振、龚旺、丁得孙者，皆宋朝之官，食君之禄，事君之事，乃舍官而为盗，吾不知其心为何心。

世固有求官不得官，未有求盗不得盗者。如李铁牛所杀之韩伯龙，为盗而为盗所杀，为真盗而卒以假盗杀，吾甚惜之，吾甚恨之。惜之者何？惜其已投梁山，而不得与于天罡地煞之数。恨之者何？恨其未投梁山而辄欲窜入于天罡地煞之中。忆昔启、祯朝，雅尚声气，一时高才生多出诗古文词，以要闻誉。虽不可谓无名之心，然实至而名宾，莫得而非之也。嗣则纨绔家儿，剿袭时髦之字句，灾梨仇枣，结社邀盟，未登范滂之堂，辄附李膺之党，窃恐此辈终不免为韩伯龙，但未遇铁牛持板斧耳。

汉代州郡，有才著闻者，例得辟为功曹掾属，往往淯历以致公卿。宋江豪猾大侠，草泽亡赖，生当盛时，必不郁郁居人下。拘以名位，縻以爵禄，自不至犯上作乱而为盗。最可异者，世人将钱买官，宋江则将钱买盗。将钱买官者，事发治以盗之罪；将钱买盗者，事发加以官之名。若论时宜，公明何其得计也！

闻之蜃之为妖也，吐气成云，为城郭，为楼台，为奇花异草，为怪兽珍禽，能令登楼游览之士，注目而观，延颈而望，倾耳而听，握手而道。无其事也，不敢谓无其形；有其形也，不敢谓无其事，有诗、有赋、有记以表章之。余之论《水浒》也，亦若是而已矣。史称淮南盗宋江，遍掠河北十郡，海州知州张叔夜击之，令其讨方腊以赎罪耳，不闻有天罡地煞之说也。一百八人，未必尽有其人，而著《水浒》者，则既已著其人矣；一百八人，未必尽有其事，而著《水浒》者，则既已著其事矣。既已著其人，不得谓无其人；既已著其事，不得谓无其事。且纵观古往今来，兴亡治乱之际，如《水浒》之人之事者，如较列眉，如指诸掌，又不可胜数，则又安得不借题发论，而就事言事也哉。苏东坡居黄，侘傺无聊，强人说鬼。夫鬼其不可见者,说之荒唐,近于子虚,近于乌有,近于无是公。以耳语耳,犹之以瞽语瞽,徒以生人疑惑,说也不如其不说也。若《水浒》之人之事,譬诸钟磬,敲者有心,闻者有意,初不等之于海市蜃楼,幻也,而答之以真;谑也,而对之以庄。言之无罪,而闻之得以自戒,不犹愈于东坡之口孽也乎?

说明:上序及总论均录自醉耕堂本《评论出像水浒传》。原本藏北京图书馆。此本首"五才子水浒序",尾署"时顺治丁酉冬月,桐庵老人书于醉耕堂墨室",次"评论出像水浒传姓氏",复次"王望如先生评论出像水浒传总论"。有图像。又次"评论出像水浒传卷之一　圣叹外书",录金本《水浒传》序三篇、《宋史纲》、《宋史目》、《读第五才子书法》、"贯华堂所藏古本水浒传书前自有序一篇,今录之"。以下方为《水浒》之正文内容(出金本《水浒传》)。正文半叶八行,行十九字。版心单鱼尾上镌"五才子水浒传",下镌卷次、叶次、"醉耕堂"。

桐庵老人,即王仕云,字望如,号桐庵,又号过客(见其序后阳文、阴文铃),清初歙县人。由进士授泉州府推官,补广东程乡令。著有《论史》等书

(《歙县志·宦迹》)，又有《四字鉴略》。

宋元春秋序

刘子壮

《水浒传》也，曷以谓《宋元春秋》？曰：志宋之将为元也。自古国家崇贿赂而不修廉节者，必有民患；尚虚名而不治实业者，必有国祸。汉之东也，天子为市鬻爵，及于三公，而黄巾起。承以魏晋，何晏、王衍黜远王事，仿尚名誉，以供职为俗，以放达为高。五姓因之。盖财敛于上，则民穷而变起，好名则实备虚而边方碎，故古之明君，必敦清方之节，放华虚之人，诚畏其萌也。及至宋末，此二患者兼而有之。王安石以财困天下，童、蔡相缘，肥家瘠国，沟壑内愤，强邻外啮，卒成有元。以施、胡（罗？）二公之才，幽辱塞漠，进不得为岳、韩，退不得为晁、宋，托诸"水浒"，发其孤愤，其所繇来渐矣。夫崔烈之子，耻其铜臭，良心不昧，于骨肉排墙之际，临死而悔。在当时，未尝不自知也。独是安石之勤，蔡京之敏，虽司马、欧阳，犹为所欺。吾意，尔时朝野，读其文章，捧起翰墨，皆以为古之良士。文人相与称道，为之佐使，因之以起名誉、攫富贵。而二子复高自引任，执持不变，奔走强佞，摧坏廉能。人心凋丧，国气单羸，一旦祸发，无人为理。虽有一二贤者殚忧时事，而小人媒孽其短，位未安而旋夺之，事未行而中沮之，莫能少救，以至于亡。岂非崇贿赂、尚虚名之过哉？施、罗二公，身居人国，不敢直言，而托之往代；不忍直言讨童、蔡四贼，而托之河北、江南，盖亦犹《春秋》之义云尔。《春秋》之义，一曰端其源，一曰治其渐。王、蔡，其源也；晁、宋，其渐也。始以乱臣，继以乱民，岂非强邻之资乎？方安石进用之时，举朝同推，草野想望。而辨其奸者，止一文安主簿，又在下位，不得明言于朝要，虽言亦必以为狂而不信。而后之论者以为，宋之亡不于海上盟金、襄阳失守之日，而于平山堂夜读之时，不可思其故与。后之君子，自度其才何如古人，亦务洁其心志，习练干，毋徒高张声援，苟济私益，而使小人因之以为迷天子、浚百姓之媒，为梁山盗贼所讨。此余所以谓《宋元春秋》也夫。

　　说明：刘子壮所序之《宋元春秋》未见，上序出《屺思堂文集》卷四。序约作于清初。序中提及施、罗二公，其所序《水浒传》当为百回本或百二十回本，而非七十回本。

刘子壮（1609—1652），字克猷，号稚川，黄州（今湖北黄冈市辖区）人，明崇祯三年（1630）举于乡，清顺治六年（1649）状元及第，授国史馆修撰，八年充会试同考官。寻告归。著有《屺思堂文集》《屺思堂诗集》《刘稚川先生稿》等。

水浒传叙

句曲外史

近新城先生最喜说部，一时才人翕然从之。旁搜远采而进于剞劂者，莫不各极恢奇典洽之美。顾体本碎金，文同片玉。随事摭证，是《尔雅》之裨也；出奇无穷，亦《山海》之续也。而意尽于词，类而不比，错而不属，岂纪言纪事之大观乎！盖自子长氏综群言，衷圣籍，创为本纪、世家、列传，举上下数千年之人事，鳞次而珠贯，能使观者异代而如遇其人，异地而如身其事，兴衰治乱之故，不待推测而自知，而正史之体用，于是乎大备。后代史官踵其成迹，事易而工愈难，芜音累气，繁而益漏，简而难该。

呜呼,文章之升降,岂独正史为然哉!间尝取稗史论之,《武皇》《方朔》《飞燕》《灵芸》《虬髯》《柳毅》诸传,或耀艳深蕴,或倜傥苍凉,是亦正史之班、范也。然而指事摘词,人则一人,事则一事,各尽其故而止。孰若施耐庵《水浒》一书,取一百八人而传之,分之而人各为一人,合之而事则为一事。以一百八人刚柔燥湿之性,各写其声音笑貌,而遂以揭其心思。纤者毋使之为弘,疏者毋使之为密,非如化工之鼓舞万物,欲其各肖而无一同也。虽以一百八人邈若山河,岂惟走险者啸而复离,抑且守正者仇而未合,非如化工之鼓舞万物,欲其纵横组织,一合而无不同也。虽然,则《水浒》者,耐庵恢史公之合传而广之者也。不宁惟是,言椎埋则传"游侠"也,言金币则传"货殖"也,言卜算则传"龟策"也。日星河岳之灾祥、风云水火之变动,以及朝庙威仪、车马声伎,无不备载。则《天官》《河渠》《礼乐》《律历》诸书,倾其沥液者也。其他忠臣孝子之怨慕,童妇之贞淫,虫鱼鸟兽之声色,各肖其状而绘其神,有史公当日之思未及属、笔未及濡,而褚少孙之荼弱所不能补者,谓非纪言、纪事之大观欤!

考小说家始于魏晋，盛于唐，繁衍于宋。耐庵元人，乃能搀魏晋而上之，宜其书之足以传世而行远也。呜呼，文章升降，关乎时代，至于稗史，岂亦有不尽然者欤！

是书吴门金圣叹批注，久行于世，字多漫灭，芥子园主人庀工新之，以公同好。余谓是书虽出游戏，然《庄》《列》不皆寓言乎？花晨月夕，山麓水滨，把一卷读之，不觉欲竟全部；读全部既，辄再读不欲去手。世之赏奇者，定复如此。当殢与新城先生诸说部并行，而坊友之重刻为能先得我心也。是为序。时雍正甲寅（十二年）上伏日，句曲外史书。

说明：上序出天津图书馆藏清刻本《绣像第五才子书》卷首。此本内封上镌"圣叹外书"，下分两栏，分署"施耐庵先生水浒传""绣像第五才子书"。首《叙》，尾署"时雍正甲寅上伏日，句曲外史书"。次图像。正文半叶十行，行二十一字。版心上镌"第五才子书"，单鱼尾下镌卷次、叶次。

句曲外史，待考。

水浒全传序

陈枚

百单八人,当未入草泽时,或士,或掾,或富商,或贵介公子,或莽屠贩、悍渔樵,与夫缁衲头陀、黄冠道人,甚至巾帼女流,其出身履历险阻,踪迹错综穿插,斗笋凑合,离奇变幻。权奸筹国,顷致无术,遂使群雄各逞血性,显出一番闹热。及命将讨伐,而将且愿隶麾下。噫!彼时乾坤,为何如哉!卒之反邪归正,出谷登乔,矢公宋室,为王前驱,功业烂然。而僧既坐化,道亦还真。虽后世未躬睹其事,而此《传》叙得异样精神,异样出色,能不令读者击节叹赏,淋漓呼酒耶!然吾愿天下正气男子,当效群雄下半截,而重戒前途之难束缚,则此《传》允为古今一大奇书,可以不朽矣。时乾隆丙辰年冬十月望日,古杭陈枚简侯。

说明:上序出自清光绪五年大道堂重刊乾隆元年序刻本《水浒全传》。转录自朱一玄、刘毓忱《水浒传资料汇编》。原本为赵景深先生藏。此本内封前半叶上镌"光绪己卯新镌",下右题"水浒全传",左下署"大道堂藏板",后半叶右题"吴门金圣叹鉴

定　秣陵蔡元放批评",左书"绣像五才子前后合刻"。首《序》,尾署"时乾隆丙辰年冬十月望日,古杭陈枚简侯"。次回目,署"吴门金人瑞圣叹、温陵李贽直(卓)吾鉴定、东原罗贯中参订"。次图像。正文半叶十五行,行三十二字。详参马蹄疾《水浒书录》(上海古籍出版社1986年版,第34页)。又有这个本子的翻刻本,藏中国社会科学院文学研究所资料室。

陈枚,字简侯,杭州人,清代著名出版家、画家。著有《写心集》《写心二集》等。馀待考。

续水浒征四寇全传叙

赏心居士

尝闻天之生才不偶,此非天之故靳其才,正天之所以珍重其才也。夫才之生也,不一其途,非必于阀阅之家,簪缨之胄,即文员武将、山人墨客、野叟田夫,以至于吏胥仆隶、妇人女子、士农工贾、市井屠猎之辈,莫不有豪杰之士隐寄其中。故夫英雄之生,虽始而困顿郁抑,然其终必使之显于当时,垂之竹帛,令天下后世,皆知有是人,而堪为天下后世劝惩者，从未有使之奄忽而终，以与芸生庶类同归朽腐也。闲阅《水浒》一书，见其榜曰"第五才子"，则与《三国志》诸书同列，而非野史稗官所可同日语也，明矣。然自纳款倾葵之后，尊卑列序之馀，竟恝然而止，杳不知其所终。是与天地珍重生才之心，岂不大相径庭哉？夫以群焉蚁聚之众，一旦而驰驱报国，灭寇安民，则虽其始行不端，而能翻然悔悟，改弦易辙，以善其终，斯其志固可嘉，而其功诚不可泯。倘不表诸简册，以示将来，英雄之衷，未免有不白。爰续是帙于卷后而付梓焉。使当日南征北讨，荡平海宇之勋，赫赫在人耳目，则不独群雄之志可伸，而是书亦有始有卒矣，岂不快哉！是为序。时乾隆壬子（乾隆五十七年）岁腊月，赏心居士叙于涤云精舍。

说明：上序出自清乾隆间刻本《续水浒征四寇全传》卷首，转录自朱一玄、刘毓忱《水浒传资料汇编》。上海申报馆仿聚珍版印本亦有此序，内容文字几同。

赏心居士，真实身份、生平事迹待考。

忠义水浒全传题记

高显

余嗜食肉,又喜小说家言。于肉最嗜猪肉,于小说最喜《水浒》。而世少有同好者。近时有荷道人者,好演小说,于是人稍喜言小说。少年辈视《水浒》中所谓江湖上豪杰者,必大脔大碗饮酒食肉,悦其放纵之态,争仿之,于是肉价倍于旧日。然能读其书者几人也?友人芙蕖塘外史,尝与道人交,盖于小说家言,旁通博究,人推其出蓝。道人没后,言小说者,皆归于外史。于是有《水浒》旁□之□及笔稿本取□者殆半百,亦可以知嗜者之渐多矣。余谓道人之演小说,听者悦之耳,且其所演,不过《西厢》《牡丹》诸记,则是狐兔肉,岂足咀嚼哉?若外史之此举,则可行之天下,而况其书之为猪肉乎!此书一行,观者必皆嗜之。嗜者日多,则肉价将日贵重,殆可增穷士之叹也。是可恨耳。外史被示稿本时,有赠猪肩者,烹案下酒,快诵数回,因题其首。一粲。丙申孟春十八日,水竹散人高显题,杏叟书。

说明:上题记出自抄本《新镌李氏藏本忠义水浒全传》卷首,常之英编《北京大学图书馆藏李氏书目》著录，可知原为李盛泽（木斋）所有。钞本以万历间袁无涯刻本为底本，开本、行款、字体都模拟原刻，凡四函，函五册，正文半叶十行，行二十二字。首《题记》，尾署"丙申孟春十八日，水竹散人高显题，杏叟书"。高为日本人，丙申约当乾隆四十一年。钞本由多人抄写，自戊子起，至丙申，历九年始竣工（详参马蹄疾《水浒书录》）。转录自1980年南京大学中文系资料室编《水浒研究资料》。

高显，生平事迹待考。

《第五才子书水浒传》序

王韬

《水浒传》一书，世传出施耐庵手，其殆有寓意存其间乎？抑将以自寄其慨喟也？其书初犹未甚知名，自经金圣叹品评，置之第五才子之列，而名乃大噪。当圣叹之评《西厢记》也，吴下有识者曰："此诲淫之书也。"及《水浒传》出，则又曰："此奖盗之书也。"呜呼！耐庵、圣叹，皆读书明理之人，亦何至于奖盗？彼其意，岂以为世人倾险诈伪，固不如盗贼之可交也，亦岂以世人窃声誉、干名器，避盗之名而有盗之实，与盗不甚相悬，所谓"世上于今半是君"者，固由愤世嫉俗之心所迫而出之者也？诚如是，仍无异于奖盗也，实足为人心风俗之隐忧，岂得为善读《水浒传》者哉？试观一百八人中，谁是甘心为盗者？必至于途穷势迫，甚不得已，无可如何，乃出于此。盖于时，宋室不纲，政以贿成，君子在野，小人在位，赏善罚恶，倒持其柄。贤人才士，困踣流离，至无地以容其身，其上者隐遁以自全，其下者遂至失身于盗贼。呜呼！谁使之然？当轴者固不得不任其咎！能以此意读《水浒传》，方谓善读《水浒传》者也。

然天下上智少而下愚多，乡曲武豪，藉放纵为任侠，小民鲜识，遂以犯上作乱之事视为寻常，未始非由此一书实阶之厉。夫忠孝廉节之事，千百人教之而未见为功；奸盗诈伪之书，一二人导之而立萌其祸。风俗与人心，相为表里。近来兵戈浩劫，未尝非此等荡检逾闲之谈，默酿其殃。然则《水浒》一书，固可拉杂摧烧也。世传报应之说，圣叹及身被祸，耐庵三世喑哑，虽不必过泥，其说或非无因。而近世犹有付之剞劂，灾及枣梨者，何也？则以世之阅此书者犹伙也,固非一时功令之所能惕,后世因果之所能劝也。

　　莫厘顽石道人为风俗人心起见,别具创解,特以石印是书,倩名手为绘图像。书成,请序于余。余阅未及半,瞿然以思,懔然以兴,曰:"此书何为而付之石印哉?既成,不如其毁之也,勿使流传于世以祸人也。"道人曰:"何为?我印是书,固有说以处此。我岂不知《水浒传》一书,曾经查禁,久著甲令?然禁之自上,而刻之自下,牟利者何知焉?况禁久则弛,仍复家置一编,人怀一箧,亦无有过而问焉者。鄙意,与其逆以遏之,不如顺以导之。世之读《水浒传》者,方且以宋江为义士,虽耐庵、圣叹,大声疾呼,指为奸恶,弗顾也。而扬波煽焰者,又复自命为英雄,即正言以告之,弗信也。耐庵于《水浒传》终结以一梦,明示以盗道无常,终为张叔夜所剿除。于是山阴忽来道人遂有《结水浒》之作,俾知一百八人者,丧身授首,明正典刑,无一漏网。今我以《水浒传》为前传,《结水浒》为后传,并刊以行世,俾世之阅之者,凛然以惧,废然以返,俾知强梁者不得其死,奸回者终必有报,即使飞扬跋扈,弄兵潢池,逆焰虽张,旋归澌灭,又何况区区一方之盗贼哉?两书并行,自能使诈悍之徒,默化于无形;乖戾之气,潜消于不觉,而后耐庵、圣叹之苦心,亦可大白于天下。"余曰:"善。"即以顽石道人言,弁诸简端,庶使阅是书者知所警惕云尔。光绪十有四年岁在戊子花朝后三日,天南遁叟序于淞隐庐。

说明:上序出自清光绪三十三年上海大同书局石印本《第五才子书水浒传》卷首,转录自朱一玄、刘毓忱《水浒传资料汇编》。另有光绪十四年上海大同书局石印本,孙楷第《中国通俗小说书目》著录,谓内封前半叶题"绘图五才子奇书",署"听琴室主人"题。首王韬序,次复有句曲外史序、圣叹外书、读法、引首、目录、绣像等。半叶十六行,行三十六字。

天南遁叟,即王韬(1828—1897),原名利宾,字兰瀛,后改名为王瀚,字懒今;又改名为王韬,字紫诠、兰卿,号仲弢、弢园老民、淞北逸民、蘅华馆主、玉鲍生、天南遁叟等。清末杰出的思想家、政论家、文学家。在香港创办《循环日报》。著有《弢园文录外编》《漫游随录图记》《华胥实录》《遁窟谰言》

《花国剧谈》《艳史丛钞》《海陬冶游录》《淞隐漫录》(又名《后聊斋图说》)《淞滨琐话》等。

新评水浒传叙

燕南尚生

小说为输入文明利器之一,此五洲万国所公认,无庸喋喋者也。乃自译本小说行,而人之蔑视祖国小说也益甚。甲曰:"中国无好小说。"乙曰:"中国无好小说。"曰:"如《红楼梦》之诲淫,《水浒传》之诲盗。"吠影吠声,千篇一律。呜呼!何其蔑视祖国之甚耶?近数年来,已有为《红楼梦》讼冤者,蔑视《水浒》如昨也。(《新小说》之《小说丛话》,有赞《水浒》者,只论文章,不足言赞《水浒》;《月月小说》有赞《水浒》者,又嫌其太于简略,亦不足言赞《水浒》。)噫!《水浒传》果无可取乎?平权、自由,非欧洲方绽之花,世界竞相采取者乎?卢梭、孟德斯鸠、拿破仑、华盛顿、克林威尔、西乡隆盛、黄宗羲、查嗣庭,非海内外之大政治家、思想家乎?而施耐庵者,无师承、无依赖,独能发绝妙政治学于诸贤圣豪杰之先。(按:施耐庵为元人,当西历一千三百年之间,孟德斯鸠生于一千六百八十九年,卢梭生于一千七百十二年,当国朝康、乾之时。民约之义,卢氏祖述姚百兰基,姚氏生于一千五百七十七年,尚晚于施耐庵二百馀年。无论交通不便,不能师之,倘交通便利,则彼等皆当祖述耐庵矣。)恐人之不易知也,撰为通俗之小说,而谓果无可取乎?若以《水浒传》之杀人放火为海盗,抗官拒捕为无君,吾恐卢梭、孟德斯鸠、华盛顿、黄梨洲诸大名鼎鼎者,皆应死有馀辜矣。吾故曰:《水浒传》者,祖国之第一小说也;施耐庵者,世界小说家之鼻祖也。不观其所叙之事乎?述政界之贪酷,差役之恶横,人心之叵测,世途之险阻,则社会小说也;平等而不失泛滥,自由而各守范围,则政治小说也;石碣村之水战,清风山之陆战,虚虚实实,实实虚虚,则军事小说也;黄泥冈之金银,江州城之法场,出入飘忽,吐嘱毕肖,则侦探小说也;王进、李逵之于母,宋江之于父,鲁达、柴进之于友,武松之于兄,推之一百八人之于兄、于弟、于父、于母、于师、于友,无一不合至德要道,则伦理小说也;一切人于一切事,勇往直前,绝无畏首畏尾气象,则冒险小说也。要之，讲公德之权舆也，谈宪政之滥觞也，虽宣圣、亚圣、墨翟、耶稣、释迦、边沁、亚里士多德诸学说，亦谁有过于此者乎？

惜乎继起乏人，有言而不见于行，而又横遭金人瑞小儿之厉劫，任意以文法之起承转合、理弊功效批评之，致文人学士，守唐宋八家之文而不屑分心；贩子村人，惧不通文章，恐或误解而不敢寓目。遂使纯重民权、发挥公理，而且表扬最早、极易动人之小说，湮没不彰，若存若亡，甘让欧西诸国，莳花而食果。金人瑞能辞其咎欤？嗟乎！施耐庵一何不幸，我全国之国民，一何不幸耶？

仆自初知人事，即喜观《水浒传》之戏剧，取其雄武也。八九龄时，喜观《水浒传》，取其公正也。迨成童，稍知文理，知阅金批，遂以金为施之功臣，而不知已中金毒矣。年至弱冠，稍阅译本新书，而知一国家也，有专制君主国、立宪君主国、立宪民主国之分；又稍知有天赋人权、物竞天择等学说，恍然曰：《水浒》得毋非文章乎？本此以摸索之，革故鼎新，数年以来，积成批评若干条，不揣冒昧，拟以质诸同好。格于金融者又数年，今乃借同志之宏力以刷印之。适值预备立宪研究自治之时,即以贡献于新机甫动之中国。诸君阅之,以愚为施之功臣乎?以愚为施之罪人乎?则愚不敢过问矣。书成,谨记数语如此云。光绪三十四年七月之吉,燕南尚生识。

水浒传新或问

燕南尚生

或问:《水浒传》一百八人,果有之乎?抑凭空结撰乎?答曰:不知。又问:既不知其人之有无,凭何以批评之乎?曰:一百八人之或有或无,实难悬揣。借曰有之,则死将千年,骨已腐化,遑论其他?纵有其人,又安知果有其事乎?纵有其事,彼自作事而已,岂倩施耐庵作彼等之书记生耶?余又安肯为施耐庵作无代价之奴隶乎?著述云者,或借前人往事,或假海市蜃楼,叙述一己之胸襟学问而已。批评云者,借现存之书,叙述一己之胸襟学问而已。若有若无,谁复问之。

问:《水浒传》何为而作乎?曰:施耐庵生于专制政府之下,痛世界之惨无人理,欲平反之,手无寸权,于是本其思想,发为著述,以待后之阅是书者,以待后之阅是书而传播是书者,以待后之阅是书而应用是书、实行是书之学说者。又问曰:人言此为消闲遣兴而作,发为文章而已,然乎?否乎?曰:余非文人,余不知之。无已,则请问金人瑞。

问:凡此皆不须辨。即子卓见而言,一百八人中,以何人为第一流人物乎?曰:宋江。又问:先哲金圣叹,屡有不满于宋江之处,子何言宋江为第一流人物乎?曰:子知金人瑞之人格乎?金人瑞者,奴隶根性太深之人也,而又小有才焉。负一时之人望,且好弄文墨、阅书籍。彼既批《三国演义》矣,既批《西游记》矣,既批《金瓶梅》矣,既批《西厢记》矣,《水浒》为卓荦不群之作,使不批之,恐贻笑大方,于是乎批《水浒传》。虽然,《水浒传》者,专制政体下所谓犯上作乱、大逆不道者也,于是乎以文法批之。然犹恐专制政府,大兴文字狱,罪其赞成宋江也,于是乎痛诋宋江,以粉饰专制政府之耳目。批评《水浒》,以钓赞成《水浒》之美名,其计亦良得,其心亦良苦矣。试思操纵予夺之权,耐安之秃笔操之者也,使非第一流人物,何故安之于大统领之地位乎？明明曰：济人贫苦、赒人之急、扶人之困也，而金人瑞则谓权术。宋江与卢俊义让位，雍容大雅，昭昭在人耳目，而金人瑞则曰夺、曰弑。假使晁而果怨宋也，梦中显圣之时，何不杀宋，乃为之指授计谋介绍医士乎？若不顾事实，妄自悬揣，则尧、舜可目为奸慝，而赵高、曹操辈亦不妨以神圣事之矣。果足以服人心焉否耶？若据金人瑞之言为言，则吾不敢置喙矣。

问：鲁达是何等人？曰：鲁达是才大心细之人。试观其救金老父女也，恐有阻之者，则亲发遣之；恐有追之者，坐于板凳，切肉臊子，以俄延时间，使之泰然出脱耳。其于村酒店也，恐店小二不容，则曰我是游方僧人。其于桃花村也，恐刘太公不容，则曰我是五台山来的。其与林冲刺配也，见人做手做脚，则秘密保护之；野猪林则示公人以威，迨近沧州，无僻净处，然后示公人以恩，又再三叮嘱而后行。何一非才大心细乎？问：人有言鲁达鲁莽者，盖以其杀人放火，不避艰险也。此说然否？曰：鲁何尝不避艰险乎？试观其于瓦官寺也，力不敌则避之，于宝珠寺也亦然。何尝不避艰险乎？至于以平天下之不平为己任，专一舍身救人，则仁也，而非卤莽也。神禹于一夫饥犹己饥之，一夫溺犹己溺之；孔则席不暇暖；墨则突不及黔；耶稣言我不入地狱，谁入地狱；释教言众生未度，誓不成佛：皆此义也。卤莽云乎哉？若以舍身救人为卤莽，则自命不卤莽者，其存心处世，可以知其梗概矣。

问：一百八人中，不少凶顽恶劣之人，何故一见宋江，既敛而就范，仁信智勇，而无一毫私意乎？宋江操何术以驭之乎？曰：公明而已矣。天下无不可化之人，特患施治者不公不明耳。况诸人皆特具美质者也，无人以陶铸之，则流于一偏而已。如武松之沉酗于酒，持厌世主义者也。彼见夫社会上、政治上之阴沉残酷，毫无公理，滔滔者天下皆是，以为世不可为也，于是以醉谢之。陶徵君潜，其先例也。迨一遇公明，乃知社会虽敝，仍存光明公道，遂振起其改革社会之心。孝悌仁勇，为其素具，一振起其作事之心，斯无不孝悌仁勇矣。李立、张横诸人，见夫一切官吏，养尊处优而利己也，羡之。考其致此之由，则行盗贼强劫之行，而加以谄媚倾轧而已。欲谋官吏，苦无媚骨，遂流为直接之盗贼，以图利己。及见公明之名震全国，人人欣仰，始知所谓利己者，在以爱他为利己，而非以利己为利己。于是亦公明矣，亦以爱他为利己之手段矣。土豪若二穆，亦仿行大官之专横者也，感于公明，斯公明矣。天下无不可化之人，特患施治者不公不明耳。夫复何疑？

　　问：高俅为何如人？曰：才智之士也。试观其通于赌博、书画、琴棋以及枪棒、踢球等类，无才无智，乌能有此乎？特未受正当之教育，故流于阴贼险狠。岂止高俅乎？黄文炳、西门庆，乃至李固、阎婆、王婆诸人，皆才智之人也。专制政体之下，作之君者，只知深居简出，置小民于不顾。而小民只知我之为我，而不知他人亦大我；只知目前快乐，而不知有永世之快乐，遂限于恶而不自知。非罔民而何？是以谋国家者重德育。

　　问：祝朝奉父子为何如人？曰：亦有道德之士，特知保守而不知进取耳。社会进化之例，由游牧而酋长，由酋长而专制，由专制而立宪，定理也。祝氏父子，生于专制政体之下，溺于天皇不可侵犯之说，贼人者谓之贼，虐我则仇，彼则不知也，放出死力以抗拒新军。今当过渡时代,此等人物甚多,遑论祝氏乎？又问：所谓此等人物甚多者,有例乎？曰：有。请君观《粤匪纪略》,从而玩索焉可已。

问：书中每言交战,皆官军不战自溃,得毋偏欤？曰：不偏。是盖痛募兵之兵制不善也。兵而出于募,则应募者只为粮饷耳。于何故募兵,何故交战,彼全不知。粮饷足则安,不足则不安,定理也。军官之克扣粮饷,暗吃空名,兵之心无一日安也。一旦交战,使之冲锋破阵,不溃何待乎？溃则无粮饷而立成饿殍,则抢劫良民,非亦势所必至乎？若梁山泊之兵也,安则同安,危则同危,犹今之民兵也。交战之胜败,与己身有绝大之密切关系,能无效命乎？人人效命,又安得不胜乎？问：梁山泊于交战之后,无论如何大胜,必继以添造军械、房屋、马匹、粮草等事,绝无骄人气象,此是安不忘危,治不忘乱之义乎？曰：然。

问：此书所载,无一人不爱使枪棒,古中国固如此乎？曰：非必果能如此也。作者知立国之道,在于强兵,欲强兵非有尚武精神不可,故言人人爱使枪棒,以提倡军国民主义,非必尔时果能如此也。

问:《水浒传》之外,尚有所谓《水浒后传》《结水浒传》者,子盍取而评点之乎?曰《水浒》岂容有后?《水浒》又乌得而结乎?《水浒传》者,痛政府之恶横腐败,欲组成一民主共和政体,于是撰为此书。迨至梁山泊无人敢犯,分班执事,则已成完全无缺之独立国矣,后以何者为后,以何者结之乎?彼罗贯中者,见有待朝廷招安之说,乃撰出《后水浒》平四寇之呓语。然则施耐庵所惨淡经营甘犯不韪而著述者,仅跳出奴隶范围,以登自由之界,而复欲出自由之境界,再入奴隶范围耶?其叙事之疏放恶劣,犹其疵之小焉者尔。俞泉更不足道矣。彼生于专制政府之下,受压制已久,如久荷死囚重枷者,偶一脱之,则上挡而步履不宁,于是欣然重戴之。且见人之枷脱,而必欲劝人重戴之。其言曰:《水浒》打家劫舍,戕官拒捕,何可不诛之?遂奋其笔诛之而不疑。抑知所谓打家劫舍、戕官拒捕者,以独夫之言为断乎?以舆论为断乎?如高俅纵子于淫恶,奸人妻女,当诛乎?不当诛乎?梁中书剥民脂膏,献媚于有势力之丈人,当劫乎?不当劫乎?殷天锡强霸有主之产,弁髦太祖遗诏,当讨乎?不当讨乎？他如镇关西、张都监、刘高、黄文炳等等，果可容于天地之间乎？而俞泉者，必欲陷人于黑暗地狱，其心始安，则媚上之心奴隶根性使然也。吾子必欲吾评之乎？则《后水浒》曰溷，《结水浒》曰诎。曰溷，则或有澄清之一日；曰诎，则一去其诎，中无所有矣。将以何者药之乎？

问：《水浒传》亦有缺点乎？曰：有。如意不在于招安，而屡言招安是也。尔时共和立宪之说尚未畅行，施耐庵独抒卓见，创为是书。于此等处，未知有妥贴之名辞，于是以招安代之，究其实终欠恰当也。又如于功成之后，分拨执事，固井井有条，然未定自治之章程、自由之界说，是其短处。若能仿今日《新中国未来记》《狮子吼》诸书，明订各项章程，作为国民之标本，则善之善者也。虽然，世界上之学问技艺，莫不由疏放而集约，又安可以今绳古耶？

问：闻日本有译本《水浒传》，其视此书居于何等乎？曰：此最易了了者也。吾国说部之书，奚止汗牛，奚止充栋？日本志士不译吾之《金瓶梅》，不译吾之《西游记》，而独译《水浒》，其待《水浒》不已见耶？况又有最简单之批焉，曰："《水浒》之有益于初学者三,起勇侠,斯尚气概矣;解小说,斯资俗文矣;鼓武道,斯振信义矣。"此非明证乎?又彼邦之卖卫生长寿丹者,题其袋曰:"神医安道全秘方灵剂。"其为假托,固也。然何不题曰"岐黄"乎?何不题曰"和缓"乎?可见彼邦之文人学士、孺子妇人,有不知"岐黄""和缓"者,未有不知安道全者也。其器重《水浒》者为何如哉?宜乎以吾国之一书,而经日人曲亭马琴、高井兰山、冈岛冠山诸君之争译也。

问:子之评点是书,亦有目的乎?曰:有。曰:何在?曰:吾亦不自知其何在也。请抽数日之暇,以观吾书。

问:金人瑞讲文法,子既深恶而痛绝之,是著书立说,只求实事而已,更无所谓文也。进观子之所言,亦似有起承转合、理弊功效之文法者,子何以亦讲文法乎?曰:恶,是何言?文也者,自然之天籁也。日月星辰,非天之文乎?山川丘陵,非地之文乎?四肢百骸、语言动作,非人之文乎?他如飞潜动植,平原山岳之文也;枝叶花实,植物之文也;羽毛齿革,动物之文也。推之一亿万年,一刹那间,一世界,一粟米,无一非事,即无一非文。文固自然之天籁也,安得谓为无哉?特不须人之讲之耳。语曰:"文以载道。"又曰:"言之无文,行之不远。"文亦安可轻乎?若执文言文,定非知文者。亦犹欲求专门名家者,必普通学各各研究之,然后得择一门以尽力。若开始即研究专门,而谓一门果可精通乎?文法亦犹是也。见事办事,办事之时,自有条理节奏。所谓条理节奏者,文也。虽不讲之,安能无之乎?或曰:然。

水浒传命名释义

燕南尚生

此篇曾在《白话报》载过一段,假为释文,名曰《五才子命名考》,避文字狱也。今全书既成,又当预备立宪之时,避无可避,故全录之。想阅者诸君,或不疑为抄袭也。尚生识。

一、水浒

水合谁,是相仿的声音(谐声);浒合许,是相仿的样子(象形)。施耐庵先生,生在专制国里,俯仰社会情状,抱一肚子不平之气,想着发明公理、主张宪政,使全国统有施治权,统居于被治的一方面,平等自由,成一个永治无乱的国家,于是作了这一大部书。然而在专制国里,可就算大逆不道了。他那命名的意思,说这部书是我的头颅,这部书是我的心血,这部书是我的木铎、我的警钟,你们官威赫赫,民性茧茧,谁许我这学说实行在世事上啊!只这一个书名,就质诸鬼神而无疑,百世俟圣人而不惑的意思。外人统说支那人有奴隶根性,这话能以算对吗?

二、史进

史是《史记》的意思,进是进化的意思。中国人伸张民权,摧拉君威的,只有孟子一个。孟子以后,专制盛行,甚么独夫民贼,个对个为所欲为,变本加厉。更有一般逐臭小儿,只知自利,不识公理,于是乎助桀为虐,长君之恶,逢君之恶,百姓们那儿还敢张嘴?后来司马迁先生犯了罪啦,皇上把他割了老宫。哈哈!谁想这一割就割出一个救苦救难的菩萨来。甚么是菩萨呢?就是他那部《史记》了。司马迁先生觉着小脑袋已经丢了,任凭怎么着奴颜婢膝,摇尾乞怜,大脑袋也不准保住,他就放开胆子,主了笔政,说人们不敢说的话,无上无下,公是公非,游侠刺客,也为他们列传。于是民气为之一吐,君威为之一锉。真是褒贬予夺,同孔夫子的《春秋》一样。专制君主,那儿还敢任意胡来呢?到了以后,有极诡诈的皇上,知道百姓们愿意看这一类的书,又恐怕看了这书,民权膨胀,不利于自己的行为,想着禁止,又恐怕显背人情,逼出乱来,就想了个斌玞混玉、鱼目混珠的法子,假装着尊敬他这书,并且派人仿造他这书,于是乎一朝一史,一史一朝,一史一史,直堆的有粪堆那么大。起初还是任史官自行择选,后来愈出愈奇,竟有皇上喜欢那一个大臣,那一个新贵,就用强迫手段,教那些无耻的史官,第一排第二排的表表他的功勋,拟一句圣旨纶音呢……就是"宣付国史馆立传"了。应名是信史,其实直成了独夫民贼的喜怒录、百官的溜话工拙成绩表,臭屎不如,那儿还去找史呢?施耐庵说,谁许我这说儿实行,力持公是公非的主义,不准用压制的手段,大行改革,铸成一个宪政国家,中国的历史,自然就进于文明了。所以一大部书,挑帘子的就是史进。

三、鲁达

鲁是鲁国的鲁，达是达人的达。鲁国的达人，不是孔夫子是谁呢？孔夫子拿一个百姓，居然提起笔来，评论君主的是非，伸诉百姓的苦楚，还是说赏就赏，说罚就罚，一点私心没有。各位想：一部《春秋》，怎么样的操纵自如呢？时过二千年，君威越盛，文字狱屡兴，若再就实事论事，不等话说完，刀刃已经搁在脖子上了。耐庵先生说，我这胡造谣言，捏出一百八人来，并不是为的我自己，也想着仿行《春秋》的褒贬。但只是用专制的用专制，善逢迎的善逢迎，百姓们越待越愚，越愚越受人愚弄，久而久之，竟是认贼为父，谁许我说的是理呢？咳呀！只有鲁国的孔夫子了。于是乎捏上一个鲁达。

四、宋江

宋是宋朝的宋，江是江山的江。公是私的对头，明是暗的反面。纪宋朝的事，偏要拿宋江作主人翁，可见耐庵不是急进派一流人物。不过要破除私见，发明公理，从黑暗地狱里救出百姓来，教人们在文明世界上，立一个立宪君主国，也就心满意足了。我说两个字的文话："不然。"他就要拿柴进作主了。因为这个缘故,所以知道耐庵是力主和平的。

五、柴进

柴是吾侪的侪,进是进取的进。柴进捏成周世宗的后代,犹言吾侪沿着这个阶级进取,才不愧是黄帝的儿孙。若一味溜舔奉承敬,还不是汉奸么?进取的方法是什么呢?就是救困扶危,招贤纳士了。

六、李逵

李是道理的理,逵是揆度的揆。书里叙李逵的事,统是直出直入,勇往直前,绝无退缩气象。如大统领的地位,惟只是于社会上有功,投票得多数的,可以当之。固不许争,又何须让呢?宋江偏要客气,想让于卢。李逵发作起来,说:"你只管让来让去,假甚鸟!我便杀将起来,各自散伙。"揆之于理,不当像这个样儿么?戴宗说李逵专一路见不平,好打强汉,但不奈何罪人。揆之于理,不当像这个样儿么?

七、关胜

关是官长的官,胜是隆盛的盛。社会上最有势力的数着官,最难开化的也是官。官在专制国里,上可以蒙蔽君主,下可以欺压平民。绞民膏,刮地皮,简直的说,比皇上都进一步。你想有多么阔!若在立宪政体以下呢,办事情,吃俸禄,统有一定的范围,一不称职,就得滚蛋,谗诣面谀,一点效力没有,他们如何受得下去呢?所以变法维新的时候,第一大阻力就是官。待至时机已熟,阻无可阻,官一归顺,以下就迎刃而解了。所以梁山草创的时候,没有关胜;势力已成,才有关胜。关胜一反正,那些水将、火将、双枪将、急先锋诸人,个对个投降受命,立宪也就没有拦挡了。所以要看新政的行不行,先看官长认可的盛不盛。但只是还有一说,要看官儿的实心,不能看官儿的表面。若看表面么,他们统戴着随风倒的帽子,张嘴先说着着着,是是是,那又于事何济呢?

八、卢俊义

卢是儒家的儒,俊义是大义。这一部书上,说了些戕官拒捕,杀人放火,猛一看是乱臣贼子,大逆不道。耐庵说这一部书,不是大逆不道,也不是邪说惑人,辩言乱政,原是儒家学说的大义啊!请看,

《易经》上说"亢龙有悔","见群龙无首,吉","拟之而后言,议之而后动"。《书经》上说"抚我则后,虐我则仇","询于四岳,辟四门,明四目,达四聪","民为邦本",又载征讨暴君的事情,极其详细。《诗经》更是美刺之权,操之自民,其言词更指不胜屈了。《春秋》简单的监督君主,不教他胡来,更不教以后的胡来。《礼经》上说:"大道之行也,天下为公。选贤与能,讲信修睦。故人不独亲其亲,不独子其子,使老有所终,壮有所用,幼有所长,鳏寡孤独废疾者皆有所养,男有分,女有归。货恶,其弃于地也,不必藏于己;力恶,其不出于身也,不必为己。是故谋闭而不兴,盗窃乱贼而不作,故外户而不闭,是谓大同。"孟子说:"民为贵,社稷次之,君为轻。"请看,这一部书,几十万言,那一句不是拨乱反正,力保民权呢?所以收场的时候,揭明是儒家的大义啊!

九、高俅

高是高下的高,俅是求人的求。在专制政体以下,若是想着做官,必得托门子,剜窗户,即近来所谓洋荣园,合"君子忧道不忧贫也"(按道作道路解,就是门子)。一会得谀谄面谀,向高处献媚,无论怎样的破落户,怎样的犯重罪,统可以位至卿相,作福作威。若是单有才学,不有门子,可就不要想做官了。

十、殷天锡

殷是阴同音,作暗地解;天是天子的天;锡是九锡的锡,作"与"解。凡做官的为非作歹,鱼肉乡民,这都是皇上暗地里给他的特权,所以任凭百姓们扣阍传御状,统是一点效力没有。为什么皇上给他这个特权呢?你想,每逢放一个缺,先得要被放的这个人,使些个七扣、六扣的官利帐来,孝敬嫔妃,孝敬皇后,还有什么皇太后、老宫、太监。以外什么随封咧,随封随咧,统要买个水屑不漏,才能望成。这些钱那儿去找呢?只有向百姓身上刮摸了。不是皇上给他这种特权,是谁给他的呢?然而揆之于理,却是不成,所以说,李逵打死殷天锡。

说明:上燕南尚生三篇,出自光绪三十四年保定直隶官书局排印本《新评水浒传》卷首,转录自朱一玄、刘毓忱《水浒传资料汇编》。

燕南尚生,真实身份、生平事迹待考。

题抄本水浒卷首

延月草堂主人

昭文黄慕庵曰：耐庵本书止于"三打曾头市"，下皆罗贯中所续，今通行本则金采割裂增减施、罗两书首尾成之。语云："神龙见首不见尾。"龙非无尾，一使人见则失其神矣。读小说者不可不知。

说明：上题识出清延月草堂抄本《水浒》卷首，转录自朱一玄、刘毓忱《水浒传资料汇编》。

延月草堂主人，待考。

昭文黄慕庵，似即黄人（1866—1913），原名振元，字摩西，又字美涵、慕庵，别署江左儒侠，常熟人。南社社员。《小说林》月刊编辑，曾创办《雁来红》杂志，又协辑《清文汇》，有《黄人集》。

附录

水浒牌序

张岱

余友陈章侯，才足挟天，笔能泣鬼。昌谷道上，婢囊呕血之诗；兰渚寺中，僧秘开花之字。兼之力开画苑，遂能目无古人，有索必酬，无求不与。即蠋郭恕先之癖，喜周贾耘老之贫，画水浒四十人，为孔嘉八口计，因使宋江兄弟，复睹汉官威仪。伯益考著山海遗经，兽毵鸟氉，皆拾为千古奇文；吴道子画地狱变相，青面獠牙，尽化作一团清气。收掌付双荷叶，能月继三石米，致二斛酒，不妨持赠；珍重如柳河东，必日灌蔷薇露，薰玉蕤香，方许解观。非敢阿私，愿公同好。

说明：上序出自张岱《琅嬛文集》卷一，转录自南京大学中文系资料室编《水浒研究资料》。

张岱(1597—1689？)，字宗子，一字石公，号陶庵。浙江山阴(今绍兴)人。晚明文学家、史学家，崇祯年间放情山水，明亡后隐居四明山中。著有《陶庵梦忆》《西湖梦寻》《石匮书》等。

陈章侯水浒叶子引

江念祖

说鬼怪易，说情事难；画神鬼易，画犬马难。罗贯中以方言亵语为《水浒》一传，冷眼觑世，快手传神,数百年稗官俳场,都为压倒。陈章侯复以画水画火妙手,图写贯中所演四十人叶子上,颊上风生,眉尖火出,一毛一发,凭意撰造,无不令观者为之骇目损心。昔东坡先生谓:李龙眠作华岩相,佛菩萨言之,居士画之,若出一人。章侯此叶子何以异是。江念祖题。

说明:上引出自《水浒叶子》卷首,转录自朱一玄、刘毓忱《水浒传资料汇编》。

陈章侯,即陈洪绶(1598—1652),字章侯,号老莲。浙江诸暨人。明末清初著名书画家、诗人。乡试不中,崇祯间召为内廷供奉。明亡入云门寺为僧,后还俗。有《西厢记》插图及《水浒叶子》《博古叶子》等版刻传世,并著有《宝纶堂集》。

江念祖,字遥止,安徽歙县处士,家武林(今杭州)。晚年隐金华、衢州间,闭门深山,罕与人接。善画山水、摹古有自得之致。有《读画录》《画传编韵》等。

陈洪绶水浒牌小引

马翔鳞

郎公府兄,读奇嗜异,无微不入。数年来,喜陈章侯书画,到眼真伪立辨,求者心折,惊与章侯有夙契云。水浒牌出,慕而购之,始得其一,不胜叫快。犹恨生气仅留,形迹就灭,于是谋诸余曰:吾欲重新之,以慰爱惜。余鼓之,遂更觅得善本,即请向所临之本手临之,拜请向所刻之本手刻之,纤毫悉较,冀臻尤绝。则公府之于此,诚可谓无微不入矣。而公府之于章侯,其真有夙契也夫。社弟马翔鳞。

陈洪绶水浒牌跋

周初允

吾乡施少华政伯子博先生,三世相传,善诗、善书、善画,名重两浙,彦修兄其云仍也。家多藏榻,雅好摹古。入其室,环堵肃然,烟云缭绕,墨宝荧莹,溢于几席。适鸠工镌摹老莲《水浒人物》,余曰:此传世之宝也,今更可以不朽矣。老莲笔意本吴道子,近世罕有其俦,丹青家靡不宗之。书法酷肖米颠,标题古峭遒劲,类绝壁孤松,超出尘表,真赏鉴家第一清玩也。昔长康传神阿睹,僧繇点睛破壁,皆世间精妙灵异之物,终当如龙泉太阿,紫气上烛斗牛,有识等雷焕、张华者,咸欲得之为家藏世宝矣,吾谓于此榻亦然。辛未桂月泛渚夕西湖周初允开甫跋。

说明:上小引出自清辛未新安黄顺吉摹刻本《水浒牌》卷首,跋则出该书卷末。转录自马蹄疾《水浒资料汇编》,中华书局1980年版。

马翔鳞、周初允,生平事迹待考。

跋水浒图

顾苓

罗贯中客霸府张士诚,所作《水浒传》题曰《忠义水浒》。后之读其书者,艳草窃为义民,称盗贼为英杰。仲尼之徒,不道桓文,贯中何居焉!孟子曰:"诵其诗,读其书,不知其人可乎?是以论其世也。"至正失驭,甚于赵宋;士诚跳梁,剧于宋江。《水浒》之作,以为士诚讽谏也,士诚不察。而三百年之后,高杰、李定国之徒,闻风兴起,始于盗贼,归于忠义,未必非贯中之教也。山阴陈洪绶画《水浒图》,实崇祯之末年，有贯中之心焉。其笔法仿唐人《五星二十八宿真形图》，《传》称宋江等为星辰降灵故也。呜呼，诸人往矣，英雄耶？群盗耶？以其时考之则可矣。

说明：上跋出自东方学会印《殷礼在斯堂丛书》本顾苓《塔影园集》卷四。转录自马蹄疾《水浒资料汇编》，中华书局1980年版。

顾苓（1609—1682），字云美，号独斋居士，别署荆蛮、虎丘塔影园客，吴县人。乾隆间《苏州府志》人物有传，著有《塔影园稿》六卷。

水浒画谱自序

嵩龄

余本大罗天上赤足灌花使者，五百年前直蟠桃大会，余于灌事毕，趄至灵芝殿上，欲瞻众圣威仪。酒阑，诸大仙去，瞥见沐猴彳亍殿角。余以其妖也，唱而逐之。忿恨逃避，殿上霞浆天厨犹陈。余遂痛饮霞浆，归来不禁酩酊大醉，酣睡数日，迟误瑶池灌溉，致使绛云仙草香魂坠落人间。为王母察知，命素螺天女用珊瑚鞭将余鞭扑三百，谪降人间寻觅仙草。余遂生于渤海公侯之门。五十年来，受尽红尘无穷龌龊苦恼。

　　昨于光绪己卯仲冬，除授山右护泽宰，倏忽三越寒暑。余本潇洒性成，一朝加以冠裳，实以藩篱为苦，况乃才疏质屯，政绩毫无，碌碌庸庸，正羞为朝廷禄蠹，时欲隐退林泉，放浪形骸。适为沐猴而冠者与余为难，因得遂素志，大可日在醉乡，除遨游外，检点案上书籍，深为乐境。

　　偶于烂纸堆中，得圣叹所批施耐庵所撰《水浒演义》古本，以为下酒物，反复读之，颇有所感。意宋时徽宗皇帝，秉质绝顶聪明，若继统后仍有韩、范等纯臣调和赞辅，忠荩谋国，未必非一代圣天子。乃彼时中外如蔡京、高俅、高廉、慕容等辈，概系窃权蒙弊，徒事骄矜，妄自尊大，其实则恃权纳贿，肆志贪婪，卖官鬻爵，钻营固宠，纵容族戚，剥削闾阎，蒙上欺下，涂炭苍黎，种种不法，恬不知耻。一旦如宋江之妖魔小丑，啸聚山林，竟至不可收拾，极其纵横河朔，掠至十郡，杀官劫库，开仓运储，仍以其馀市恩济贫，反得闾阎香花跪送，且有"所过州县，秋毫无犯"等辞。盗贼横行，朝廷聋聩，颠倒如是，大宋焉得尚能立国乎？因触所感，于是研墨挥毫，摹其神理，而画为《水浒画谱》数十编以自娱。

水浒画谱叙

嵩昆

颠道人者，余同曾祖兄也。秉性粗豪，立品清洁，不趋权势，不好时尚，自知不合时宜，故自号"颠道人"以自嘲。兄髫年善为蝇头书，尤善作极小隶书，自命曰八分小楷。更喜丹青，于青绿山水、楼台人物、花鸟虫鱼，无不精妙。时人得其尺幅，无不宝之，而前大冢宰花松岑先生尤珍之。余稚年亦好绘事，与兄无三日不见。时见则欢饮狂歌，终日不倦。醉则抵足酣眠，醒而去亦不辞。偶或不醉，必以所藏册卷相琢磨。如是者十馀年。

咸丰戊午，兄官游山右，余不忍别，乃于兄所畅饮数昼夜，且为兄结束行装，躬送出都，握手洒泪言别。从此地北天南廿馀载。此廿年中，惟兄两次因差入都，均以公务匆匆，未敢久聚。

同治戊寅，山西灾祲异常，兄奉檄津门催粮，小驻京都，时余亦铨曹掌选矣。兄以廿年奔走勤劳，已入老境。而是年秋,兄亦真除护泽令尹,于是秋赴任。然仍藜藿自甘,清洁矢志,簿书词讼,事必亲躬。余在京闻之,甚喜。

壬午冬,忽阅邸抄,兄竟为张香涛白简从事。余甚骇诧,正拟请假往省,适奉简命督理豫章粮储事,未果行。今于乙酉秋,复奉简命陈臬山西,下车即访兄行止。据诸寅友同声皆云:余兄居官,实属廉洁勤慎,甚有政声。此次被劾,令人不解,所谓冤哉兄也。嘉平兄来省,住于公廨堂西之漱石,而精神灼烁,酒量犹豪,围炉聚谈,竟乐而忘疲。

明年春,为余制山石小记,更于重修汾河之金刚大坝等堰告成,篆拟镇河犀铭且两碑碣,均系兄贾勇书。丹书毕,因出所画《水浒画谱》。余阅之,知兄画《水浒演义》者,盖有深意存焉。披览之馀,不忍释手。乃数寸幅中,能作山水楼阁、江湖舟楫、武人奔马、战阵营垒,遇花甲之年,大非易事。缘《宣和画谱》分十类,以释道人物为第一、第二类,刘道醇《名画评》分六门,亦以人物为第一门。此编于数寸篇中,所画僧道胥役、英豪庸俗、市侩荡妇,色色入神。加以楼台山水、林莽舟楫,无不各有细微,毫无败笔，实亦今日之一绝也。是为叙。光绪戊子（十一年）年荷月下浣，山西按察使司按察使弟昆谨志并书。

颠道人水浒传图本记

耀年

古人画法，多重山水。自吴道子制水陆道场七十馀轴，其间仙佛卿相、富贵贫贱、士农工商以及天龙药叉、魑魅魍魉，无不酷肖其形，由是名著当时，传诸后世，至今云中高善寺犹宝藏之。今观颠道人所制《水浒画谱》，可称绘画能事矣。

夫颠道人，聪明人也。其曾祖依公，乾隆年进士，仕至礼部左侍郎，上书房谙达。祖福公绵，仕至山西巡抚。父文公熙，号励泉，举道光甲午科孝廉，戊戌科赐进士出身，仕至刑部正郎。道人即励泉公之次子也。原名嵩龄，同治三年，更名裕厚，字锡九，号啸农，又号仁甫，别号颠道人，实从龙巨族也。与仆为表弟兄。道人生而聪颖，性至孝友。年五龄，能即属对。十岁，能书蝇头小楷。十二岁，随父游京都护国寺，偶见画肆有人物花鸟等画，心悦之而未敢言,归寓后,数日不饮不食,不嬉不笑,终日懵懵,若有所思,如失魂魄者。道人祖母宁古太夫人甚钟爱之,以为其受惊也,因问之。忽答曰:"思欲学画,苦无门。"祖母笑曰:"是真阿呆矣。欲学画,何不早言,胡为苦思?"于是市丹青,出家藏册卷,祖母亲教之。原太夫人即闺中名笔也。半年,道人得受心法,所画小幅、便面等,均有可观。年十七,道人母诺敏太夫人,余胞姑母也,与宁古太夫人妇姑均仙逝。道人哀痛欲死,不食者几半月。年廿六,先姑夫励泉公亦归道山。

　　道人以父品学才德兼备,经清正良臣陈大司寇孚恩与李大司寇振祜,交章荐之宣庙。蒙圣主特达之知,召对两次。无何,宣庙大行,而励泉公旋亦捐馆舍。道人性纯孝,从此功名念如死灰,视中外大小文武,无不谓之庸庸禄蠹。适道人胞叔文公,又卒于广东惠州太守任所,而孀婶年未不惑,弱妹幼弟,一门数口,远隔几至万里,无人照料,何以归旗?道人以家运凌替如此,竟有痛不欲生之意,只以上有继慈,胞兄麟公介眉复抱沉疴,道人乃携一老仆,远涉九千馀里,将文公棺柩眷属扶掖回京,丧葬尽礼，从此放荡江湖，以豪侠自任者数载。嗣以继慈奉养，始出仕除阳城尹，甚著政声。以秉性骨鲠，不趋时尚，竟遭蜚语中伤。适值张香涛初任封圻，未查真伪，竟将道人登诸白简。呜呼，冤哉道人！

然适中道人放荡隐怀，正以藩笼为大苦事，今忽解组，如释重负，竟得朝夕以书画棋酒自娱。花朝月夕，与三五知己，聚饮于临流松竹之前，醉则起舞狂歌，绝口不谈时事。风雨之辰，则倚南窗昼夜挥洒，得意时，吟啸之声达于外。亦有时拍案狂呼，虽妻子不知其啸呼者何故。

甲申暮春，来寓闲谈，出所制施耐庵撰《水浒全传》图本，并述画《水浒全传》之隐怀，属余为记。余笑允之。展阅图本，见所画邪正、忠奸，豪侠、盗贼、胥役、市侩、荡妇、行僧，身不及寸，无不酷肖其形。且于数寸幅中，布置楼台市井、江湖舟楫、战阵营垒、叠嶂疏林，笔笔不苟，实有不可及者，可称江北名笔也。披览三复，不忍释手。因思道人怀才不遇，深可慨也。是为记。光绪旃蒙作噩（乙酉，十一年）清龢中浣，赐进士出身工部左侍郎愚兄耀年拜书。

说明：上三则均出光绪间宝贞堂本《水浒画谱》卷首，转录自1980年南京大学中文系资料室编《水浒研究资料》。

所署颠道人者，满人嵩龄也。《叙》为龄之堂弟嵩昆作，而《记》则其表兄耀年作。嵩、昆之行藏，《叙》《记》所言颇详。颠道人原名嵩龄，同治三年，更名裕厚，字锡九，号啸农，又号仁甫，别号颠道人。镶红旗满洲钟林佐领下人。咸丰戊午，宦游山右。同治戊寅，山西灾祲异常，奉檄津门催粮，壬午冬为张香涛所劾，蒙冤解组，自此绝口不谈时事，作《水浒全传》图本。

嵩昆，镶红旗满洲钟林佐领下人，出任过云贵总督、贵州巡抚等职。著有《贵藩杂记》。

耀年，生平事迹待考。

水浒全图序

刘晚荣

元罗贯中先生，因《宋史》宣和三年纪有"淮南盗宋江等犯淮阳、东京，入海州，知州张叔夜降之"之文，遂演为《水浒传》，以写其胸中磊落之气。虽野史难言著作,而一百八人之性情、行事,各不相袭,故读者爱之。不谓阅一沧桑,又得明杜先生堇为之补图。其技如飞卫之射,视虮子如车轮,神妙出罗传之外。予藏之数年,爱不释手,因择名工,钩摹付梓,以公同好。披览之下,觉英风义概,奕奕如生,令人不可迫视,洵足与罗书并传矣。中凡四历裘葛,始告成书,而予亦心力交瘁云。光绪壬午冬日,节卿刘晚荣识。

说明:上序录自光绪六年粤东臧修堂刻本《水浒全图》卷首,原本藏南京图书馆。此本内封上镌"水浒全图",下镌"光绪六年岁次庚辰春仲粤东臧修堂开雕裒海徐三庚署耑",次"水浒名目",列一百八人姓名。复次《序》。1980年南京大学中文系资料室编《水浒研究资料》亦载此序,谓出光绪八年。

刘晚荣,晚清学者,有《臧修堂丛书》。

水浒全图跋

叶德辉

宋无名人《宣和遗事》,载宋江三十六人,智多星吴用作吴加谅,玉麒麟卢俊义作李进义,大刀关胜作关必胜,赛关索杨雄作王雄。然宋周密《癸辛杂识续集》所载龚开《宋江三十六人赞》,智多星吴用作吴学究,其馀卢俊义、关胜、杨雄悉与今小说《水浒传》合。又龚开《赞》三十六人中,有两头蛇解珍、双尾蝎解宝,为《宣和遗事》所无;而《宣和遗事》之火船工张岑,又为龚开《赞》所无。然则三十六天罡之外,确有七十二地煞诸人无疑矣。此册画像如生,刻工尤为精妙,虽其原本是否出自杜堇,不可得知,要非明人能手莫辨。一技之传,岂幸致哉!宣统二年岁庚戌嘉平望日,丽廔主人叶德辉病中题记。

说明:上跋出自1934年中华书局影印金批本《水浒》卷首所插《水浒全图》,转录自1980年南京大学中文系资料室编《水浒研究资料》。

叶德辉,见上《京本通俗小说》条。

水浒传注略小引

程穆衡

《水浒传注略》书成,及门诸子咸请于予曰:

"闻之学当务其大,今夫子方矻矻焉注经补史,编排纂辑之不暇,乃取贩竖农伯手中之书诠释之,所搜摘引证,且不下数百家,若是其勤者,何也?"余应之曰:"否,否! 不然。学务其大,固已;不曰学始于博乎? 学不博,则僻陋谩诋,譬鼠之窥止四壁,鸡之鸣止一声。而务博者,又必抉其奥。古来著述者皆然,而是书尤著。我自十馀龄读之,恤然而骇者数矣。盖其贯穿经史,网罗百家,旁摭二氏,衍一义,订一言,靡不融会载籍而出之。乃数百年来从无识者。即自诩能读矣,止窥其构思之异敏,运笔之灵幻,若其炉锤古今,征材浩演,语有成处,字无虚构,余腹笥未可谓俭,然且茫如望洋焉。忆仕宦以来,其行四方,不为不远;与贤智博达者游,不为不多。然试举是书中一隽语、一名物询之,皆黯然如雷击,悄然如病瘖,从未有能条举其说者,叹古人之沉晦也久矣! 且夫一物不知,引以疚心者,知耻之学也;事已晦灭,暴而显之,俾明于世者,揭古之怀也。余为是役,盖直举秘书僻事,以发厥奥,俾知奥由于博,斯其为学也大矣,于注经补史奚间焉? 然而且曰"略"者何也? 谓虽搜摘引证至数百家之多,然已略矣,以视全书所云茫如望洋者,殆若蠡之测海,岂遂能穷其奥博哉!有同余志者,各殚精力,裨所不逮,斯幸矣。"既以复我诸子,并书之以告后之读是书者。乾隆己亥清明前十日,太仓程穆衡题于投绂堂之华桂轩。

(水浒传注略)序

蕴香居士

《水浒》为庸伦所阅之书,儒者以其近于诲盗而嫉之。然一经好古之士为之注解,便觉奥博异常。可见昔人游戏著撰,亦属不苟,异于今之浅见寡闻,拾人牙慧,以为生活也。娄东程迓亭先生,以名进士出宰山右,引疾告归,寿臻大耋。生平手不释书,经史诗文,俱有述造。所尤著者,为《吴梅村诗笺》,惜未刊行。此二卷,亦游戏之作,而征引浩富,已令小儒咋舌,其学可知矣。先生同里菘耘居士,以鹤堤子手录本见贻,爰授剞氏以绣之梓。非敢为小说扬其波也,亦使海内学者,知有事笺疏,当如先生之目穷四部,方可濡翰耳。道光乙巳春三月,蕴香居士识。

说明：上小引和序均出自清道光二十五年听香阁刻本《水浒传注略》卷首。藏国家图书馆。

程穆衡，字惟淳，江苏镇江人。乾隆二年（1737）进士，授榆社知县。博闻多识，工诗文，生平撰述甚富。《水浒传注略》之外，曾与修《太仓州志》。又有《吴梅村诗笺》十二卷、《诗馀附笺》一卷，《复社年表》《娄东耆旧传》《据梧斋诗文集》《燕程日记》《投绂堂集》等，辑有《鸟吟集》。

蕴香居士，真实身份、生平事迹待考。

读水浒传书后

余读小说至《水浒》而生无限感情。夫宋江一小吏耳，状貌不逮中人，武技拙于流辈，又非有父兄之馀势，权贵之引援，何能为有关时势之人物？乃一旦出而造乱，巍然为梁山党魁，支配一百七个以杀人为游戏之虎狼于足下，罔不俯首帖耳死心塌地以受其驱遣，奇已！及细绎耐庵笔意，其写一百七人也，自有一百七人之性质，而此一百七人各各不同之性质，宋江一人均有之。宋江之脑，能包含此一百七人，而此一百七人之脑，不能包含宋江，此宋江所以能用一百七人，而一百七人不能用宋江也。然此一百七人中，其上流人物，皆有过人之才智，自立之精神，其初孰不欲置身青云，取斗大黄金印，得天下之豪杰而指挥之，孰乐入草啸聚，杀人夺货，为一末吏效奔走者。无如社会虽大，食肉者虽众，而竟无一人能知此一百七人中之一人，而此一百七人者，遂所如不合，或且被逐、被缉、被杖、被囚、被黥、被配，潦倒无复人理。而于其被逐、被缉、被杖、被囚、被黥、被配，潦倒无复人理之时，知之爱之怜之者，独有一宋江，假以银钱，笼以恩义，不惜倾身结纳，久之，宋江之术行，而及时雨之名遂遍于江湖上。彼一百七人者，虽能杀他人，而不能杀宋江，虽忍弃全社会之人，而不忍弃宋江，欲其不随宋江以造乱，岂可得乎？宋江无特别之才，而脑中能容此一百七人，以一百七人之才为其才，即特别之才。宋江真异人哉！或曰：此小说家言，何得据为事实？然则请征之历史上之帝王。汉高自言，运筹帷幄中，决胜千里外，吾不如子房；镇国家，抚百姓，运粮不竭，吾不如萧何；连百万之众，战必胜，攻必取，吾不如韩信:三者皆人杰,吾用之以取天下云云,亦与宋江之于一百七人同一理由耳。呜呼!帝王非异人任,然非异人亦不克任。彼一才一技之士,岂足语哉?

(按:英雄本有野心,无野心不能为英雄。英雄者,一方有圣人性质,而另一方则有盗贼性质者也。大抵圣人性质多于盗贼性质,则成帝王;盗贼性质多于圣人性质,则为流寇:帝王流寇之分,视此而已。)

说明:上《读水浒传书后》,转录自朱一玄、刘毓忱《水浒传资料汇编》,编者云出"《游戏世界》第八期(1906),据阿英《晚清文学丛钞·小说戏曲研究卷》转录",并注云:"《晚清文学丛钞·小说戏曲研究卷》辑录此文,题作者失名。"

重刊忠义水浒传序

李宗侗

自从清初金圣叹修改《水浒传》,删去七十一回以下后,七十回本盛行,明代常见的百回本《水浒》遂不易轻得。民国十一年于巴黎国家图书馆获睹钟伯敬批本《水浒》亦百回者,如得拱璧,异常欣悦。季弟宗侨素喜读此书,当急写信告诉他。民国十三年,族侄兴秋在小摊上买了一部《忠义水浒传》,观其墨色纸色,的是明本,且第一册图上,每有新安刻工姓名,尤足证明即郭英在嘉靖年间刻于新安者,明代《水浒》面目,遂得重睹。但最不幸的是季弟已于三年前病没,不获读这本书了,特刊此书以作哀悼他的纪念。民国十四年九月,李宗侗。

说明:上序出自1925年7月北京燕京书局据李玄伯藏本排印之《水浒传》。转录自马蹄疾《水浒书录》。原本藏国家图书馆。

李宗侗(1895—1974),字玄伯,河北高阳人,历史学家,著有《中国古代社会史》《中国史学史》《中国古代社会新研:历史的剖面》等。

水浒传序

鸿章书局主人

中国之说部始于虞初,并晋唐以后而愈甚,顾当时说部,悉札记短帙,文字过简,未见雅俗皆宜,若夫以通俗浅语参入,文字如今日之所谓演义者,其体盖起于元也。《三国演义》《西游记》《水浒传》等书，为一时杰作，至今传诵不衰，夫岂人之喜读其书哉，亦其文字自有可传者在也。施耐庵尤为写生之能手，描摩人物惟妙惟肖，而百出不重，此《水浒》一书尤为世人所称道也。坊间所行之本，亦非一种，而讹误辄不免焉。本局特觅得精本，□加校勘，以飨读者，印既成，乃识数言为之序。

  说明：上序出自鸿章书局石印句曲外史序本《绘图水浒传》卷首。转录自马蹄疾《水浒书录》。马蹄疾云：此本"八卷七十回，外卷首一卷。民国间上海鸿章书局石印。版框高十八公分，广十二公分；面三十行，行七十二字。未见著录。一九六三年一月二十四日见于浙江温州古旧书店。封面题笺作'绘图五才子水浒传'。扉页自左至右直书'元东都施耐庵著，绘图水浒传，上海鸿章书局石印'。次绣像二页四幅，每幅七人，计二十八将。又正文每卷插图一叶二幅。拙。版式、内容略同光绪三十一年上海书局石印本。"

水浒新序

陈独秀

"赤日炎炎似火烧,田中禾黍半枯焦。农夫心内如汤煮,公子王孙把扇摇。"这四句诗就是施耐庵做《水浒传》的本旨。

《水浒传》的理想不过尔尔,并没有别的深远意义,为什么有许多人爱读他?

是了!是了!文学的特性重在技术,并不甚重在理想。理想本是哲学家的事,文学家的使命,并不是创造理想,是用美妙的文学技术,描写时代的理想,供给人类高等的享乐。

在这一点看起来,我们就可以明白许多人爱读《水浒》的缘故了。

在文学的技术上论起来,《水浒传》的长处,乃是描写个性十分深刻,这正是文学上重要的。中国戏剧的缺点,第一就是没有这种技术。

亚东图书馆将新式标点加在《水浒传》上翻印出来,我以为这种办法很好,爱读《水浒传》的人必因此加多。他们要求我做篇叙,我没甚多话说,惟有指出这书主要的理想和技术,请读者注意。民国九年七月七日,陈独秀叙。

水浒校读后记

汪原放

我们翻印这部书的用意和我们希望的用处,胡适之先生在他的《水浒传考证》里已说过了。用新式标点符号来翻印旧书,这是第一次试验。我校读时有许多困难,不容易解决。有时我自己大胆提出一个解决法,究竟不知是否适当。我且举出几个例,请各位研究白话文法的人指教:

第一类,有些地方我自己觉得原文是错了的,但因为更动太大,恐怕失了原文的真相,故我不敢校改。最明显的例是第四十五回第八页上的一段。我把我想改作的字写在方括弧〔〕的里面:

……迎儿叫道:"官人!不干我事,不要杀我,我说与你!"〔当下迎儿便把〕如何僧房中吃酒,如何上楼看佛牙;如何赶〔他〕下楼看潘公酒醒;第三日,如何头陀来后门化斋饭;如何叫〔他〕取铜钱布施与〔头陀〕,如何〔那妇人〕和他约定:但是杨雄当牢上宿,要他掇香桌儿放在后门外,便是暗号,头陀来看了,却去报知和尚,如何海阇黎扮做俗人,带顶头巾入来,〔那妇人〕扯去了,露出光头来,如何五更听敲木鱼,要〔他〕开后门放〔和尚〕出去,如何〔那妇人〕许〔他〕一副钏镯,一套衣裳,〔他〕只得随顺了;如何往来已不止数十遭,后来便吃杀了;如何又与〔他〕几件首饰,教〔他〕对〔杨雄〕说〔石秀〕把言语调戏一节——"这个我眼里不曾见,因此不敢说"——一都对杨雄说了。迎儿说罢,石秀便道……

诸如此类的句子,实在不少,但我终不敢把他武断更改。

第二类是我校改了的。我今番圈点的本子,用了同文的石印本(以下统称"同本");校对的本子,用了商务铅印本(以下统称"商本")。两本互有不同,我把我参照两本改正的几段列表如下:

(一)第二十七回。内有一段,"商本"和"同本"同:

……一个便把藤簟。纱帐。将来挂起。铺了藤簟。放个凉枕。……

我想藤簟是不能挂的,所以改如下式:

……一个便把纱帐将来挂起,铺了藤簟,放个凉枕,……

(二)第四十九回。内有一段,"商本"和"同本"同:

……庆贺新上山的十二位头领。乃是李应、孙立、孙新、解珍、解宝、邹渊、邹闰、杜兴、乐和、时迁。女头领扈三娘、顾大嫂、同乐大娘子。李应宅眷。另做一席。……

我想,第一,乐大娘子并不是梁山上一个女头领;第二,女头领是指扈三娘、顾大嫂两个(与十二头领数合)。所以我改如下式:

……庆贺新上山的十二位头领,乃是:李应,孙立,孙新,解珍,解宝,邹渊,邹闰,杜兴,乐和,时迁,扈三娘,顾大嫂。女头领同乐大娘,李应宅眷,另做一席。

(三)第五十五回。有一段,"同本"无,"商本"有。那一节明是脱落了的,故改如下:(有( )的是照"商本"改正。)

……且说徐宁家里,天明,两个娅鬟(起

来,只见楼门也开了,下面中门大门都不关;慌忙家里看时,一应物件都有,两个娅鬟)上楼来对娘子说道……

(四)第六十二回。有十二个字,"同本"有,"商本"无。实不可脱落,改如下:(有( )的是照"同本"改正。)

……当时梁中书看毕,(惊得面如土色,剖决不下,即时)便唤王太守到来商议……

(五)第六十八回。有一段"商本"有,"同本"无。实不可脱落,照改如下:

……他若投东,宋江便把号旗望东指,军马亦望东来围他;(他若望西,号旗便望西指,军马便望西来围他。)……

这部书的句读,承高语罕先生指正不少;校对,承我友胡铁岩君帮助不少,我极感谢他们!

这部书过大,里面的句读,校对,免不了还有错的,望读者原谅,并请指教。

汪原放　一九二〇,八,九。

初版《水浒》里的标点符号错的很不少,分段也有许多不当的。这次乘着再版的机会,凭着我这几个月来的一点小经验,尽量修改了一下子。有十分之一是在板子上无法修改的,所以我把他们重新排过了。不曾重排的里面还有许多不能如我的意修改的地方,只好等到将来全体重排时再修改了。我在修改的时期中,承高一涵先生指出好几处我不曾细心校出的地方,真使我感激之至。

我虽觉得再版的比之初版的比较的是要少了一些错处了,但一定还有许多我看不出的错,希望读者指正。

我修改标点符号和分段时,得着我的朋友胡铁岩君许多帮助;付印时,我恰好到北京去了,一切手续,又亏了我的朋友胡鉴初和章希吕两君替我代做。我很感谢他们。

汪原放　一九二一,六,十九。

重排水浒校读后记

汪原放

六年前(民国九年),我标点的《水浒》,一来是因为我的学力不到,二来是因为初次试用新式标点翻印旧书,三来是因为那时可以说是独力的工作,现在看来，错误的地方实在还很不少，因此，我下了决心，把旧板子毁了，用我近两三年来随时修正的再校本重新排印了。

我自己很高兴！这个新本子里，至少已经没有了以下许多毛病：一是标点的错误不少；二是校勘的不细心；三是校对的疏忽；四是大段不曾用空行的方法；五是分段太拘束了；六是每句不曾空一格；七是有许多不应在行头的标点符号也在行头，甚至有孤单的一个的标点符号占一行的；……这些革去的弊病都是很重大的，所以重排是不可一日缓的了。

现在，我是说，这个本子，无论如何，比之六年前的本子委实有许多明显的进步了，却不能说一点错误都没有了。这是一定的，我将来也许能校出一个比现在更有进境的本子来的。

我此刻应该说："好了！好了！少了一桩心事了！应该早早重排的《水浒》如今排成了！"更应当的是要向爱这种本子的朋友们道谢："不是你们的鼓励，热心，指摘，批评，我的本子是很不易得到一个重排的机会的。"

这次同余君昌之,周君道谋,吴君嗣民,做这个重排的工作的经过,用不着细说。我单举一件极小的事。六年前,我和胡君鉴初校到第八回:

> 行得三四里路程,见一座小小的酒店在村口。林冲,超,霸四人,入来坐下,唤酒保买五七斤肉,打两角酒来吃,回些面来打饼。

我们于是讨论道:这一段里,参看上文,"四人"是绝对不错的,除了林冲和押解他的董超、薛霸,还有一个打抱不平的鲁智深,怎么又只明写三个名字呢?要便是字面有错,要便是文法有误。

那时我们手头的本子是很少的,也校不正,只好置之。

这次周君道谋用芥子园本(这个本子有许多地方也错得要不得的)校勘后,我特别留心从前存疑的地方,原来问题倒很轻易的解决了。"林冲"的"林"字是"深"字,是"深、冲、超、霸四人"。这也尽够证明校勘与校对之难了。

中国出版界有标点的古书的历史是很短促的,不过六七年来的事。这六七年来的发荣与滋长是值得高兴的。近来,试看,不但有许多标点的中国文学方面的书了,而且,有哲学方面的书了,有历史方面的书了。这真是一种好现象。照这样下去,我可断言,我们的希望,我们应该把值得标点的中国古书都标点起来,以节省研究者的精力,大概不会是空虚的了。

可是,事实上,一方面又使人真不能不有点难过的。我曾看见过《满江红》是如下点读的:

我梦扬州〔,〕便想到扬州(,)梦我〔。〕第一是隋堤绿柳,不堪烟锁,潮打三更瓜步月,雨荒十里虹桥火,更红鲜冷淡不成圆〔,〕樱桃颗。

何日向,江村躲?何日上,江楼卧?有诗人某某,酒人个个,花径不无新点缀,沙鸥颇有闲功课,将白头供作折腰人〔,〕将毋左(。)〔?〕

又把《念奴桥(娇)》如下读:

周郎年少〔,〕正雄姿(,)历落〔,〕江东人杰〔。〕八十万(,)军飞一炬〔,〕风卷滩(,)前黄叶〔。〕楼橹云崩〔,〕旌旗电扫〔,〕熛射江流血(,)〔。〕咸阳三月(,)火光无比横绝。 想他豪竹哀丝(,)回头〔,〕顾曲,虎帐谈兵歇〔。〕公瑾伯符天挺秀,中道君臣惜别(,)〔。〕吴蜀交疏〔,〕炎刘鼎沸,老魅成奸黠〔。〕至今(,)遗恨〔,〕秦淮夜夜幽咽。

我不能再抄了。这不太可笑了吗？但是,也打着"新式标点"出版了。这真是很可惋惜的!(〔〕里的标点是我妄拟加入的。有( )的和没有的是我所见的标点本里原有的。)

我们不应该忘了郑板桥的态度。他在他的《词钞》的《自序》里说道：

……为文须千斟万酌,以求一是,再三更改无伤也。然改而善者十之七,改而谬者亦十之三。乖隔晦拙,反走入荆棘丛中去。要不可以废改,是学人一片苦心也。……天下岂有速成而能好者乎! ……

章实斋《又与永清论文》更该牢记：

近日撰《亳州志》颇有新得,回视和州、永清之志,一半为土苴矣。……和州全志已亡,近日删订叙论作一卷,不过存初见耳。永清全志颇恨芜杂,近已删订二十六篇为永清新志十篇,差觉峻洁。俟录有副本,当即呈上,稍赎十二年前学力未到之愆。……出都三年,学问文章颇觉比前有进。永清撰志去今十二年,和州则十八年矣。由今观之,悔笔甚多,乃知文字不宜轻刻板也!然观近所为文,自以为差可矣。由此以往,少或五七年,多或十许年,安知不又视近作为土苴乎?念及于此,而日暮途长,勉求进业以庶几于立言之寡愆,真有汲汲不容暂缓者已!

汪原放　十五,九,十八。

说明:上序及后记均出自上海亚东图书馆1928年重排九版汪原放标点七十回本《水浒》卷首,转录自马蹄疾《水浒书录》(上海古籍出版社1986年版)。

汪原放(1897—1980),又名家瑾、麟书,笔名士敏、白石、严约、方泉,中国编辑出版家、翻译家。先后出版了新式标点本《红楼梦》《三国演义》《西游记》《儒林外史》等,编辑有《书信选辑》《诗经今译》,翻译有《伊所伯寓言》《印度七十四故事》《一千零一夜》《鲁滨逊漂流记》等。

(足本水浒传)本书特点

这部《水浒传》,是为了不满意于当时的政府,当时的社会而作的,故在书中充满了一片不平之意,始终站在正义和人道的方面说话。这是特点一。这部书的开首,就先写一个人人厌恶,不肯收留的高俅,再由高俅而写到王进,而写到史进,而写到这一百单八条的好汉,以明"乱自上生"之意;至于这一百单八条好汉,是一点不负什么责任的。见解非常高超。这是特点二。武松、鲁智深、李逵……等一班人,虽然都是梁山泊上的强盗,然在书中写来,却只见到他们又英雄,又义侠,而不见到他们有什么败行,却只觉得他们为可敬,可爱,而不觉得他们为可厌,可憎。这在描写方面,又是何等的有力!这是特点三。这部书不但注重在描写方面,并能把人物的个性分析得非常清楚:林冲自是林冲,武松自是武松,鲁智深自是鲁智深,李逵自是李逵,一点都假借不来的!而为了这们的一来,书中那生龙活虎似的十多条好汉,也就永不磨灭的存在着了。这是特点四。《水浒》故事,虽在南宋已是盛行于民间,然只是东一片段,西一片段,不能联贯为一起的。即明初的《水浒传》百回原本,内容也是十分浅陋。直至这个七十回本的《水浒传》出现于世,方见其创造力的可惊:它不但能集《水浒》故事的大成;并使这草创而成的"梁山泊山寨",毫无生气的"梁山泊人物",都一一地活跃着,呈着蓬蓬勃勃的气象了。这是特点五。中国白话文学,到了元朝还仍是非常的幼稚,直到本书出现,始在种种方面都见到它已到了如何长足,如何成熟的一个地步。而中国白话文学,也至是而得完全成立了。这是特点六。以上六个特点,是单就《水浒传》的本身而说的。

此外,关于它的附件方面,也有几个特点可举:(一)在我们这个标点本中,附了一篇《水浒传考》,是参考了不少的书籍而作成的。同时,又在每段文字的上面,作了许多小标题,把它们的大意提纲挈领地揭示了出来。意思是:读者们倘有充分的时间,尽不妨把这篇长可万言的考证,细细地读一下;否则,只须费上一二分钟,也可知道这篇考证的内容的。这是特点七。(二)我们又为梁山泊一百单八条好汉作了一种《人名辞典》,罗罗清疏,真可一览即知。这是特点八。(三)看书而不明当时的地理,也是一件憾事。所以,我们又作了一个《本书地理辞典》,使读者披读时可以得到不少的帮助。这是特点九。(四)我们在圈点时,曾选用了一个善本;到校对时,又另选用一个善本作标准。俾可两相校勘,知所裁定。如此,自谓错误之处或可以少一点。至于校对一事,也是非常的认真,只求错字之能少,不惜时间之虚糜。这是特点十。

说明:上"本书特点"出自民国十二年(1923)十一月上海世界书局排印《足本水浒》(初版)卷首,转录自马蹄疾《水浒书录》。马蹄疾云:此本书脊题"足本水浒传"。首页目次及版权页均题"足本水浒"。首《足本水浒总目》;次编者《本书特点》;次编者《标点符号说明》;次赵苕狂《水浒传考》;次金圣叹伪撰施耐庵自序;次楔子(一回),次回目(七十回);次正文(七十回)。末附人名辞典(李崇孝)、地理辞典(李崇孝)。

赵苕狂(1893—1983),名泽霖,字雨苍,号苕狂,别号忆凤楼主,吴兴(今浙江湖州)人。先后主编过《四民报》《游戏世界》等刊物。著有《玉碎珠沉录》《妇女奇冤双观》等。

水浒传序

周瘦鹃

《水浒传》为元代小说大家施耐庵先生所著,数百年来传诵弗衰,妇孺皆知。其最难能者,在状一百八人之性情动作,无一雷同,每一人出,读者率一望而知为某人。相传施尝入市肆,翻阅古书于敝褚中,得宋张叔夜擒贼招语一通,备悉其一百八人所由起,因润饰以成此编。故其状书中人之个性,无一弗肖。今三民公司用新式标点印行此书,删去金圣叹之评语,一存其真。盖金圣叹之评,多迂腐臆断之说,固不若由读者直接研究之为愈也。书将出,属予为序,爰书数语之归之。十九年秋,周瘦鹃。

说明:上序出自1930年上海三民公司版《水浒》(七十回)卷首。转录自马蹄疾《水浒书录》,据马蹄疾著录:"七十回,周瘦鹃作序,瞿世镇集证。

民国十九年(1930)上海三民公司排印。上海复旦大学图书馆藏。首周瘦鹃序,次瞿世镇集证。"

周瘦鹃(1895—1968),原名周国贤,江苏苏州人。有《行云集》《花花草草》《花前琐记》《花前续记》等,电影剧本《水火鸳鸯》《真爱》《还金记》《一夜豪华》等。

水浒新序

李逸侯

这部七十回书——连楔子七十一回——的《水浒》,金圣叹断定它是个唤名做施耐庵的著作的。这个断定,还是确实的,抑是金圣叹的武断,我们一时无从考证,不妨就依着金圣叹的断定,姑认施耐庵是这部《水浒》的著者。我们现在止问这部《水浒》究竟是甚么时代的产物,这个施耐庵究竟是甚么时代的作家。

这两个问题,是二而一的,止要一个有着落,便两个通解决了。因为我们已认这部《水浒》的著者是施耐庵了,那么我们止要晓得这部《水浒》是甚么时代的产物,便连带晓得这个施耐庵是甚么时代的作家;或是晓得这个施耐庵是甚么时代的作家,亦连带晓得这部《水浒》是甚么时代的产物。不过这个施耐庵是个无历史根据的人物,说不定竟是没有这么一个人物,乃是一个隐姓埋名的文学大家捏造的假名咧。果然如此,那么我们就是翻遍二十四史,读破万卷书,也是考查不出这个施耐庵是甚么时代的作家啦。所以我们要求解决上面的两个问题,止有从产生这部《水浒》的历史渊源去着手研寻了。

产生这部《水浒》有些甚么历史渊源可资我们探讨呢?大抵有左记的种种。

我们先看见于宋朝史书记载的。

《宋史》二十二:

> 淮南盗宋江等犯淮阳军,遣将讨捕,又犯京东,江北,入楚、海州界。命知州张叔夜招降之。

《宋史》三百五十一:

> 宋江寇京东,侯蒙上书言:"江以三十六人横行齐魏,官军数万无敢抗者,其才必过人。今清溪盗起,不若赦江,使讨方腊即自赎。"

《宋史》三百五十三：

　　宋江起河朔，转略十郡，官军莫敢撄其锋。……

我们再看见于宋元各家记载的。——周密《癸辛杂识》续集上，龚圣与《宋江三十六人赞》自叙：

　　宋江事见于街谈巷语，不足采著。虽有高如、李嵩辈传写，士大夫亦不见黜。余年少时壮其人，欲存之画赞，以未见信书载事实，不敢轻为。及异时见《东都事略》载侍郎侯蒙传，有书一篇，陈制贼之计云："宋江以三十六人横行河朔京东，官军数万无敢抗者，其材必有过人。不若赦过招降，使讨方腊，以此自赎，或可平东南之乱。"余然后知江辈真有闻于时者。

《宣和遗事》元集及亨集，大略撮录于次：

朱勔运"花石纲"时，杨志、李进义、林冲、王雄、花荣、柴进、张青、徐宁、李应、穆横、关胜十二人为指使，结义为兄弟，誓有灾厄，各相救援。后因杨志卖刀杀人犯罪，判配卫州军城，孙立报知李进义等，于路杀了防送军人，救出杨志，同往太行山落草为寇。又有晁盖、吴加亮、刘唐、秦明、阮进、阮通、阮小七、燕青等,因拦路劫夺北京留守梁师宝差县尉马安国押送上京给蔡太师上寿的十万贯金珠珍玉,被查出底里,行文下郓城县捕捉,有那押司宋江星夜走去石碣村报信与晁盖几个,使他们逃走。晁盖等八人遂结连杨志等十二人,共二十个,结为兄弟,同往梁山泊落草为寇。晁盖一日思念宋江相救恩义,密地使刘唐带金钗一对去酬谢他。宋江受了,把金钗交给娼妓阎婆惜收着。争奈事机不密,被阎婆惜得知来历,那个阎婆惜本合吴伟要好,现在便不睬宋江。宋江一怒,便杀了他两个,在壁上写四句反诗道是"杀了阎婆惜,寰中显姓名,要捉凶身者,梁山泺上寻。"就出门跑了。郓城县官司得知,派官兵去宋公庄捉拿宋江。宋江躲在屋后九天玄女庙里,官兵捉拿不获。官兵退后,宋江走了出来,拜谢玄女娘娘,则见香案上一声响亮,有一卷天书在上。宋江打开一看,上写着三十六人姓名道是:智多星吴加亮,玉麒麟卢进义,青面兽杨志,混江龙李海,九纹龙史进,入云龙公孙胜,浪里白跳张顺,霹雳火秦明,活阎罗阮小七,立地太岁阮小五,短命二郎阮进，大刀关必胜，豹子头林冲，黑旋风李逵，小旋风柴进，金枪手徐宁，扑天雕李应，赤发鬼刘唐，一撞直董平，插翅虎雷横，美髯公朱仝，神行太保戴宗，赛关索王雄，病尉迟孙立，小李广花荣，没羽箭张青，没遮拦穆横，浪子燕青，花和尚鲁智深，行者武松，铁鞭呼延绰，急先锋索超，拚命三郎石秀，火舡工张岑，摸着云杜迁，铁天王晁盖。又题着四句诗道是："破国因山木，兵刀用水工，一朝充将领，海内耸威风。"末后一行小字道是："天书付天罡院三十六员猛将。使呼保义宋江为帅，广行忠义，殄灭奸邪。"宋江遂带了天书及朱仝、雷横、李逵、戴宗、李海等人上梁山泊去。这时晁盖已死，吴加亮和李进义作首领。宋江到了山上，把天书说给吴加亮等听了，吴加亮等便共推宋江作首领，后来宋江等三十六人的数满了，略州劫县，放火杀人，朝廷无其奈何，只得出榜招安。有那元帅张叔夜招诱宋江和那三十六人归顺宋朝，各受武功大夫诰敕，分注诸路巡检使去。因此三路之寇悉得平定。后宋江收方腊有功，封节度使。

高文秀《黑旋风双献功》宋江白词说：

某姓宋,名江,字公明,绰号及时雨者是也。幼年曾为郓城县把笔司吏,因带酒杀了阎婆惜,被告到官,脊杖六十,迭配江州牢城。因打此梁山经过,有我八拜交的哥哥晁盖知某有难,领喽罗下山,将戒人打死,救某上山,就让我坐第二把交椅。哥哥晁盖三打祝家庄身亡,众兄弟拜某为头领。某聚三十六大伙,七十二小伙,半垓来喽罗。寨名水浒,泊号梁山,纵横河港一千条,四下方圆八百里,东连大海,西接济阳,南通巨野、金乡,北靠青齐、兖郓。……

康进之《梁山泊黑旋风负荆》宋江白词说:

杏黄旗上七个字:"替天行道救生民。"……

李致远《都孔目风雨还牢末》宋江白词,说:

我平日度量宽洪,但有不得已的好汉,见了我时,便助他些钱物,因此天下人都叫我做及时雨宋公明。……

无名氏《争报恩三虎下山》宋江白词,说:

只因误杀阎婆惜,逃出郓州城,占下了八百里梁山泊,搭造起百十座水兵营。忠义堂高捌杏黄旗一面,上写着"替天行道宋公明"。聚义的三十六个英雄汉,那一个不应天上恶魔星?……

不必多举了。我们看了这些记载,可知在宋朝时代,宋江和三十六人,都是载于正史的,都是历史的人物,为北宋末年的大盗。他当时的威名,是官军数万无敢抗震慑于朝廷的,是播闻遐迩流传在民间的。街谈巷语,越传越广,愈演愈奇,遂成一种"梁山泊故事"。在宋元之际,便有高如、李嵩辈传写这故事,士大夫亦不见黜。使龚圣与少年时壮其为人,欲存之画赞。起先他未见信书载事实,不敢轻为,后来见了《东都事略》的载记,知江辈真有闻于时者,果然给宋江三十六人作赞。在自序里,便极端称赞宋江,说:

盗跖与江,与之"盗"名而不辞,躬履"盗"迹而不讳者也。岂若世之乱臣贼子,畏影而自走,所为近在一身,而其祸未尝不流四海?

可见当时国家的政治,反不如梁山泊来得修明,当时执政的官司,反不如强盗来得公正。于是他在各个赞里,便充满着希望草泽出英雄的表现。

如在小李广花荣赞,他说:中心慕汉,夺马而归,汝能慕广,何忧数奇?

而周密的跋语,也是这个意思,尤其显而易见,说:

> 此皆群盗之靡耳,圣与既各为之赞,又从而序论之,何哉?太史公序游侠而进奸雄,不免后世之讥。然其首著胜、广于列传,且为项羽作本纪,其意亦深矣。识者当能辨之。

到元朝时代,梁山泊的故事更发达了。梁山泊的故事,更由正史传赞,街谈巷语,演出许多戏曲:高文秀有《黑旋风双献功》《黑旋风乔教学》《黑旋风借尸还魂》《黑旋风斗鸡会》《黑旋风诗酒丽春园》《黑旋风穷风月》《黑旋风大斗牡丹园》《黑旋风敷衍刘耍和》;杨显之有《黑旋风乔断案》;康进之有《梁山泊黑旋风负荆》《黑旋风老收心》;红字李二有《板踏儿黑旋风》《折担儿武松打虎》《病杨雄》;李文蔚有《同乐院燕青博鱼》《燕青射雁》;李致远有《都孔目风雨还牢末》;无名氏有《争报恩三虎下山》《张顺水里报怨》等等。各骋各的才能,各抒各的思想,描写梁山泊好汉一段事实。虽细微末节不免互异，而粗枝大叶却仍相同，足征梁山泊故事的大纲，到这时期，已渐渐固定了。而且在《宣和遗事》里的三十六人，也渐渐变做三十六大伙，七十二小伙，加足到一百零八人的数，梁山泊的声势也渐渐变做纵横河港一千条，四下方圆八百里的水浒了。尤其是把梁山泊"强盗窝"渐渐变成做"忠义堂"，把梁山泊"强盗"渐渐变成做"仁义英雄"，把"略州劫县，放火杀人"渐渐变成做"替天行道救生民"。宋朝梁山泊的故事和元朝梁山泊的故事，它的性质，便大大改变了。这因为在南宋时代，中国还存着半壁山河，在元朝时代，中国是完全被征服于异族，民间思想草泽出英雄的心，要更进一层啦。不过在宋朝和元朝这两个时代，梁山泊的故事虽然日在演进，但是我们看《宣和遗事》和各种元曲以及其他种种记载，这班作家的文学技术程度，实在幼稚得很，绝对的不能产生这部七十回书的《水浒》，也绝对的没有这个施耐庵这么个高明的作家，这是可以断言的。

我们依照上面的断定，在南宋和元朝两时代中，是没有产生这部《水浒》，也没有这个施耐庵的。

我们再看明清各家对于水浒的记载。

郎瑛《七修类稿》，说：三国宋江二书，乃杭人罗贯中所编。

李贽《忠义水浒传序》，说：

> 《水浒传》者，发愤之作也。……施、罗二公身在元，心在宋，虽生元日，实愤宋事。是故愤二帝之北狩，则称大破辽以泄其愤；愤南渡之苟安，则称灭方腊以泄其愤。敢问泄愤者谁乎？本前日啸聚水浒之强人也。欲不谓之忠义，不可也。是故施、罗二公传《水浒》，而复以忠义名其传焉。

周亮工《书影》，说：《水浒传》相传为洪武初越人罗贯中作，又传为元人施耐庵作。田叔禾《西湖游览志》又云，此书出宋人笔。近日金圣叹自七十回之后，断为罗贯中所续，极口诋罗，复伪为施序于前，此书遂为施有矣。

又说：

> 故老传闻，罗氏《水浒传》一百回，各以妖异冠其首。嘉靖时郭武定重刻其书：削其致语，独存本传。

看上面四条：他们对于《水浒》的著作，也说不定是罗贯中，还是施耐庵。不过据我们的考证，他们或认《水浒》是宋人手笔；或认罗贯中、施耐庵是元人：都是错误，不足征信的。惟周亮工谓《水浒》相传为洪武初越人罗贯中作这一句话，很有研究的价值。在明朝初年的确是产生了一部《水浒》，或许它就是罗贯中作的，但还不是现在我们这部七十回书的《水浒》。

明朝初年产生的那部《水浒》是怎样的呢？它是有一百回书，写梁山泊的故事比较七十回书的《水浒》来得多，而且它每回起头是各以妖异语冠其首的。最要紧的，是它的文学技术程度，还是很幼稚的。因此我相信，在这时期，这部七十回书的《水浒》，依然未曾产出，这时期也决没有这个施耐庵的作家。所以那部一百回书的《水浒》，它止能算是这部七十回书的《水浒》一个草创的功臣，它不过把宋元以来三百年间的梁山泊故事逻辑贯通，打成一个很大的草稿罢了。

然则这部七十回书的《水浒》究竟到甚么时代才产生的呢？这实在是个很难确定的问题。但是从有了那部一百回书的《水浒》根寻下去,约莫经过百年的时候,到明朝的中叶,约在弘治正德年代,那时文人蔚起,文学的见解和技术都大有进步了,加之这时代的文学家,又多不满意当时政府的人;一方面因不满意于政府,想要寻一件流传民间的东西来借题发挥一下,一方面却又不满意那部一百回书的《水浒》,会逢其适,于是便有这个施耐庵其人者,拿那部一百回书的《水浒》作底本,加上他新的见解和不平,运用他高超的文学技术和伟大的创造力,把它再打再钉,造成这一部卓绝千古,在中国白话文学上占头等位置七十回书的《水浒》。

  现在我们可以作一个结论:就是这部《水浒》,不是宋元两朝的产物,也不是明朝初年的产物,乃是明朝中叶的产物。这个施耐庵,不是宋元两朝的作家,也不是明朝初年的作家,乃是明朝中叶的作家。

  我的讨论,就此完结。至如这部《水浒》的文字是怎样的好,它的文字里面又蕴藏着什么主义。这些问题,我以为留待读者自己去研究,才有兴味,故不置论。新文化书社现在翻印这部《水浒》,把历来各家对于《水浒》的眉批评语,一律删去不刊,也就是这个意思。

说明:上序出自新文化书社排印《水浒》卷首,转录自马蹄疾《水浒书录》。马蹄疾云:此书七十回。民国十九年(1930)上海新文化书社出版。上海复旦大学图书馆藏。卷首有李逸侯《水浒新序》。

李逸侯,民国间小说家,有《宋代十八朝艳史演义》。馀待考。

影印贯华堂原本水浒传叙

刘半农

《水浒传》的本子很多,有一百二十四回本,有一百二十回本,有一百十五回本,有一百回本。最通行的是金圣叹批改的七十一回本,就文学上的价值说,最好的也是这七十一回本。其馀诸本,只是学者们考究"水浒史"有些用处。为一般读者及文学家的阅读与欣赏计,有了金圣叹的七十一回本,也就很够的了。从金圣叹到现在三百年中,这七十一回本《水浒》不知道翻刻过了多少次,可都是刻得不大好。因为这是我生平最喜欢的书中之一种,我在近二十年中，各处探访，很想买到一部精刻本；即使不能买到，若能见到一部，藉此开开眼，也就不失为有了"屠门大嚼"的幸福了。无如事实上竟不容我有这幸福。求其比较差强人意的，只是民国八年时，在岂明案头见到一部东洋小板精刻本而已。前年冬季，听说北平图书馆藏有金圣叹贯华堂原刻本一部，我连忙去借看，果然是原刻。可是，这部书已经是"半身不遂"，甚而至于可以说是"全身不遂"的了！因为全书的纸张，都已酥了，脆了，简直不能阅看了。要是在阅看的时候咳一声嗽，或者是窗外来一阵小风，保可把书卷吹作一小片一小片的碎纸，蝴蝶般的随风飞去！金圣叹原刻本的面目是看见了，可仍给了我相当的失望。可是到了去年三月，琉璃厂松筠阁书店，居然替我找到了一部完整的。廿载寻求，得于一旦。这一乐真是非同小可！在去年上半年平津大局如此凶险之中，若说我个人还能有什么赏心快意的事，亦许就中是这一件罢。傅孟真也是要想找一部精本七十一回《水浒》而没有能找到的，我把我买到这一部书的消息告诉了他，他急得真跳起来，一把纠住了我，非要我让给他不可。当然,我若要让,也就不必买了。孟真的失望,我是不能负责的!后来他又到松筠阁,找住了掌柜的大打麻烦,责问他为什么有了好书不卖给他而卖给我!亦许世界上还有同我和孟真一样的痴人,正在寻找这部书而找不到,所以我赶紧想法把它影印出来。因为恐怕卖价太贵,影印时不得不酌量缩小。但缩小到几乎近于一半,印出来仍旧是字大行疏。便于阅读,这就是这一个本子的第一种好处。此外,我取坊间通告的翻印本和此本对比,其中显然不同之处约有数点:

一、此本分全书为七十五卷,序占四卷,楔子占一卷,正书七十回每回各占一卷;坊本或分全书为二十卷,序及楔子并为第一卷,正书七十回分作十九卷。

二、此本只每回之前有圣叹外书,每回之末并无别人的评语;坊本或于每回之末,加入王望如评语一二则,同时在全书之首,有《王望如先生评论出像水浒传总论》一篇;或更有顺治丁酉桐庵老人《五才子水浒序》一篇。

三、此本间有眉批,坊本或删去。

四、此本本文中有谨严的圈点,坊本或完全删去,或胡乱改过。

　　五、此本于双行夹批中亦断句,坊本都把点子删去。

　　至于坊本之多错字,更是必然的事实。除清儒精校的经籍而外,普通书大都是每翻印一次,错字跟着增加一次。

　　金圣叹对于《水浒》之功,第一在于删改;他把旧本中要不得的部分削去了,把不大好的部分改好了。第二在于圈点和批语。有许多人以为圈点和批语很讨厌,大可削去。对于已有文学涵养的人,这话原本是不错。对于初学,我却以为正当的圈点和批语,是很有帮助的。譬如我们向一个十二三岁的小孩子说:《水浒》的文章很好,你去看。他看了一遍,亦许完全没有见到文学上的好处,只把宋江、武松、李逵、鲁智深的故事记熟了!原因是他看《水浒》时,心思全被故事的兴趣吸收去了,文章的好处,全在眼中滑过去了。你若叮嘱他看故事时必须注意圈点,必须兼看批语,而且要看得很用心,到全书看完,他的谈论就一定大不相同了。

用我们现在的眼光看金圣叹的《水浒》，他的删改，亦话可以说还没有达到理想的程度；他的圈点和批语，亦许还有些地方过于酸溜溜。但他毕竟是个才子。就全体而论，他对于《水浒》只是有功，不是有罪，他的《水浒》总比其馀一切的《水浒》都好。

《水浒》图我看见的不下十多种，都不十分好，只有清光绪间粤东藏修堂所刻，相传是明朝杜堇所画的一种比较好一点，今亦影印，以广流传。原图得于琉璃厂邃雅斋，有叶德辉跋语，亦附入。民国廿三年六月十四日，半农刘复识于平寓。

（影印贯华堂原本水浒传）白

朱文叔

七年前，刘半农先生以廿载寻求得于一旦之贯华堂原本《水浒传》交本局影印，期使国民文学之精刻本，得广流传。惟影印本分册多，阅读容有不便；售价昂，或亦为一般购买力所不及。爰将影印本重付排印，原本优点，如眉批、圈点、双行夹批中加断句等，一仍其旧，粤东藏修堂所刻《水浒图》，亦仍影印附入；凡皆所以广流传，其亦无背于刘先生初志，而于一般国民之文学修养有所裨与？民国三十年九月十八日，朱文叔识。

说明：上叙出自民国三十六年（1947）上海中华书局排印影印本贯华堂刊本。此本首刘复《影印贯华堂原本水浒传叙》。叙末附朱文叔《白》，次刘晚荣《水浒图序》（上已录，略）。

朱文叔，生平事迹待考。

刘半农（1891—1934），原名寿彭，后改名复，初字半侬，后改半农，晚号曲庵，江苏江阴人，中国新文化运动先驱，文学家、语言学家和教育家。著有《瓦釜集》《扬鞭集》《中国文法通论》《汉语字声实验录》等。

一百二十回古本水浒序

梅寄鹤

（上）

这部一百二十回的古本《水浒》，古人心血的结晶，一直埋藏了五百馀年，现在能公开印行出版了。我们今日，脱离专制魔王的压迫，在这民国时代，自由自在毫无顾忌地展开书本子，读这富有平民革命色彩的伟大的文学,这是如何可喜的事!

　　古人心血的结晶,伟大的文学!——像我这样的学识浅薄,本不配替它做序文或考证,非但不配,简直不能,我当然没有高深的学问,来替这部古书做一番考据功夫,写一篇渊博详尽的大文章,这样,我真可以罢休了。但是要讲到这部古书的来历,自从它出现直至印行问世,其中却有不少曲折,以及几个朋友的努力,方才成功,这一番经过的事实,倒也值得说明一下,现在把它写出来,算是我对于这部古书的一出丑表功吧。

　　我是有点小说癖的,当童子的时候就很喜欢看小说,二十岁以后,读小说更似成了瘾,研究的兴味更浓,大有每天非此不乐之概。我最喜的是章回体的长篇小说。像那《三国演义》《水浒》《红楼梦》《西游记》《儿女英雄传》等都读的翻来覆去,津津忘倦,这若干部书中,比较我所最心爱的,尤其是《水浒》了。我读这部伟大而著名的才子奇书,每读到终篇的时候,心里常要发生种种的怀疑,以为如此好文章,不当七十回就截然而止,譬如一种美味的菜肴,刚下得几箸,碗底已露,这太使人失望了。

我曾经和我的朋友杨鹤年谈论起《水浒传》，发表了我这点意想，鹤年说："你要看梁山泊人物后来的事迹么？有，有，我给你看。"他就拿一部布套书给我，打开看时，却是一部石印本的《征四寇》，我回说此书早已看过，我意想中的七十回后的事迹，决不是《征四寇》里的事迹，这部《征四寇》专写宋江忠义，也和前七十回意旨不同，何况又是另一人的手笔，文章高下，真是"天壤之别"呢。后来鹤年又给我一部《汉宋奇书》，我看也和《征四寇》大同小异，他的文学的技术，思想，意境，总不能和七十回本的《水浒》融成一片。

　　我曾经化了五毛钱的代价，得到一本好书，这是一本手抄的笔记，厚厚的一本，总共一百二十三页，有文字的九十四页，其馀二十九页都是白纸，看去像是一种未完稿的本子。此书题名是《梦花馆笔谈》，没有作者姓氏，只第一页的右下角印有两个图章，一个是长方形的，阴文"怀书去洛抱剑辞秦"八字，还有一个方形阳文图章，刻的"伯绥氏"三字。全书除了一段短短的无甚研究的序文外，都是数十则长短的笔记，有的止一二百字，有的长至千馀言。

十分之七是记载元末明初时的朝野见闻,如刘青田、常开平的轶事,建文逊国时的秘闻惨史,都不见于他书记载。其中最使我惊喜如获异宝的,便是一则关于《水浒》的笔记,现在摘抄于下:

施耐庵不知何地人,或云原籍东都,或曰钱塘,与刘青田为同门师兄弟,青田先生尝仕胡元,耐庵以为耻,致书诮之,友谊遂绝。耐庵博通今古,才气横逸,举凡群经诸子,词章诗歌,天文,地理,医卜,星相,一切技术无不精。洪武初,隐于江阴,设馆授徒,从学者甚众。每为人卜决疑难,应验如响;邻近有病者,自往诊视,药之无不愈,群诧为神。每当春秋胜日,自携书一卷、一榼,一奚僮载酒后随,登山临水,倾尊狂饮,放怀长吟,超脱潇洒如神仙。自言青田刘伯温长于为政而拙于军旅,中驷材耳。若余不仕则已,仕必文为宰辅,武致将帅,握兵十万定天下,如下棋一局而已。尝取梁山泊故事,拟天罡地煞一百八人,著成《水浒传》一百二十回,文笔精工,状物肖妙。坊贾喜而刻之,风行退迩,贾因而致富。此书后辗转流入禁中,太祖见而恶之曰:此倡乱之书也,是人胸中定有逆谋,不除之必贻大患。密令疆吏捕之,兵至日,耐庵已先夕遁去,莫知所终。

我自从见了这一则笔记,好似在矿中发见了宝石,欣喜得不可名状。我因爱读《水浒》之故,并爱这位天才的伟大作家。我爱他,想他,钦仰他,常想知道他一点历史,而他的大名偏偏不见于记载,无书可考。渊博如某先生,他对于这位伟大的作家,也说不出甚么真凭实据,只说施耐庵三字是明代文人的假名,并非真有其人。如今发见了这一则笔记,非但得知了施耐庵一点历史,还知道这部《水浒传》到底不止七十回,尚有下文。但是这一百二十回原本《水浒传》,却从何处搜求?

我想,《梦花馆笔谈》里说:"耐庵尝取梁山泊的故事,著《水浒传》一百二十回,文笔精工,状物肖妙。"据此,除了世俗通行的七十回本外,当然另有一部真正原本一百二十回本,看了"文笔精工,状物肖妙"这两句,这部一百二十回本,或者要比现行的七十回本更好,可惜年代久远,无处可觅,实在是一个缺憾。我也曾托过几位好朋友,请他们替我留心访求,结果,却都回答我两个字,说是"没有!"我于是又转一念:《梦花馆笔谈》不是说"太祖见而恶之",曰"此倡乱之书也"……或者太祖因当时拿不到施耐庵,便迁怒于《水浒》,命将这部书的版本毁掉,亦未可知。不过照如此说,现在通行的七十回本《水浒》,是否施耐庵真笔,却又是一个疑问了。

在十八年的春季里,我因鹤年的介绍,相交了江阴徐君晋璧,徐君是一位诚谨的学者,非常爱朋友,他知道我爱好小说,曾把家藏点石斋同文书局的几部石印本小说赠我,作为订交的纪念物,我们有一次谈论小说,讲起了施耐庵的《水浒传》,徐君说,施耐庵此人无书可考,但据我们江阴民间传说,却有下面的几段故事:

> 施耐庵不知何地出身,他是一个多才多艺的奇人,元末的时候,他和刘伯温先生同拜一位先生读书,说起来他们是同窗兄弟呢。洪武年间,他住在江阴的祝塘镇上,坐了一个塾,收集了许多学生,教书为活。刘伯温先生曾经上了两本,在洪武皇帝前保奏他道:"施耐庵本领胜臣十倍,若教他做官,一定有好的政绩。"洪

武帝准奏，下诏书到江阴召他进京，召了几次，他只推说有病，把圣旨谢绝了。他有通天的本领，除了做文章以外，他又会医病、卜易、命相、看风水、打拳头等；有一家季姓人家，四十岁没生儿子，施耐庵把他们阴阳宅一看，说是坟墓风水不好，只要把来改葬一下，一年内就会养儿子。季姓依了他如法做去，果然就生了个儿子。后来季姓子孙昌盛，竟有在朝做大官儿的，直到如今，江阴北乡还留有季家坟的残迹。

　　从前江阴有一种风俗，每至新年，乡人都要掉龙灯闹元宵，家家户户挂灯结彩，兴高采烈。在这热闹当儿，每有少年无赖，成群结队在灯市中厮混，如遇娇俏一点的妇女，他们定要在后跟着，千方百计取闹，窘的女人哭笑不得。他们结成一个死党，说打便打，要骂就骂，势力十分利害，所以旁人见了都噤口无言，谁敢来出头多事？一夜，施耐庵同几个学生出外看灯，适巧众无赖围住两个妇女，把两个妇女窘得喊救命。施耐庵这时义愤填胸，教训他们一顿，触怒了那班无赖，蜂拥上来就打。不想施耐庵略一展动手脚,已一个个鼻青嘴肿,头破血流。当下,一个为首的无赖叫道:"我们认得你的,你是在祝塘坐馆的施某,若是好汉,你可不要逃走,我们明日来寻你理论。"施耐庵应道:"好,大丈夫怕甚么,文来文对,武来武对。"次日,众无赖来了。施耐庵问:"今日先讲理还是先比气力?"众无赖说先比气力也好。施耐庵点点头,便走上一座大石桥,站在桥顶正中,拿根长绳拴了自己的腿,把绳的一端掷给众无赖道:"谁人拉着绳子把我扯动?若拖下石级一层,甘打十拳;两层,打二十拳。如有人把我扯下桥梁,我便跪在你们之前叩头赔罪,否则,你们也须让我各打十拳,这是公平的比气力。"众无赖叫声好,就有一个人上前拉绳子,那知使尽气力,施耐庵的腿不曾移动分毫。于是一人拉不动再加一人,直加到七八人,虽然死劲儿用力拉扯,仍像蜻蜓撼石柱一般,桥梁上的施耐庵动都不动。众无赖一看不好,连忙放下绳子,一齐跪地求饶。施耐庵说:"好!今且饶恕你们一遭,以后如再有人调戏妇女,我把他一个个打做肉饼！"自此以后，元宵灯市里便没有这怪现象。

　　施耐庵住在江阴多年，闲来无事，把他做的一部《水浒传》给人看，书坊店里的主人见了，便替他刻印成书。一天，他正坐在庭中槐树下吃酒，忽然有一只鸟飞到树上，对他连叫了三声，他觉得好奇怪，便取三个青铜钱占了一卦，失声叫道："不好，大祸来了！"立刻出后门，向屋后小河中一跳，只听得扑通一响，人影全无。当夜三更时分，江阴合城文武带兵赶到祝塘镇来，把他的住宅团团围住，原来是奉了当今洪武爷的密旨拿他，不料他早已逃走了。有人说，他跳河并不是寻死，他是借了水遁逃走。

徐君讲完了这几则故事，说："这故事的来源虽然无可稽考，虽然也带一点'野'而'神怪'的性质，但是这几则故事，——或者不止这几则——我们江阴讲的人很多，都说施耐庵实是元末明初时一个奇人，他因忤了明太祖之故，后人不敢将他甚么事情记载，以致这位一代奇人的姓名，便不留于书传了。"徐君说罢,我就取出那本《梦花馆笔谈》指给他看道:"这里却有一段施耐庵的历史,你看了后,方知贵乡所流传的故事,倒不能说他全属'齐东野语'哩。"

当下徐君读完了我所指给他看的一段笔记,醒悟似地说道:"见了这一则笔记,我又记起一件事来了,曾听人说,我们江阴梅氏家里,藏有一部祖上遗留的一百二十回的手抄古本《水浒传》,极为珍贵。梅氏一代代保藏着,不肯轻易借给人家看;倘使有了熟人介绍,他也只许在他家里看,不能借出。此书我不曾亲眼见过,只是一种传说,梅氏到底有没有这部书,我可不能断定。好在我和他有过一面之交,将来有机会,定要去探访个明白。若真有这部古书,我得请求主人见一见它的庐山真面。"我听罢这番话,便对他再三叮嘱,千万不要把此事忘记。

过了几时,徐君忽然接到一通家信,要回江阴去。我在送他动身的当儿,便叮嘱他正事料理完毕,顺便去梅氏探访一下,是否真有这部古书?约莫半月光景,徐君来了,告说梅氏已全家搬往苏州,他为了我再三嘱托之故,曾折往苏州,特地拜访梅氏主人，求观这部手抄的古书。主人一诺无辞，立将这部书取出来给他看。当时他因行色匆匆，没心神细看此书内容，只把全书回目看了一过，抄了那一百二十回二百四十句回目，带回来给我看。我和鹤年把它与《征四寇》《汉宋奇书》的回目比对之下，却大不相同，我就意想这部一百二十回书的《水浒传》，或者竟是真正的古本了。

  我和徐君总共相处了一年又五个月，就在十九年的某月里，他和我分别了。

  去年的冬天，我为了一件要事动身到苏州去，住在阊门的某旅社。在一个晚上，忽于无意中遇见了一年多不曾见面的徐晋璧君。我们互诉了些离情别绪，彼此都很快活，就在那旅社中吃酒谈天，以消长夜。谈话中间，我不觉想起了抄本《水浒传》，我的心勃然热烈起来，便要求徐君无论如何必须介绍我到梅氏家里，见一见那部抄本《水浒传》，徐君自然是答应了。次日下午，徐君便引我前去晤见了宗台芝春先生，——本书的珍藏者——说明来意，芝春先生一口承诺，亲手捧出这部古书来给我看。最使我欣幸而铭感的，便是芝春先生因此书卷帙甚多，一时不易读完，他怜我住在旅社每日来去不便，第三天起，就留我下榻在他府上，天天命仆人伺候我，把好的饮食供给我，真个把我当做自家人看待。这一番的殷勤管待，实在使我深深地感到同宗情意的亲切，现在附带说上几句，对宗台芝春先生表示感谢之意！

　　经过了一星期的光阴，我把这部抄本《水浒传》读完，心里起了一种不可名状的愉快。但一转念间，这样的伟大的文学，真正的古本奇书，若任它长此深藏，不见于世，非但掩没了这伟大的文学，又且埋灭了作者的心血，岂不可惜！而且人事是变幻无定的，此书在这世界上，虽已经过了几百年而不曾有损，但若这样的一直过去，又谁能保它一定不会毁灭。便是像本书主人的谨慎小心，一代代的珍藏着，保守着，也等于一块晶莹灿烂的宝石，长埋在泥土之中，不使它吐露光芒，这是如何不快意的事。最好设法把它传布出来，使这奇书与大家见面，始不埋灭了作者这笔有价值的心血。我把这意思告诉徐君晋璧，徐君说对的，若任此书长此深藏，实在是太可惜了。

我当时虽有这个念头，但终于成了"空想"。一来是翻印古书不是易事，我没有如许财力；二者我和芝春先生尚系初次识面，见了人家的好书就劝传布，未免太嫌冒昧，因此，我终于没有勇气向芝春先生说，就在读完此书后的第三天回返家中。——回家了，我的身子虽在家中，我的一颗心却仍在这部书上，想起了这样的好书，我的心又热烈起来，热烈，热烈不已。我重新鼓足勇气，提笔就写，写下一通恳切而委婉的长函，寄给我那芝春先生，劝他出资将此书翻印，以广流传，藉作第一次的试探。结果，接到对方回信，大意是："本人对于此书无意翻印，但若有人肯出重价购买复印权，则愿将此书借他翻印出版。"我看了这通回信，就想起了我的老友上海中西书局主人吴虞公君。近来虞公很喜翻印古书，他的书局中已出有多种，我何不与他商量，倘若有意，这事便有成功之望了。

　　我想出了这个主意，便抄了本书一百二十个回目，附上一信，寄往上海。虞公看了，回信说很有意思，只是要把全书观看了一遍而后定。杨鹤年君见了此信，就怂恿我快些干。于是我同鹤年便赶往苏州,又去招了晋璧,同往芝春先生府上。经过几度磋商之后,芝春先生允许我把此书带到上海给中西书局主人鉴定。此事多承晋璧、鹤年二君的帮助,我们在苏、沪两地奔走了几次,得到一个圆满的结果:由中西书局主人取得版权,将此书加上新标点而翻印出版。此书加好标点以后,本拟早日附印出版的,不料工作刚行开始,就发生了"一·二八"之变,上海人于混乱之中,工作就此停顿。现在重行整理付印,却已过了一年多的光阴,我的好友杨鹤年君,不幸于今年七月之中染病逝世,他已看不见此书出版了。徐晋璧君却为了吃饭问题,把他逼迫到北方当教书匠去了。二君都为翻印此书而尽力,不幸一个去世,一个远行,我想他日此书出版,徐君见了我这一篇序文,一定要发生无穷感喟。

唉!翻印一部古书有这小小的沧桑,无怪世事要大变特变而捉摸不定了。

(中)

现在要讲本书的内容了。——上文已经说过,我的肚子里是空空洞洞的,对于版本学更完全是门外汉,所以本书是如何的版本,甚么元刻,明刻,恕我不来详细告代——我也不敢强作解人——只把本书的内容说一说。

这部古本《水浒传》，卷首并没施耐庵的自序，也没有金圣叹的夹评和"读法""外书"之类，从头至尾是大字正文。全书除楔子一回不计外，共有正书一百二十回，自第一回"王教头私走延安府"起，至第七十回"梁山泊英雄惊恶梦"止，它的回目句子，和现行的七十回本《水浒传》完全相同。第七十一回"及时雨论功让马"以下，我曾拿它与《征四寇》的回目比对，却没有一句相同，阅此可知某人某刻，百回本，百十回本等各种《水浒传》，都是继续着第六十九——第七十回做上去的。全书不出于一人之手；惟有这部一百二十回的《水浒传》，才是真正古本，才是施耐庵一人的手笔。

我往常读七十回本《水浒传》，每至第七十回一百八人对天大宣誓，心里常要发生种种怀疑，以为本书写的是天罡地煞，一百八人之事迹，写到第七十回发现石碣天文，百零八条好汉齐集梁山，这只是众好汉大结合，只是全书结束中一个结束，不当截然而止，该有下文，现在把我所怀疑的几点写在下面：

（1）从第一回至第六十九回，只写的一百八位天罡地煞陆续上梁山的事迹，这是革命英雄的大结合；至于大结合以后，应该另有一番事业，方能称得"替天行道"，平民革命的意旨方有了着落。——此书本是描写的平民革命——现在写到第七十回大结合，就此完了，这样写法，虽然不能说它完全不对，究嫌有点鹘突相。

（2）全书七十回，从头至尾，不能说它有甚么错，但如第三十回"武行者夜走蜈蚣岭"之飞天蜈蚣王道人，虽说武松试刀，究竟杀得突兀。第四十九回"宋公明三打祝家庄"之教师栾廷玉、扈成混说可惜走了；混称已死，未详下落；还有柴进庄上之洪教头、蓟州之踢杀羊张保等；我疑心是作者故弄狡狯，埋伏后文，此书若真个只有七十回，或者不会如此写法。你想，书中写到每个山寨，只待寨主上得梁山泊，便要将寨栅放火烧掉，不使留存，何况上面所引的几桩，他怎不顺笔扫去？

（3）这部七十回本的《水浒传》，有人批评它自三打祝家庄后，文章就写得不好。平心而论，第五十回以下,精采虽觉稍逊一点,到底不能说它是坏;何况施耐庵是个才子,才子做文章,未见得多大费力,何以做到七十回,正有好文章可写下去的时候,就截然而止,难道他写得七十回,便已"江郎才尽"了么?

(4)全书中一百八位英雄,是把三十六天罡为主,七十二地煞为宾。七十回中所有事迹,大都详天罡而略地煞,若宋江、吴用、林冲、花荣、鲁智深、武松、李逵、石秀等都有正传,止武松一人的事迹,占了全书七分之一。我不知耐庵何厚于武松?至若李俊、张顺、穆弘、燕青等人,都是《宣和遗事》里有名的,而他们的事迹却都略而不详,同是天罡中人物,我又不知耐庵何厚于武松而薄于李俊、张顺等?虽然一个人物不限定每人定要写几回,但若拿全书的质量来比较,拿它的描写来对看,我想有些人物,或者不一定要把他详写在上山之前,不妨留在大结合以后再写,这可说是文学技术上一种变化的方法,谁也不能说他不对的。

上列四点,便是我怀疑七十回本尚有下文的理由,我对此书怀疑了好几年,也没法证明我的理由对不对，现在见了这部一百二十回本，我的怀疑从此消释，且居然"言而有中"，竟有这样真正的古本给我证明，这是我自引为十分快意的事。

本书一百二十回，共分二十一段，现在把它的内容简述于下：

第一段——第一回至第十一回，开首写一个孝子，是八十万禁军教头王进，因为忤了奸臣高俅，带了老母逃亡，就此引出一个高傲的少年史进，他结交上几个强盗，而自己偏不肯落草。接着写渭州经略府提辖鲁达——智深——因仗义不平，打死人命，削发出家，再辗转去做强盗。又写禁军教头林冲被高俅父子陷害，吃尽千辛万苦，结果被逼得上梁山落草。自风雪山神庙至雪夜上梁山，这一大段文章做得非常之好，而且预伏下第八十五回的事。

第二段——第十二回至第二十一回。这是直接第十一回下半回，写的梁山泊几个中坚人物，如杨志、宋江、吴用、公孙胜、刘唐、三阮等，自杨志落魄卖刀，杀死牛二起，至朱仝义释宋江止，中间历叙杨志北京斗武，押宝上京，东溪村七星聚义，吴用说三阮撞筹，智劫生辰纲；以及群雄投奔梁山泊，林冲火并王伦,宋江怒杀阎婆惜,亡命沧州等一番事迹。在第一段中,梁山泊之名只略略一提,至此始将梁山详细写出。智取生辰纲一段始末,写得十分精采动人。

第三段——第二十二回至第三十一回。这十回书,可算完全是武松的正传,从柴进庄上宋江跐了火锨柄引出武松,从打虎写到杀嫂,从犯罪刺配写到醉打蒋门神,从蒋门神写到血溅鸳鸯楼,夜走蜈蚣岭,从蜈蚣岭,遥伏一笔,直至一百四回纯阳宫求药,再写出一场恶斗。这第三段也是全书最为精采之一部。

第四段——第三十一回至第三十四回。这一小段,写的秦明、花荣二人被逼落草事实,中间夹写清风山、对影山两处强人同上梁山入伙,可算是秦明、花荣的正传。

第五段——第三十五回至第四十一回。这七回书,完全着力在梁山泊的主要人物——宋江。写他得到家书后奔丧回家,迭配江州,又写江州遇戴宗、李逵,又写浔阳楼题反诗,又写梁山泊好汉闹江州劫法场,直到宋江再度回家,遇着官兵追捕,躲在玄女庙里,得到三卷天书为止。此段极力描写这个主要人物的权奇谲诈,处处流露出野心大志,不枉是巨魁;带写黑旋风李逵特异的性情品格,文笔生动飞扬,要算全书最紧要最精采一部分。

第六段——第四十二回至第四十五回。从公孙胜下山探母写起,引出李逵下山取母亲,沂岭杀虎;又写戴宗寻访公孙胜,引出杨雄、石秀,在蓟州闹了一场大祸,同上梁山。作者善弄狡狯,每每若有意,若无意,在文字中间放置一笔,即如此一段书中,用一个时迁引起三打祝家庄,借一个张保预伏后文血溅云家庄,这是何等好本事。

第七段——第四十六回至第四十九回。这一段是紧接四十五回下半回写的,自火烧祝家店写起,一气而下,全是三打祝家庄的事。并且在第四十九回里,有意把栾廷玉写得生死莫明,至第七十五回重行出现,越见得有神。

第八段——第五十回至第五十三回。合写柴进、朱仝、雷横三人的事,可算是三人的正传。中间高唐州一段,顺伏第一百十七回寇州城捉高让事。

第九段——第五十四回至第五十九回。这一

大段,因为《水浒传》中几个中坚人物,如鲁智深、武松、史进等都散在各处,尚未尽上梁山,所以这一段中,把二龙山、桃花山、少华山、白虎山、芒砀山,五座山寨的好汉,一齐归结到梁山泊。作者能将这极纷繁的许多事迹,收罗笔底,写得一丝不乱。若时迁盗甲,汤隆赚徐宁上梁山泊一段文字,写得何等地可爱。

第十段——第五十九回至第七十回。托塔天王晁盖,本是《水浒传》中一个过渡人物,也是全书的引子,宋江的替身。现在写到第五十九回,已占全书之半,而天罡地煞上梁山的已有十分之九,待一百八条好汉齐上梁山,大结合,大聚义以后,要展开新局面,更做出一番轰轰烈烈的大事业来,晁盖既不在天罡地煞之列,自然成为《水浒传》中的"赘疣",留之不可,自应去之。因此便写出初打曾头市,晁盖中箭身亡,就里引出梁山泊坐第二把交椅的天罡星卢俊义。再写关胜征伐梁山,再写攻打大名府,再写曾头市报仇,再写东平府收董平,东昌府收张清、皇甫端。至此,三十六天罡、七十二地煞尽上梁山,实力充足,根基稳固,革命英雄大集合,再把石碣天文一点,点出了替天行道,除暴救民,这是何等大手笔。这一大段,实是半腰中一个结束,承先启后,引起下文,是全书中一个紧要的关键。

第十一段——第七十一回至第七十五回。这一段紧接卢俊义惊梦,从石碣天文顺叙而下,写梁山泊建造石碣亭,要画亭中四壁,引起史进、燕青寻访王义,燕青失陷大名府,史进大闹黑风冈,带出画匠李昭良,卢俊义下山枪挑高冲汉,救取燕青回山。卢俊义与燕青名称主仆,情逾骨肉,看到这段卢俊义誓死相救,方知本书中燕青之重要。

第十二段——第七十五回至第七十八回。这一段自七十五回下半回写起,全是栾廷玉引兵剿伐梁山之事。中写宋江、吴用设计拒敌,诡言斩孙立,杨志假叛反,大败栾廷玉,写得出奇变化,精采百出,也是全书中最出色的一段。

第十三段——第七十九回至第八十一回。写梁山泊庆功大宴,李家庄义仆韩忠上山鸣冤,宋江发令,李应引领人马下山,去郓州救取李慰全家男女,捉拿苗衙内回山,剖心设祭,替被害人李氏报仇。这几回书虽然写得不坏,但韩忠老仆上山,似乎接得生硬一点，全书一百二十回写得都好，只有这点小疵。

第十四段——第八十二回至第八十七回。梁山泊的中坚人物，林冲也是其中之一，而《水浒传》中的被逼落草之人，算来是林冲最苦，我们看七十回本里，他被高俅父子害得家破人亡，上山落草，又呕尽多少闲气，实在太可怜了！这第十四段里，写林冲见李应报仇而触动心事，冤苦成病，引出鲁智深仗义下山，要上东京替林冲报仇，误走富安庄失错被擒，路上引出截云岭的强盗，恰与曾头市遥点一笔，又引出朱笏山飞毛腿刘通，又写屠洗富安庄，燕青设计，大闹沂州府，活捉高侗，杀死高衙内，闻达大战朱笏山；又带写宋江醉梦入东京；回应第七十回卢俊义一梦，又写公孙胜神游北岳，点后来隐遁奉母事；写林冲报仇一段，实在是大快人心。

第十五段——第八十八回至第九十四回。这一大段，先写白虎神劫粮，次写樊瑞与吴角斗法失败，次写公孙胜收降狼皋山强人，次写李俊因董恺叔侄而思念自己叔父，下山探亲，穆弘、张顺等相随同去，李俊、张顺杀了小孤山的张魁，替李福报仇；

穆弘又除去揭阳镇恶霸马雄兄弟。这完全是写梁山泊好汉替天行道,为民除害的大事业,意思显而易见。

第十六段——第九十四回至九十八回。先写石碣村刁氏兄弟刁椿被害,刁桂受奸人诬陷在定陶县吃官司,刁母上梁山泊呼冤,激动阮小七侠肠义胆,独下梁山替刁家报仇。接写阮小二、阮小五下山援应兄弟,误走金乡,巧逢九头鸟吕振、小张良贾居信,惹出一场恶斗,结果,徐宁生擒吕振,大破金乡。这一大段中,把三阮——尤其是阮小七——的品性神情,凡是第十四回中未尽之处,这里都把它补充写足,分外有神,而且顺伏两个专和梁山泊作对,本领惊人的人物,——吕振、贾居信——留待下文再写。

第十七段——第九十九回至第一百一回。这一段专写杨雄、石秀二人,先写石秀见土物思乡,次写杨雄自请做伴,石秀还乡,黄蜂岭杨雄打胡六,九里墩石秀斩除江不良;再次写杨、石二人云家庄投宿,石秀半夜降妖,庄主留客;再次写张保密通消息,云太公起歹意,杨、石二人血溅云家庄;最后写黄蜂岭大战，带胡六上梁山泊。施耐庵把这一段插入，补写石秀为人阴毒尖刻，活跃纸上，咄咄逼人，比第四十四回写得更好。

第十八段——第一百二回至第一百八回。这七大回书，用闻达、小张良二人做关键，暗接前书，中间忽出一周谨，又与急先锋东郭争功一回文字作一呼应，从狼皋山打劫小张良眷口，兖州官府发兵剿山起，写出项充、李衮告急，宋江、吴用分兵救援，小张良计败宋江，宋江二次打兖州，吕振背叛，徐宁怒杀吕振，梁山泊大破兖州，除灭小张良。中间又插入卢俊义生病，戴宗、武松、施恩去云峰谷求药，诛除恶道，火烧纯阳宫，大闹曾家店。全部书中，作者对于武松其人，不惮一再写之，不知何故？

第十九段——第一百九回至第一百十三回。首写鸡鸣山一段，次写卢俊义上泰安州还愿，李逵大闹天齐庙，闯出大祸，失陷戴宗，燕青奇谋劫狱，救取戴宗回山。再写铁方梁剿伐梁山泊，直至关胜计取泰安，拿下太守为止；其中写燕青劫狱一段，实在可爱。元曲里本有《黑旋风双献功》一出戏，但他写的是李逵伴了宋江的朋友孙孔目，上泰安神州烧香,在路上弄出事来,这却写的是卢俊义还愿的事。

第二十段——第一百十三回至第一百十五回。这一小段,写鲁智深、武松、林冲在凤凰村王家酒店吃酒,听到店主王娄哭声,鲁智深发怒,王娄说出女儿被抢,林冲追问,得知强人假冒名字。次写杨雄、石秀等下山探访强人,青草坡巧遇张老实,二人乔装卖酒,窃探红花峪双龙寺,众好汉捉拿过天星梁正一,铁方梁大战灵鸡峰,一路离奇曲折,引人入胜。

第二十一段——第一百十六回至第一百二十回。这是全书的大结束,先写洪教头拦截梁山采办物件,引起林冲怒打丰田镇,从丰田镇引出寇州太守高让,从高让引出妖人邱玄,写三方面几场战事,结果,梁山泊打破了寇州和丰田镇。最后写纪安邦剿伐梁山,——此人在第七十五回早已伏下——宋江出奇破敌,王师大败,梁山泊庆功大宴,忽然霹雳一声,雷轰石碣,全书就此结束。

一部大书,一百二十回正文,书中的各个人物,除了第一回的王进只是神龙一现外,其馀许多英雄好汉的历史事业,都写得回环贯串,起伏呼应,十分地有精采。作者这种超人的文学技术，真当得起"前无古人，后无来者"两句赞语，可说是有白话以来成功的伟大的文学。

本书第一回至第七十回，所有人物和事迹，和现行的七十回本从头至尾完全相同，——只七十回煞尾有一点小差异，下文另述，——这前七十回流传很久，大家看过，自不用多说，现在只说第七十回以下的事。

本书自第六十九回一百八位天罡地煞齐上梁山，第七十回大聚义宣誓，天降石碣以后，梁山泊又展开一个新局面，这个新局面是做些甚么？便是杏黄旗上的"替天行道"四个大字。作者在将要写这新局面之前，先写卢俊义一个恶梦，引起第八十七回中宋江一个恶梦，而且都梦见执弓长人，这也不待解释谁都明白，是暗射张叔夜的。本来宋、卢二人是梁山泊的主要人物，拿梁山泊的主要人物，梦见后来和梁山泊作对的主要人物——张叔夜——以示对抗之意，《宋史》三百五十三，本有张叔夜击降梁山泊大盗宋江事，作者把执弓长人影射张叔夜，或许就是这点意思，拿这两个梦来隐括全书吧。

我在上文曾经说过,《水浒》全部书中的骨干,完全是三十六天罡为主,七十二地煞为宾,书中凡有描写,都详天罡而略地煞。我们现在看了这后五十回,仍如前七十回一样,每写一段事迹,只把地煞做陪衬而没有正传,可见我这话不能说不对。但是天罡星到底有三十六个,若使个个有正传,个个要将他详细描写,非但一百二十回不能尽,而且也没有这种笨拙,若一个个都像武松那样写,也太嫌死板了。所以施耐庵仗着他的卓越的天才,超人的文学技术,把三十六人的事迹,有的写在上梁山以后或上山之前,有的写在未曾为盗或大聚义以后,写得错综变化,支配得顺序均匀。譬如(1)董平和张清二人,他们是最后上梁山泊,一个只写了东平府一段,一个只写了飞石打英雄一段,故而在七十回后,作者又将他们补写一番,董平有枪挑扈成,大战铁方梁等,张清有黑夜劫寨等事。(2)如杨志、索超,杨志自卖刀杀人,北京斗武,被劫生辰纲后,就冷落了,所以第七十八回里,再写他计赚栾廷玉一段。索超在东郭争功以后,又写雪天大战一段。(3)如阮小七、燕青、朱仝,七十回之前,阮小七只有石碣村和劫取生辰纲一事,今第九十五回又写他定陶县报仇。燕青不但是天罡之一,《宣和遗事》里也有名,但在大聚义前,并没事业可观,直到第八十五回朱笏山设计,沂州智取高俅内首级,一百十一回泰安府劫狱,智救戴宗回山,表现出他的本领实足惊人。朱仝却有沂州府混入内衙,和雪中窥破痕迹拿获小张良等事。(4)如李俊、穆弘、张顺,有第九十回至九十四回一大段。(5)如……引的太多了,使人讨厌,其馀的让读者自去细看罢。

十七世纪的怪杰大批评家金圣叹,他生平最爱读《水浒传》,最服膺《水浒》作者施耐庵,称赞他是才子,是格物君子,推崇备至。他批评七十回本的《水浒传》,有人说他有选家气和理学先生气,头脑太迂腐了。但是一个人的思想,本当随时代的环境而转变的,譬如战国时代的人物,决不会有宋朝道学先生的口气,周朝的乱臣十人,决不会有洛蜀党的派别,假令金圣叹生在今日,他一定不会下死劲再研究八股文章,而要致力于新的文学。所以他对《水浒传》的批评,虽然是带了一点迂腐,究竟不能说他完全不对,有些地方到底批评得很好。如《水浒传》读法里,他说:"江州城劫法场一篇奇绝了,后面却有大名府劫法场一篇,一发奇绝。潘金莲偷汉一篇奇绝了,后面又有潘巧云偷汉一篇,一发奇绝。景阳冈打虎一篇奇绝了,后面又有沂水县杀虎一篇,一发奇绝。真正其才如海!"

"如武松打虎后,又写李逵杀虎,又写二解争虎……何涛捕盗后,又写黄安捕盗;林冲起解后,又写卢俊义起解;朱仝、雷横放晁盖后,又写朱仝、雷横放宋江;正是要故意把题目犯了,却有本事出落得无一点一画相借,以为快乐是也,真是浑身都是方法。"

我们现在读到本书,如第四十二回写了假李逵,下文又写假鲁智深,假武松,又写假公孙胜。第四十八回写了孙立、孙新大劫牢,下文又写郓州府劫牢,又写泰安府劫牢。第六十一回写了李固陷主,下文又写苟昌陷主。第八十二回写了鲁智深富安庄投宿,下文又写杨雄、石秀云家庄投宿。作者每喜拿相同的题目写出两样文章,表现他的超人的文学技术。试看上面所引的几段,它内中描写的事迹,何曾有一毫雷同而重复,正合金圣叹所说:"故意要把题目犯了,却有本事出落得无一点一画相借"。这是何等的才情?我们读完了这一百二十回正书以后,且不问金圣叹所说的甚么"正犯法""略犯法",只问全书中的叙述和描写,到底可厌呢?还是可爱?

　　始初我读七十回本,到煞尾处看见天罡地煞石碣题名,燕青也是天罡之一,而且是"天巧星"。但书中燕青的事迹实在寥寥,只有放冷箭救主一段。我因而疑心,燕青不但名列天罡,《宣和遗事》里他也有名,不知何故,施耐庵却将他降作奴才,并不细写,这样的天巧星,不知他"巧"在何处?现在读了本书才恍然明白,大约施耐庵写到燕青,看看本书已占十分之五,而尚有许多重要人物来上梁山,他要紧集合一百八位英雄好汉,要紧写石碣天书,写梁山泊大聚义,故把燕青放在一边,留待后文再写。我们只看下文沂州府计取高衙内,泰安府智救戴宗这两段,把燕青出力描写,写得他智足谋多,心思过人,真不愧是个天巧星。不信,试看第八十五回和一百十一回,方知我这话不是瞎说。

　　金圣叹曾称施耐庵是绝世奇才,《水浒传》是绝世奇文,这倒不是过分的称赞,我们只看本书中所有人物,非但一百八个天罡地煞,各人有各样的写法,便是不在梁山之列的,也写的各不相同。例如王进只在开首一见,直到完结,再不提起。如栾廷玉,却把他写了三次才行收束。如闻达、姚刚、张勇连写两次。如洪教头,在第八回中一提,直到一百十六回再写。如纪安邦,只在第七十五回中一提,直到一百十九回始行出现,如铁方梁,写得他生死不详,令人怀想。凡此种种神奇变化的写法,都是本书中的特异之点,处处来表现出作者的文学天才,莫怪金圣叹要称它是"才子奇书"了。

  施耐庵写一百八条好汉上梁山,凡是此人有家眷的,每每带同上山,不另放在外,全书中只有公孙胜一个老母,始终不曾上梁山泊。我初读七十回本,见他把公孙母如此写法,实在猜想不出是何用意,现在读到本书的结尾处方才明白,原来作者不令老母入山泊,实为后文公孙胜隐遁留地步。全部书中有许多地方,每把线索伏得了无痕迹,使人无从捉摸,这个公孙老母便是一证,我们倘不见这一百二十回的古本,这些妙处又怎生知道。本书描写公孙胜隐遁一段，倘拿《征四寇》第四十回"公孙胜归养亲闱"一段和它比对，那文学技术的工拙，真有上天下地之别。

金圣叹在七十回本《水浒传》读法里说：

> 如两打祝家庄后，忽插出二解争虎越狱事；正打大名府时，忽插出截江鬼、油里鳅谋财害命事；只为文字太长了，便恐累坠，故从半腰间暂时闪出以间隔之。

本书中写鲁智深上东京寻高衙内报仇，忽插出误走富安庄，火烧截云岭事；宋江正打兖州府，忽插出卢俊义生病，云峰谷三雄求药，武松杀死无私道人事；这种穿插，若教金圣叹批评起来，又是甚么"横云断山法"。

《宋史》有知海州张叔夜击降宋江事。本书对于这段正史的记载，虽不曾明白写出，却也把来几番点逗，如宋江、卢俊义的恶梦，公孙胜的十六句留言，都有长人执弓的字眼，并且在十六句类似偈语之中，把梁山泊的兴亡终始完全隐括在内，不信，请看前八句里说的：

> 罡煞群雄，应劫寰中，天遣治乱，长人执

弓；戈矛化铁，战马嘶风，云飞星散，水碧山空。

这明明是说天罡地煞应劫下凡，扰乱世界，后来得张叔夜讨平了，大家散伙，枪马无用，只剩下个山明水秀的梁山泊。公孙胜的十六句留言，不但点逗出了梁山泊好汉的结局，还回应了楔子里"洪太尉误走妖魔"的一段事，你看他写到煞尾，仍借一个石碣来结束，霹雳一声，石碣粉碎，全书完了。一部一百二十回大书，"以石碣始，以石碣终"。像这种大手笔，可是人人来得的么？

我因为深爱本书之故，却不自禁地写了这几千字。我在上面所说的话，或许有人要说我受了金圣叹的影响，——八股式的文学观念——这样类似机械的评论，只怕是不大合时吧。是的，即使真个有人说我，或讪笑我，指斥我，甚至于骂我，我都不来理会或生气。我也承认上面所说的，的确近于"机械式"；但是我敢自信，这样优美而伟大的文学，决不因我的批评对不对，而有损它本身"流传不朽"的价值。

总而言之，我们对于这部有文学意味的，有革命思想的伟大的作品，且不必去效学金圣叹，研究它甚么章法、句法、字法,我们只要放大眼光,展开书本子来直接读它的文章,一遍、二遍、三遍……以至于无数遍,自然也会领略得到它的一切和一切,自然也会对它发生幽美的兴味与欣爱。

(下)

我这一篇序文,对于本书的来历,印行的经过,以及一百二十回内容的大概,都在上文上中两段里说明了,现在要带一点研究的性质,把本书的思想、主旨、寓意、背景等略说一下,至于说得对与不对,我可不问,尽让读者诸君去自行研究。

本书是一部成功的伟大的文学。然而止说本书是伟大的文学,止用文学眼光来欣赏,尚嫌肤浅,不能算善读者,本书实是一部鼓吹平民革命的文学小说。施耐庵做这部书,他的寓意深而且远,他完全拿恶政府恶社会来做背景,写出许多贪官、污吏、劣绅、土豪,如狼如虎的欺压善良,鱼肉人民,弄得人家破人亡,逼得人走投无路,结果只得落草做强盗,大家聚义起来反抗政府。我们且看一百八条好汉之中,如史进、林冲、柴进、解珍、解宝等,出身都是很好很安分的,完全没有做强盗的心肠,无奈祸殃飞上身来，受人陷害，无处伸冤，除却做强盗再没法子，只得亡命落草了。他们本是好人，谁使他们要到这地步？这便是施耐庵著《水浒传》的主旨。

我在序文的中段里，曾把本书的内容分做二十一段，但若再加研究，这二十一段又须分做上下两大段，第一段到第十段为上一大段，第十一段到二十一段为下一大段。本书的上一大段里，虽有闹江州劫法场，三山聚义打青州，兵打大名府等几回反抗官府的文章，但它的描写和说话中间，还算不曾有过分激烈的明显的表示；等到大聚义以后，他的描写便紧张起来，说话也渐渐露骨了，极力向革命的大路上走，极力在"平民革命"的字眼上做文章，现在且举两段来证明。

第八十六回……路上，武松说道："如今索得这贼太守一万金银，俺思拿回山寨，未必多大稀罕，便送与林教头，他也不到得会受领，不如拿来散给穷民，替林教头病中造福。"燕青道："林教头被高俅父子害得家破人亡，算来最苦，俺和朱都头想出此计，索这笔金银来，原拟送给林教头，教他做场大大的功德，超度他娘子升天。如今拿来散给穷人，更胜于作佛事,恁地更好!"武松道:"这笔金银,本是贼太守搜括民间得来,如今仍施与民间,再好没有!"鲁智深听了,叫道:"恁地,休多说废话,只今便行。"便教刘通为主,将引十名能干头目,百名喽罗,把这一万金银沿途俵散,那班百姓欢天喜地,都在背地里说道:"时世变到这样,官府假仁假义,却大半贪赃枉法,行恶虐民;杀人放火的强盗,反把金银施赠人,无怪天下要闹得不安。"从此梁山泊三字大名,民间叫得更响。

第九十六回……杨志又分付打开仓库,取出积储的钱米,散给满城穷苦百姓,家家感激,户户称扬。齐说梁山泊义士恁地好,倘得常年在此,我们反能过一点好日子。

我们看了上面这两段,写得何等地紧张,在第一段里,写众百姓虽则欢天喜地,还都在背地里说,说话还算婉转。第二段却已"锋芒毕露",竟直写家家感激,户户称扬,巴望梁山泊好汉常年在此,得一点好日子过。这种写法,完全在无字中反映出官府的凶恶,民间的冤苦,百姓不爱官府而爱强盗,小百姓常在恶政府压迫底下,过着那惨酷的日子,怎不使大家啸聚起来革命。

唐朝的大文学家韩愈说："大凡物不得其平则鸣。"这话是不差的。古人包藏着满肚皮的怨气,在无可奈何时,往往借文章诗歌来发泄不平,这是常有的事。施耐庵做这部《水浒传》时,胸中一定充满不平之气,无处发泄,故借小说来吐泻宿怨,把恶政府恶社会抨击得不遗馀力。老实说,他完全想借这书来鼓动大众,成功那平民革命,推倒恶政府,使人民过一点好日子。所以他在本书第九十回中李俊思乡一段,描写的情绪越发紧张起来,你听宋江说：

无论何人,那有安心着意抛弃乡土,一点不思念的。离乡背井,总是一件万不得已的事情。

这明明是说我本不愿意离乡背井,有人把我逼着走；我本不愿意做强盗,有人把我迫着干；若问逼你走迫你干的是谁？那当然是些贪官、污吏、劣绅、土豪了。这种写法,何等地深刻而动人,但这只是深刻而不激烈,在同回中写李福一段,却更激烈而露骨了。你再听李福说：

要知生当今世,便是一个小百姓,也须做

不得善人。

　　这实在太激烈而露骨了。他的意思是说,我们生在今日的世界上,千万不要做懦弱的良民,因为做了良民,便要吃苦。——参看第九十回中事实——倘使有人将你欺侮压迫,你千万不要畏怯让步,应该要用强力来抵抗,你能拚命和敌人对抗,你的自身才可生存。这不是教人打开懦怯之门,大家来拚死反抗政府么?施耐庵做这部书,他的平民革命的思想,越写到后来越激烈,有些地方,并且写得十分露骨,敢是陈琳说的:"箭在弦上,不得不发"么?

　　我得到一本《梦花馆笔谈》之后,对于这位平民文学的伟大作家施耐庵,总算略知了他一点历史。但若要问他这部《水浒传》成于何时?这可不容易考证,也不容易断定,依我想来,或者是在元末时候做的吧。古话道:"有触斯发,不平则鸣!"人们往往为了时代的环境关系,引起他内心的悲哀和悒郁,在诗歌或文章里发泄出来,或不由自禁地流露,这就是"言为心声"的表征。能够提起笔杆儿做文章的人,大概是这样的。这不是独断,这是人类性情上应有的燃烧点。我们先拿唐朝的大诗人杜甫来说,他所做的诗,十之七八都含有"悲伤感喟忧愤牢愁"的情绪,这也是生当离乱,受了时代与环境的支配。假使他不生于开元、天宝时代,而生在贞观之世,像那《哀江头》《兵车行》一类的诗,敢说他是一定做不出的。我说这部《水浒传》,或许施耐庵在元末时候做的话,因为那时异族占据中华,十分强横,常把专制的威力来压迫汉人,汉人常在这异族的铁蹄之下,真个有冤无处伸,有苦无处诉,何等凄惨。施耐庵生在这样一个时代,眼见异族獠牙巨口,个个露出它狰狞的面目,想把汉人一齐吃尽,在中原一统之下,完成它清一色的种族。施耐庵感受到异族这样的酷虐,恶政府的专制横暴,燃烧起他的内心之火,因取前代遗留下来的"梁山泊故事",施展他创造的天才,优异的理想,做成这一百二十回《水浒传》,无非想借文学的力量来鼓吹平民革命,推翻异族政府。本来文字宣传,能使人一看再看,比任何宣传方法为有效,若说施耐庵做成这部书在洪武年间,这却有点讲不通,因为明太祖是布衣出身,他也是一个平民,一个平民而立志革命,起兵驱除胡元，光复故物，建国大明，定都南京，这时革命成功，汉人在异族铁蹄下挣扎得了性命，重见天日，大家正当欢欣鼓舞，庆贺这中华新国家的成立，又何来甚么困苦与怨愤。我不是武断，大家如此，施耐庵当然不会独异。所以洪武年间决定产生不出这《水浒传》。说这书是成于元末，在时代和情理上都很相合。

上文我已说过，施耐庵在本书里鼓吹平民革命，越到后文，越写得紧张而露骨，除了上面所引的几段外，还有理想最激烈，描写最露骨的一段，是在第一百十七回书中，这真个近于"打开天窗说亮话"了。请看下文：

次日，宋江坐在州衙中大堂上，先令取出府库财帛，仓廒粮米，以及高让所有家私，将半数散放穷苦百姓，半数装载上二三十辆车子，教孔明、孔亮、燕顺、郑天寿四员头领，先护送上梁山泊去，却把知府高让和一家老小良贱三十馀口，一齐处斩。其外拿住的文武官员，分别善恶，贪污虐民者斩首，清廉者释放。宋江一一发放完毕，便行出城。只见家家门口焚香点烛,众百姓扶老携幼,挨肩叠背挤满了大街小巷,都来看梁山泊义士宋公明。只听得大家叹气道:"我们刚得一天好日子过,可惜宋公明却又走了!"

写宋江在州衙里大堂上发落官府;又写把财物施与贫苦百姓,又写宋江出城,众百姓焚香点烛,老幼空巷来观,竟把宋江当做佛菩萨,这是什么现象?强盗坐堂,官府反为阶下囚,这又是什么现象?杀了一大批文武官员,百姓没有什么话,一个强盗大王走了,大家却齐声叹气,这又是什么现象?最后,索性"开门见山",直说"我们刚得一天好日子过,可惜宋公明却又走了!"百姓竟不爱官府而爱强盗;而强盗所以能受人爱,却是为了"替天行道"之故。

第九十二回,穆弘叫道:"你们听得么?马雄这厮如此奸恶,再不把他除灭,也对不住头上的天!"穆弘头上的这个"天",便是替天行道的"天"。若把"替天行道"四字解释开来,正适合现代的几句时髦话,是:"本着平民革命的宗旨,奋发大无畏的精神,起来打倒贪官、污吏、劣绅、土豪,推翻恶政府,替民众解除痛苦。"我们看到施耐庵这种写法,一部大书,始终只为了平民革命,始终只要贯彻平民革命的宗旨,他借"梁山泊故事"来描写,把"替天行道"四个字做骨干,用文字来鼓吹平民革命。他这样的思想,在现代是不足为奇;但在五百年前,又是异族政府专制之下,他有这样的思想,又把很显明的文字写出来给大家看,我们不能不佩服他大胆而勇敢!

我们读完了这部书,觉得作者做文章的时候,处处表现着他的沸热的情绪,激烈的思想,他的理想完全是希望草泽英雄组织起来,帮助平民革命,实行反抗恶政府,现在再引一段来证明此说。

> 第九十五回……那婆婆猛然想起,说道:"人说梁山泊宋公明大王忠义,替天行道,惯打不平,专杀贪官污吏,搭救穷苦小民,有人求他,这宋大王无有不应,替人平反曲直,真强过官府十倍。"

他在这一段里,写人民受了冤屈,不思到官府衙门告状,却想上梁山泊里呼冤;不说官府如何黑暗,只说宋大王替人平反曲直,要强过官府十倍。这种写法,完全不满意于现任官府,希望到绿林豪杰身上，要他们起来大革命，成立一个公正廉明的政府。书中的那位刁家婆子，因为儿子遭了冤枉，要去求宋公明替她伸雪，不是把梁山泊当做清廉的政府么？我想施耐庵在那时候，一定见到政府专横，官吏刻酷，人民受痛日深，无处伸诉，他心里感愤万分，故而做成这一部书，借它来发泄肚皮里的宿怨。

我根据《梦花馆笔谈》一段记事，和我个人研究的结果，施耐庵这部《水浒传》一定成于元末。后来到得洪武年间，洪武皇帝看见了，皇帝自有皇帝的念头，以为这书是在提倡造反，还当了得，便下圣旨，要拿施耐庵来治罪，后来施耐庵逃走了，或者这书的版本也给皇命毁了。但是话又说回来，这部书当时既然很风行，一定刊印得不少。版本虽毁，总有几部不曾遭劫而流落于世。那时帝皇的威力何等利害，便有原本的《水浒传》遗留下来，也无人敢再行刊印，只好把它深藏在家，当做"焚书"一类哩。隔了数十年或百年，已不是洪武之世，有人见到这样一部好书，埋没可惜，只是后五十回写得太露锋芒，完全刻印出来，又恐惹祸，便把七十回以下硬生生删掉,在煞尾换上两首诗,算做大收束,——这段下文另述——于是便有了这七十回本的《水浒传》。——上面说的虽然只有一点小根据,其外都是我的理想,但我这理想不是海阔天空的,至少有一半在情理之中,若把本书仔细研究一下,总不能说我的话完全不对罢。

再有一个研究,现行的金批七十回本《水浒传》,圣叹常在批评中称它为真正古本,而斥别本为俗本,为了这古本与不古本,曾有现代的几位博学先生加以考究,发表文章,但也各自有说,听了那个好?现在这百廿回本《水浒传》,我曾拿它和金批七十回本细细比对,自第一回至六十九回,文字全同,只有第七十回煞尾处变换了几句,多了"太平天子当中坐……"的两首诗,本书第一百二十回之末,却只有七律一首。而且诗句和七十回本的完全不对。又七十回本的卷首,有施耐庵自序一篇。本书非但没有金批,也没有那篇自序。至于楔子里"此只是个楔子,下文便有云云",本书比金批本多一百句回目。曾经有人说,施耐庵自序一篇,笔墨类似圣叹,只怕是老金伪造,现在看来却也可信。我们再要问：当时金圣叹是否见过这百廿回本，这个问题实在难答，我们姑且定下两个假说：

（一）在金圣叹之前，已有人将本书删去五十回，只有到发现石碣天文，一百八人大聚义为止，圣叹批评的只此七十回本，这一百二十回本他没有看见。

（二）金圣叹所称的古本，就是这一百二十回本，因见七十回以下越写越激烈，他恐怕受祸，不敢再批下去，便把后五十回一齐删掉，换了两首诗，装上一篇自序，便成了现行的七十回本。本书因为经他一删一批，以致真正原本流传越少。

据此，本书的前七十回既和金批本完全相同，一定是出于施耐庵之手，真正古本无疑了。但金圣叹到底见过本书与否？我想总不出上面的两个。假说还有一点，本书第八十七回"宋公明梦入东京"之中，有宋江的题词半首，这半首词，又见于《征四寇》第一回中，《征四寇》写宋江游李师师家，索纸笔题词一首，这上半首与本书里的相同，我研究《征四寇》第一回所写事迹，也和本书八十七回有点相似,不过他写宋江身历其境,本书却写的是梦游。我想《征四寇》的作者,他或者也见过本书,而那时已有了七十回本,且很通行,他以为本书是绝版书,见的人一定不多,便大胆窃取八十七回中一段事迹,加以改变,又把这题词续了下半首,写成《征四寇》的第一回借来开场,这也很合理,更足证本书是一部真正古本了。说话多了,这篇序文就此完结。

一九三三,八,梅寄鹤于上海中西书局编辑室中

说明:上序出1933年上海中西书局版澄江梅氏藏本一百二十回《古本水浒》卷首。转录自马蹄疾《水浒书录》,上海古籍出版社1986年版。此本内封题"澄江梅氏藏本""一百廿回古本水浒"。次第七十一回至第一百二十回目次;次《水浒传绪言》,次梅寄鹤《一百廿回古本水浒序》。故事自第七十一回开始,紧接金圣叹腰斩七十回本故事。从石碣天文顺叙而下,至第一百二十回雷轰石碣为止。

或以为这是梅寄鹤伪托所谓澄江梅芝春藏的"古本"《水浒》,实际上前七十回不过是金批《水浒》,七十回以下是又一部《水浒传》的续书。也有

人(刘冬、罗尔纲)以为它确实是古本《水浒传》。

梅寄鹤(1898—1969),原名祖善,字寄鹤,别字季萼,以字行,时人习称善笑先生。江苏常熟人。

残水浒叙

包明叔

皖南程师善之,先兄绶伯挚友也。三十年前尝共事扬州府中学堂,明叔适肄业于此,是时风气初开,学校中犹殷殷然以经史为重。先兄课经学,而善师则课史学。先兄抱汉宋以来传统观念甚笃,善师则发扬蹈厉,有革故鼎新之志。两人之私谊甚厚,其论文字讲性理,翕合无间,为全校所注目,而政治之说则大相左,顾彼此不以为忤也。先是善师尝以醉心改革之论,为清吏所侦,赖其友洪可亭、许佩芳左右之,幸无事。在府中学时,其乡人汪菊卣、凌蕉庵辈倡党议南都,善师时托病潜从之游,不以告先兄。先兄亦佯弗知也。顾以格相称许者弥笃,同人往往谓两人迂且怪,诽议种种,胥不以为意。自光复以后,踪迹少疏,而一见之下,欣悦如故。

善师生平有狂志,视并世人无当意者,不欲依之以谋衣锦食肉。又格于环境,亦自无以行其志。家居奉母,时时为稗官小说之言,以资娱乐。今兹《残水浒》,其一也。书成,明叔请以载本报副刊,署名一粟。善师四十以后学佛,于世事一切淡泊,尤不欲以著述鸣。明叔以为方今善师求以忘世,而世未尽忘善师也,则剞劂之际,自以真姓名相见为宜,遂不请而刻之。嗟乎!绶伯先兄之殁,垂十年矣,使其尚存,其鼓掌掀髯议论风生者,当何如哉。民国二十二年秋,仪征包明叔叙于新江苏报馆。

残水浒小引

秋风

昔读施耐庵《水浒》,爱其善于描写。一展卷,而百八人之性情品格,活跃纸上。读之终篇,乃以一石碣、一梦呓为结束,则又怪其前之何其如火如荼,而后之又何其如梦如幻也。三复思之,当死生患难之际,是诸人者,固各本其天赋之特性,纵横驰骋,出险入夷,恰以其血气之刚,相为绾合,斯有然矣。及其组织垂定,虽曰盗贼,亦必有其法律,有其指挥,以相维于不犯不散;则前之极力描写者,一变而为勉就范围,乃欲于勉就范围之中而仍不损其个性,此则自为之难而无以自解者;故石碣之后,梁山泊之系统既成,只好于梦寐之中驱除净尽。无他也,避难之故也。至《后水浒》之以征四寇为功,以王暹罗为壮,则节外生枝而已。《荡寇志》则纯为帝王辩护,其理想已甚卑鄙;无端生出陈希真诸人,崇拜帝王之馀,增以迷信,其尤妄矣。

一粟顷以《残水浒》见示,自张叔夜以外,人物无增于《水浒》者。而特就《水浒》所载各人之性情品格,一一痛快而发挥之!宋江之狡,吴用之智,举无所措手焉,而《水浒》于是乎解散矣。其结构胜《后水浒》《荡寇志》远甚。一粟之才,不及施耐庵;《残水浒》之文采,不及《水浒》,此无庸讳者。然而吾以为善读《水浒》者,莫如一粟。盖能利用前《水浒》之疵病,而一一翘而出之也。吾谓一粟此书之成,当谢施耐庵:非施氏描写于前,一粟何从发挥于后;非施氏护前而不肯着笔,一粟何从投间以为之结局哉?读既竟,因略以己意分节评之,而撮其大要如是。戊辰重九日,秋风偶识。

残水浒跋

湘亭

《水浒》截至七十回，戛然中止，士林每以未窥全豹为憾。继施耐庵而作者，有《后水浒》二种：一名《荡平四大寇传》，有赏心主人为之序；一名《后水浒传》，为陈忱著。又有所谓《结水浒》者，一名《荡寇志》，为俞万春著。三书皆意有偏宕。复按《宋史·张叔夜传》《侯蒙传》《通鉴纪事本末》《通鉴考异》等书，均述及宋江后事。秋风先生以为后事不提最佳。愚以为，为阅者欣赏名著计，正不得不请求善之先生从事赓续，以饱爱读稗官野史者之眼福耳。湘亭。

说明：上序跋出程善之著，秋风、湘亭评，1933年10月1日镇江新江苏日报馆出版之《残水浒》，转录自马蹄疾《水浒书录》。原本马蹄疾藏。此本首包明叔叙，次回目，次秋风小引，末湘亭跋。马蹄疾云，程善之《残水浒》是继俞万春《荡寇志》以后出现的又一部歪曲农民起义的小说。它极力描写梁山泊农民起义军的内部分裂，众头领离心离德，互相猜忌，互相残杀，弄到众叛亲离，宋江等被张叔夜擒拿归案为终。

包明叔(1891—1974)，江苏仪征人。曾任上海《申报》《新闻报》、南京《中央日报》、香港《大公报》记者。著有《读说文概论》，又编成《说文部首通释》。

秋风、湘亭，生平事迹待考。

水浒中传自序

姜鸿飞

《水浒传》是我国一部伟大小说，金圣叹先生批："天下文章，无有出《水浒》右者。"《水浒传》不论写人、写物、写景、写事，都写得活色生动，呼之欲出，情节贯串，有条有理。我读别的小说，有的读不终篇，便要丢了；有的粗读之还可，细读之，便觉没有味儿；除了《红楼》《三国》，只有《水浒传》，不知怎的，老是百读不厌。我是这样；我问我的朋友也是这样；我见古今来爱读《水浒》者，莫不是这样；就是译本，流传到外国，外人读了，也是这样。众口一声，众心一理，我于是叹《水浒传》诚为我国小说之王。施耐庵先生大手笔，无怪人人奉为白话文学的鼻祖。不当称之曰小说，直可宝之为国粹。

施先生《水浒传》，描写宋江等三十六大伙，七十二小伙，按《宋史》实有其人其事，可惜他写到一百八人上山大聚会，卢俊义惊恶梦，就此搁笔。在这七十回中，专写一百八人的出身、相貌、本领、性格，一个一个，为了有不得不避往水泊的理由，然后收罗了上山去作一部全书大结束。然而宋江等，一生事业，不是仅仅上了山，就算完结，尚有归降朝廷，为国出力，许多事迹，于是有几部《续水浒传》出来了。

其一是《荡寇志》，又名《结水浒》，他是紧接着卢俊义一个梦，写下去的。这一部书，是离开历史太远了，说宋江等，为盗而终，一百八人，不是阵亡，便是擒斩，直杀得一个不留，将史上归降等事，一概不提。作者是一位清朝官吏俞仲华先生，他并非与宋江等有深仇大恶，定要杀得一个不留。他为了一个女道士陈丽卿，有点小惠给他，便不惜笔墨，很肉麻的，借这部《荡寇志》来写那个女道士，怎样怎样地好法；又因身是清朝官吏，适当洪秀全开始将要革命的时代，深怕满廷，被我们汉族推翻了，情愿抹杀事实,来写这部《荡寇志》,恰好宋江晦气。有人说《荡寇志》乃谄媚异族之作,的是确评。

其二,是罗贯中所作的《征四寇》,这却是根据了一部分历史写的,他写宋江等归降朝廷后,征辽国、征方腊功成之后,被奸臣鸩酒药死。这在史里,大约也是如此。可惜将卢俊义一个梦丢了。情节混乱,文墨潦草,且又离开了宋江等各人的个性,是一部没头没脑的小说。无怪金圣叹讥为狗尾续貂,读之索然寡味,与前传施作,显然大不相同,实在接不上去。

其三,是一部《水浒后传》,为明末清初雁宕山人陈忱先生所作的。他亲历亡国之痛,满腔孤愤,无从发泄,遂做出这一部很好的爱国小说来,写北宋亡国的惨史,卖国求荣的贼臣,欺诈无耻的汉奸、流离困苦的民众,绘声绘影,历历如画。是一部亡国之镜,是一部弱小民族受帝国主义者侵略的写照,读之热血沸腾,顿增爱国热忱。那时宋江等一百八人,只剩了三分之一,还是努力奋斗,国内站不住,便到国外去,开拓殖民地,称尊异国,统服暹逻,读之令人眉飞色舞,大为我民族扬眉吐气。现在见了逞逻排华新闻,就想起了这部《水浒后传》的价值,足以唤起民众努力自强。照我国目下地位,最宜提倡这类小说,来鼓起民众奋斗精神。终比读描写公子小姐拆白流氓的一类小说,要好得百倍。若将这部书继续施作七十回《水浒传》,真是最配没有。

按照上列四种《水浒传》,《荡寇志》和《征四寇》两部实不能承上接下,我所以假定施作七十回,定为《水浒前传》,是一个上半身,陈作四十回,定为《水浒后传》,是下部两只脚,只是尚少中间一段肚子和小腹,倘能上下接了拢来,岂非成了一大部完全的好小说了么?这是我写这部《水浒中传》的原动力。

这部《中传》,共计三十大回,每回字数,和《前传》施作不相上下,约有二十万字,上接《前传》卢俊义的梦,下连《后传》陈作第一回"阮统制感旧梁山泊",恰好也是七十回,连《前传》共是一百四十大回。这部《中传》,我不敢离开历史,凡是历史,《宣和遗事》等一类史料,都采入了这部书里,不敢恭维古人,也不敢挖苦古人。像征方腊一段,宋江实在童贯部下，擒方腊的是韩世宗，却被童贯手下人冒了功去，这《中传》里，也照史直书，宋江部下，不敢夺人之美，他如侯蒙上书请招安，半途猝毙，张叔夜知海州，擒梁山副贼，宋江乃降等一类史迹，尽皆采入，不敢轻易改动。按这《水浒传》前、中、后一百四十回观之，前传描写宋江等各人的个性、品行，得一个信字，一个义字，朋友之间从不知倾轧诈欺，都是肝胆相照，生死不移，见义勇为，互爱互助；待《中传》里受了招安，为国家服务，却又得一个忠字，一个诚字，但知服从政府命令，不计个人身家性命，到了功成以后，明知奸臣不相容，政府虽赐之以鸩酒，亦甘受无辞，以身保国，这种服从政府的忠诚，和不畏死的人格，实就是现行新生活的精义，当时军人，只有一个岳飞做得到，受人民万世的崇拜，为甚么宋江等身后，反要受人唾骂，像俞仲华的《荡寇志》。在下真替古人大抱不平，在《后传》里，李俊等远征海外，为民族吐气，又能身处异域，心念祖国，姑不论事之有无，终是我们民族的好榜样，真可以激发志气，增进爱国，明瞭忠义，挽救颓风。……金圣叹先生读《水浒传》，佩服施先生的文章，真是无所不至，他见了罗贯中的《征四寇》，便骂得狗血喷头，他说何苦续，何必续，不可续，不配续，一片大道理。他以为施先生文墨佳妙，后人不可再续，有累施先生佳作，这是圣叹片面理由。假定有个巧匠，造一座花园，他仅将四围作好，园里的木石材料都已齐备，预备建起亭台池沼，这巧匠却一病死了，或是丢了工作，半途废去，试问这座花园没有巧匠，就此停工了么？天下决无此理。小说以文字写事迹，决不应为了《前传》写得好，便将宋江等一生事业，永远搁在水泊里，卢俊义一个梦，万世的做了过去，连得陈忱先生一部《后传》，爱国的好小说，也埋没了，弄得《前传》一个上半身，《后传》一双脚，没有了肚腹，永远接不弄来，你看可惜不可惜？在下不敢卖弄笔墨，来作这一部《中传》，硬凑合了《前传》和《后传》，只以表白古人的事迹为因，挽救已死的民心为果，倘如再有一位金圣叹先生出来笑骂，在下也只好忍受了。民国二十四年立夏日，浙江余姚姜鸿飞自序。

水浒中传序

程小青

天地生万物,而人独为万物之灵。顾人之品性,亦至庞杂。纷弦千状,各如其面,约而别之,曰善曰恶:凡圣贤豪侠、忠良仁厚之辈,称之谓善人;奸猾暴虐、巧诈谄佞之徒,乃贬之为恶人。人类既分善恶,国运遂有否泰。试观往史,其国政操于善人之手者,必治而兴焉;若出诸恶人,则乱亡且不旋踵矣。是以进贤退不肖,实治国之要策。虽古今无殊途,而锄恶务尽,亦善人之责也。

宋徽宗朝,任用蔡京之巨憝,童贯、高俅等之群小,政治淆乱,民不聊生,遂有靖康之祸,偏安江南,且不保暮。此非恶人当道,必致败亡之明证乎?而宋江等一百八人,或抱济世之才,或具万夫之雄,品性豪爽,志切报国,是皆宋季之善人也。设蔡京等,能进而用之,必且为国之干城,致生民于长治久安之域,顾宋江等仅欲为安分之良民,而不可得,必令贪官污吏,威迫势胁,驱之入水泊为盗而后已,宁不痛且惜哉。施耐庵《水浒传》,状一百八人,如生龙活虎,殆欲为善人吐其不平之气。读者誉之为奇书,且十九表同情于江等,是岂读者亦被同化而具盗性乎哉?良以鉴其为盗之苦衷,有非为盗而不可者,且江等之志,在济困扶危,锄暴安良,打尽人间不平事,又俨然有贤有司之风,故读《水浒》者,莫不爱江等之所为,而略其为盗之迹也。而蔡京等,名虽为官,实具盗性,宜乎人人斥之为恶也。惜耐庵写《水浒》,仅至梁山大聚会而止,读者于宋江等之为盗而终其身,又宁能免于悒悒不平哉?

今姜子所著之《中传》,即欲竟耐庵未竟之文,写宋江等之言行笑貌,宛然《前传》中所写者也;而其谋国之忠,服公之诚,赴义之勇,待人之厚,则胥非《前传》之所有矣。草莽英雄,一旦奋身青云,建功报国,大丈夫固不当如是耶。故本书之作,岂仅瘅恶扬善,而弥读者之缺憾,抑亦儆惕后人而勉之,共以国家为念也。余读其书,喜而不寐,中夜起坐,奋笔为之序。民国二十七年八月,程小青序。

序水浒中传文

蒋君毅

小说,小道也。然有诲淫诲盗坏人心术者,自当禁之、绝之、毁之、焚之,绝不容贻害于社会。至若教忠教义,立意正大,影响所及,足以移风易俗,有益于世道人心者,则尤欲其流传中外,力为倡导者矣。论我国之通俗小说,其佳者,必推《三国》《红楼》《西游》《水浒》四说部。凡读之者,莫不交口称誉。数百年来,无或异议,佳者自佳,有目共赏,而其描写之生动,尤推《水浒》为之冠。顾余之爱读《水浒》,则又别有在也。《水浒》为写宋江等迫而为盗之书,余观其宗旨,曰替天行道。夫天者,博爱之道也,天下万物,天莫不爱而生之,而赋于人者为独厚,然人有自弃于天者,乃作奸犯科,无恶不为,于是天必震怒,乃假手于忠义豪侠之士以惩之,此宋江等替天行道之本旨,亦犹宗教家之信仰上帝,入世救人,与魔鬼相奋斗,颇若暗合符节者也。虽然《水浒传》之写一百八人,仅至上梁山大聚会,戛然而止,使读之者,急欲观其下文,而耐庵不复写矣。然则宋江等替天行道之工作,果何在乎?凡读《水浒传》者,莫不人同此心,心同此理者也。

今本《传》之作,纯写宋江等替天行道之行为,身体力行,至死靡他,绘声绘形,呼之欲出。尤奇者,姜君之笔法,一如出之于《前传》,是以继续五才子一书,可云天衣无缝,非若《荡冠(当作寇)志》《征四冠(当作寇)》之谄媚异族、杂乱无章者之可比也。余三阅是稿,遂叹为施耐庵重生,五才子复出,诚一百读不厌之杰作,因乐而为之序。民国二十七年八月,武进蒋君毅序。

读水浒中传略述

姜起渭

小说之佳者,不诲淫诲盗,不坏人心术,事实前后贯串,描写入情入理,如山阴道上,应接不暇,引人入胜,百观不厌者,为上选。我国小说之堪当此者,除《三国》《水浒》少数外,允推此书。我友姜君,痛人心之不古,四维之不张,乃有此书之作。虽系表扬古人,实为劝导来者,殊有功世道之作。

此书上续《前传》,宋江等数十人,半生事业,尽在其中,读之但见忠义之气,浩然长存,写至沉痛处,读之泪下。书中除梁山原人外,如《前传》之高衙内、洪教头、张文远诸人,均在此书中结果,入情入理,悉依原人身份。尚有祝永清、陈丽卿等人,则由《荡寇志》借来。《荡寇志》写陈丽卿,几如妖魔化身,肉麻难堪,不复成为佳人。此书写来,恰到好处:陈丽卿先嫁了高衙内为妻,复与祝某私通,手弑其夫,与奸夫私奔苟英落草,结果降于宋部,同讨国贼。曲折写来,但觉其可爱,不见其可憎。自有奸夫淫妇以来,从无若是之惹人可喜者,的是妙文。书中开手就写《前传》卢俊义梦醒情景,与林冲谈梦间,随笔带出周侗一段小史,为后文计擒卢俊义张本。又如颜路子,无故到泰州,去视庞义不遇,接着便是如火如荼,一大段打擂台,似乎庞义一人,闻名不见面,毫无用处。岂知后来征辽时,有一篇好文字在于后。读者固不料庞义之大有用处也。他如李应轻轻一句闲话,引起一段如花如锦的比箭文字。诸如此类,不胜枚举。全书无一句空言,无一笔空笔,真是可喜。书中写梁山各好汉言行口吻,悉与《前传》无异。全书大小几十战,不论一拳一腿,一刀一枪,行兵布阵,攻城夺地,料敌用计,调兵遣将,千变万化,各极其妙,愈后愈奇,精采不穷,直无丝毫重复与雷同处。不让《前传》专美于前,异曲同工,奇妙极矣。此书自第一回一梦起,一路细细写来,恰似一根长线,贯串到底,有牵一发而动全身之妙。写至末回,以一忠臣尽节,一孝子奉母作结,其笔力直贯入《后传》第一回,真是好章法。此书不论写人、写物、写事、写景,无不惟妙惟肖,读之若身历其境。《前传》写两次大虫,此《传》也有二次,却与《前传》完全不同:《前传》都成死虎,此《传》,一次射虎,一次追虎,两次皆不曾死。由两虎身上生出无数奇文奇事,岂非绝妙好书。书中间有写情处,读之回肠荡气,入木三分。全书无一笔诲淫之处,尤为可贵。本书佳处,在于读之有令人爱不释手之妙。以上云云,略书大概,欲悉其如何,何佳处,则请细阅每回王介君评文,较为详尽也。

  今夫人心之死也久矣,利之所在,虽父母可卖焉,此为乱之萌,若不为遏之,设一旦有事,孰不可以为汉奸,敌可不费一兵一矢,而能亡我国,灭我族矣。爱国之士,能无忧乎?今阅此书,乃知姜君之苦心孤诣者,在乎正人心,遏乱萌,明种族,爱祖国,使人手一篇,能使有汉奸之心者,而肯为国死也。民国二十四年七月,姜起渭并序。

  说明:上序跋均出姜鸿飞著、王介评点,民国二十七年（1938）九月上海中国图书杂志公司出版之《水浒中传》卷首，转录自马蹄疾《水浒书录》。原本藏南京图书馆。上、下册，三十回。书接金本七十回本写起，末连陈忱《水浒后传》，故名曰《水浒中传》。

姜鸿飞，浙江馀姚人，活跃于20世纪30年至40年代的通俗小说家，除《水浒中传》外，还有《花丛艳侠》《花花豹》等。

程小青（1893—1976），原名程青心，又名程辉斋，中国现代侦探小说"第一人"，著有《江南燕》《珠项圈》《黄浦江中》等30馀部侦探小说。

蒋君毅、姜起渭待考。

水浒传新序

许啸天

小孩子"呱呱"一声，落下娘胎来，天便给他一份新产业；这新产业是什么？是"人权"。这"人权"是拿"公理"做库房，拿"知识"做锁钥，拿"正气"做保障；人人有这一份，人人应当保守他这一份，人人应当使用他这一份，人人不应当去劫夺别人的一份。

　　说虽如此，但是我们如今的一份产业，早已被大强盗跑来，抹煞了"公理"，打进了我的库房，闭塞了"知识"，抢去了我的锁钥，摧残了"正气"，破坏了我的保障。把我一份无上宝贵的"人权"，拿去践踏在他脚底下，永永不得翻身！——况且他劫夺去的，不只我一个人的一份；合千万年来亿兆京垓无量数人的无量数份，都践踏在他脚底下，永永不得翻身！那软弱的：被他闭塞了知识，认做他本来是没有产业的；只得忍气吞声，屈伏在他脚力下面，向那强盗哀求得他自己产业上剩下来的一滴水一粒米，去养活他的性命。那强项的：仗着他的"正气"，去向那强盗要回自己的一份财产来；那强盗非但一滴水一粒米也不肯给他吃，反说他是"大逆不道"，捉住了杀的杀，刮的刮。

　　这样蛮不讲理的，究竟是什么人？是：帝皇，贵族，军阀，官僚，土豪，资本家……以及那狐假虎威的奴才的奴才的奴才。——这句是石秀说的话我也学着说说吧了——这班蛮不讲理的人，不但是古代有，现在也有，不但是中国有，外国也有。——嫌专制帝皇不好，便改造做君主立宪，那贵族和官僚便独揽大权；嫌君主立宪不好，便改造做民主政体，——不行普选——那军阀和土豪便独揽大权；嫌中央集权不好，改造做联省自治，那军阀土豪、资本家便独揽大权。我们这一份天赋的产业，听他们夺来抢去，总没有归还我们的这一天！没有法想，便产生出一百单八个梁山好汉的索债团来。

《水浒传》是叙述这一百单八条好汉的事迹，他劈头便提出一个高俅，又说："去了毛傍添作人立。"他深恶痛嫉那官僚，咒诅到何等地步？再看白胜唱的歌道：

赤日炎炎似火烧，野田禾稻半枯焦。
农夫心内如汤煮，公子王孙把扇摇！

他词气里面深恶痛嫉那资本家——背面便是提倡劳工——咒诅到何等地步？再听阮小五唱的：

打鱼一世蓼儿洼，不种青苗不种麻。
酷吏赃官都杀尽，忠心报答赵官家！

他词气里面深恶痛疾那奴才的奴才的奴才，有如何的可咒诅？——末句的错误是被人闭塞了知识的一部分认做帝皇神圣也许当时官权重于皇权——"打鱼一世蓼儿洼"是表明他本是安居乐业的好百姓,后来被官家剥夺人权,受生活的排挤,逼上了梁山。是有何等委屈的苦衷?

照此说来,《水浒》一书,可以抵得一篇人民索债团的宣言书;足以代表一个时代的民意。再进一步说:这个"索回人权"四字,是千古不磨的民意,这部《水浒传》,也是千古不磨的人民宣言书。公理自在,正义长存。金圣叹说:"《水浒》和《史记》《国策》在文字上占有同等的席位",我说:"《水浒》自然力的感化,胜过卢骚《民约论》。——说的便是我们心理要说的话——我们应当好好的保存他,竭力的传播他给一班纯洁的学子,充作完善的教本。"

十二,四,十七。

说明:上序原出 1923 年 7 月《星光》第二期。转录自马蹄疾《水浒书录》。据马蹄疾说,群学社出版许啸天序本水浒七十回,民国十六年(1927)上海群学社出版,铅印。未见著录。民国十六年上海群学社出版《红楼梦》书末广告云:"《水浒》,七十回。卷首有许啸天先生的序文。"群学社版《水浒》余足遍南北，均未访获，不知藏于何处。唯许啸天《水浒新传序》却见于一九二三年七月上海《星光》杂志第二期。此书与《水浒传》完全不是一部书，之所以附录其叙等，只是为研究者研究《水浒》提供些资料。

　　许啸天(1886—1946)，名家恩，字泽斋，号啸天，浙江上虞(今绍兴市辖区)人。著有剧本《拿破仑》《明末遗恨》《黑籍冤奴》等，又有小说《清宫十三朝演义》《明宫十六朝演义》等。

三国演义

三国志通俗演义序

庸愚子

夫史,非独纪历代之事,盖欲昭往昔之盛衰,鉴君臣之善恶,载政事之得失,观人才之吉凶,知邦家之休戚,以至寒暑灾祥、褒贬予夺,无一而不笔之者,有义存焉。吾夫子因获麟而作《春秋》。《春秋》,鲁史也,孔子修之,至一字予者,褒之;否者,贬之。然一字之中,以见当时君臣父子之道,垂鉴后世,俾识某之善,某之恶,欲其劝惩警惧,不致有前车之覆。此孔子立万万世至公至正之大法,合天理,正彝伦,而乱臣贼子惧,故曰:"知我者其惟《春秋》乎?罪我者其惟《春秋》乎?"亦不得已也。孟子见梁惠王,言仁义而不言利;告时君,必称尧、舜、禹、汤;答时臣,必及伊、傅、周、召。至朱子《纲目》,亦由是也,岂徒纪历代之事而已乎?然史之文,理微义奥,不如此,乌可以昭后世?《语》云:"质胜文则野,文胜质则史。"此则史家秉笔之法,其于众人观之，亦尝病焉，故往往舍而不之顾者，由其不通乎众人。而历代之事，愈久愈失其传。前代尝以野史作为评话，令瞽者者演说，其间言辞鄙谬，又失之于野，士君子多厌之。

若东原罗贯中，以平阳陈寿《传》，考诸国史，自汉灵帝中平元年，终于晋太康元年之事，留心损益，目之曰:《三国志通俗演义》。文不甚深，言不甚俗，事纪其实，亦庶几乎史，盖欲读诵者，人人得而知之，若《诗》所谓里巷歌谣之义也。书成，士君子之好事者争相誊录，以便观览，则三国之盛衰治乱，人物之出处臧否，一开卷，千百载之事，豁然于心胸矣。其间亦未免一二过与不及，俯而就之，欲观者有所进益焉。予谓诵其诗，读其书，不识其人，可乎？读书例曰：若读到古人忠处，便思自己忠与不忠；孝处，便思自己孝与不孝。至于善恶可否，皆当如此，方是有益。若只读过而不身体力行，又未为读书也。

予尝读《三国志》，求其所以，殆由陈蕃、窦武，立朝未久，而不得行其志，卒为奸宄谋之。权柄日窃，渐浸炽盛，君子去之，小人附之，奸人乘之，当时国家纪纲法度,坏乱极矣。噫!可不痛惜乎?矧何进识见不远,致董卓乘衅而入,权移人主,流毒中外,自取灭亡,理所当然。曹瞒虽有远图,而志不在社稷,假忠欺世,卒为身谋,虽得之,必失之,万古奸贼,仅能逃其不杀而已,固不足论。孙权父子,虎视江东,固有取天下之志,而所用得人,又非老瞒可议。惟昭烈,汉室之胄,结义桃园,三顾草庐,君臣契合,辅成大业,亦理所当然。其最尚者,孔明之忠,昭如日星,古今仰之;而关、张之义,尤宜尚也。其他得失,彰彰可考。遗芳遗臭,在人贤与不贤;君子小人,义与利之间而已。观演义之君子,宜致思焉。弘治甲寅(七年)仲春几望,庸愚子拜书。

三国志通俗演义引

修髯子

客问于余曰:刘先主、曹操、孙权,各据汉地为三国,史已志其颠末,传世久矣,复有所谓《三国志通俗演义》者,不几近于赘乎?余曰:否。史氏所志,事详而文古,义微而旨深,非通儒夙学,展卷间,鲜不便思困睡。故好事者,以俗近语檃括成编,欲天下之人，入耳而通其事，因事而悟其义，因义而兴乎感，不待研精覃思，知正统必当扶，窃位必当诛，忠孝节义必当师，奸贪谀佞必当去。是是非非，了然于心目之下。裨益风教，广且大焉，何病其赘耶？客仰而大嘘曰：有是哉，子之不我诬也。是可谓羽翼信史而不违者矣。简帙浩瀚，善本甚艰，请寿诸梓，公之四方，可乎？余不揣谫劣，原作者之意，缀俚语四十韵于卷端，庶几歌咏而有所得欤。于戏，牛溲马勃，良医所珍，孰谓稗官小说，不足为世道重轻哉？

今古兴亡数本天，就中人事亦堪怜。欲知三国苍生苦，请听通俗演义篇。忠烈赤心扶正统，奸回白首弄威权。须知善恶当师戒，遗臭流芳亿万年。献帝仁柔汉祚衰，十常侍启衅端开。董卓妄意窥神器，何进无谋种祸胎。渤海会兵昭日月，桃园歃血动风雷。可怜多少英雄计，不及貂蝉口舌才。曹操奸雄世无比，号令诸侯挟天子。天子心知诛不得，泣召董承受密旨。口血未干机先泄，国母元臣事束手死。幸尔玄德奔彭城，豪杰云从期雪耻。袁绍当年亦汉臣,井蛙岂识海中鳞。不有关张龙虎将,皇孙颠沛更难论。明良遭际真奇特,三顾草庐不厌频。卧龙突起甘霖溥,恢复规模次第陈。孙权父子据江东,观望中原事战攻。谋士似云翻白黑,长江如练列艨艟。火炎赤壁阿瞒遁,襁入荆门大耳穷。假使真心匡汉室,何劳数计灭刘公？天相刘公讵可灭,万死一生堪哽咽。九犯中原伟丈夫,七擒酋首真英特。枭獍谁能继汉高？犹豫未蹀奸贼血。军师大志不曾伸,仅创三川两世业。沛公百战定乾坤,司马何人敢并吞？试看北面事仇者,汉国臣寮旧子孙。天理民彝荡扫地,鼎味争如蕨味馨？志士仁人空抱恨,几番血泪渍衣痕。人言三国多才俊,我独沉吟未深信。鹰犬骞腾麟凤孤,四海徒令蹈白刃。天假数年寿孔明,山河未必轻归晋。此编非直口耳资,万古纲常期复振。

嘉靖壬午孟夏吉望,关中修髯子书于居易草亭。

说明：上序、引均录均自明嘉靖间刊《三国志通俗演义》本卷首。此本原藏上海图书馆。未见内封。首《三国志通俗演义序》，尾署"弘治甲寅仲春几望，庸愚子拜书"，有"金华蒋氏""大器"阳文钤各一方。次《三国志通俗演义引》，尾署"嘉靖壬午孟夏吉望，关中修髯子书于居易草亭"，有"尚德""小书庄""关西张孚词翰之记"阳文钤各一方。次"三国志宗僚"。正文第一叶卷端题"三国志通俗演义卷之一　晋平阳侯陈寿史传　后学罗本贯中编次"，半叶九行，行十七字。版心黑口，双鱼尾下镌"三国志卷×"并叶次。另周曰校刊行本亦有上引和叙。惟《引》署之后有"万历辛卯季冬吉望刊于万卷楼"字样。正文卷端则镌"新刊校正古本大字音释三国志通俗演义卷之一　晋平阳侯陈寿史传　后学罗本贯中编次　明书林周曰校刊行"。

愚庸子，据刊本序后的"金华蒋氏""大器"阳文钤，知其为蒋大器，金华人。

修髯子，据刊本序后"尚德""小书庄""关西张孚词翰之记"，知其姓张，名孚，字尚德（萧按：或谓"孚"系"子"字，则其姓张名尚德），关西人。又《诗韵释义》一书题"关西修髯子撰"，有明郭勋刻本，或系一人。《春明馀梦录》载《诗韵释义》二本一百五十八叶,《明宫史》亦载《诗韵释义》计二本一百五十八页。

三国志传加像序

元峰子

三国志,志三国也。传,传其志,而像,像其传也。三国者何？汉、魏、吴也。志者何？述其事以为劝戒也。传者何？易其辞以期遍悟。而像者何？状其迹而欲尽观也。盖自黄帝王之既远,道德功之既微,为伯为夷之相接踵,尚力尚诈之相比肩,而所谓纲常伦理、民彝物则者,殆将荡然于天下也。是故陈寿取秦鹿失之之后,汉鼎沸之之馀,刘备之仁勇,曹操之奸雄,孙权之僭乱,其间行事之或善或恶,或邪或正,或是或非,或得或失,将以为劝,将以为戒;而罗贯中氏则又虑史笔之艰深,难于庸常之通晓,而作为传记;书林叶静轩子又虑阅者之厌怠,鲜于首末之尽详而加以图像,又得乃中郎翁叶苍溪者,聪明巧思,镌而成之。而天下之人,因像以详传,因传以通志,而以劝以戒。是不必《易》之吉凶之明,《书》之政事之道,《诗》之性情之理,《春秋》

褒贬之定，《礼记》节文之谨，而黎民之于变，四方之风动，万国之咸宁，兆民之允殖，四海之永清，万一其可致也。厥书之功，顾不伟哉？时嘉靖二十七年，岁次戊申春正月下浣之吉，钟陵元峰子书序毕。

静轩先生叹曰：

光武中兴兴汉世，上下相承十二帝。桓灵无道宗社堕，阉官擅权为叔季。无谋何进作三公，欲除社鼠招奸雄。豺獭虽驱狼虎入，董家逆竖生淫凶。王允赤心托红粉，致令董吕成矛盾。渠魁殄灭天下宁，谁知李郭心怀愤。神州荆棘争奈何，六宫饥馑愁干戈。人心既离天命去，三雄割据分山河。后王观此存兢业，莫把金瓯等闲缺。生灵靡烂肝脑消，剩水残凶多怨血。

又有叹曰：

我观遗史不胜悲，今古茫茫叹黍离。人君当守包桑戒，太阿谨执全纲维。一从混沌分天地，清浊剖辟阴阳气。开天立教治乾坤，伏羲神农与黄帝。少昊颛顼及高辛，唐尧虞舜相传继。夏禹治水定中华，殷汤去网行仁义。成周历代八百年，战国纵横分十二。七雄干戟乱如麻，始皇一统才三世。高祖谈笑入咸阳，平秦灭楚登龙位。惠帝懦弱吕后权，文景无为天下治。聪明汉武学神仙，昭帝芳年弃尘世。霍光废立昌邑王，孝宣登基喜宁谧。元帝成帝孝哀帝，王莽篡夺朝廷废。大哉光武后中兴，明章二帝合天意。和殇安顺幸清平，冲质两朝皆早逝。汉家气数至桓灵，炎炎红日将西坠。献帝迁都社稷危，鼎足初分天地碎。曹刘孙号魏蜀吴，万古流传三国志。

说明：上序录自叶逢春本《新刊通俗演义三国志史传》。首《三国志传加像序》，尾署"时嘉靖二十七年岁次戊申春正月下浣之吉钟陵元峰子书序毕"，次"新刊按鉴汉谱三国志传绘像足本大全目录"，凡十卷二百四十则。又有"三国君臣姓氏附录"、周静轩诗。正文第一叶卷端题"新刊通俗演义三国志史传卷之一　东原罗本贯中编次　书林苍溪叶逢春彩像"，上图下文，文本半叶十六行，行二十字，图两旁有题。原本藏西班牙爱思哥利亚王室图书馆，缺卷十。有日本关西大学出版部1998年井上泰山编《三国志通俗演义史传》影印本，2009年8月北京图书馆出版社本，2009年10月上海古籍出版社本。

钟陵元峰子、叶苍溪待考。

周静轩，名周礼，字德恭，号静轩。弱冠补邑弟子员。后累科不第，隐居护国山，以著述为业。所著有《通鉴外纪论断》《朱子纲目折衷》《续编纲目发明》，此外有《训蒙史喻》《通鉴笔记》《秉烛清谈》《剪灯馀话》《湖海奇闻》《警心崇说》《读史诗集》《北游史稿》等书，皆传于世。学者称静轩先生（详《馀杭县志》）。

（全像评林三国志传识语）

余象斗

《三国》一书，坊间刊刻较多，差讹错简无数。本堂素知厥弊，更请名家校正润色批点，以便海内一览。买者须要认献帝即位为记。余象斗识。

题全像评林三国志传叙

余象乌

太上尚德，其次尚智，不得已而勇尚（萧按：或"尚勇"之误）焉。时至三国，去三代远矣。虽有王佐，不遇文王，礼乐安施？桀纣在侧，干戈安偃？噫！陈寿氏志三国，宁非悼时隐德尚力之录云哉！予阅其《志》，始汉献帝，终晋司马，其中侵掠攻伐，殆无虚日，孟氏所谓"无义战"者，此矣。然而"彼言（善？）于此，则有之"，若昭烈，当流离困苦，信义愈明，郡民溢美之如归市；孔明，当出师讨贼，秋毫无犯，百姓安堵，庶几王者师矣。以地言之，曹魏据北十之七；东吴据江，奄有东南；汉抚巴蜀，偏安一隅。然以素王《春秋》推之，紫阳氏《纲目》论之，昭烈当承正统，魏晋孙吴，汉之贼也。德无足论矣，以言乎智，稽"流马""八阵图"，上智也；若奸伪窃据，私智也。以勇言之，起黄忠、释严颜，义勇也；若掩袭，妇勇也。读是《志》者，详审其智勇，辨别其人品，上智者优之，大勇者取之，至于私智、妇勇，劣而鄙之，则识见日扩，智勇日充，吾其肩轨轶驾矣。先儒谓《春秋》者，史外传心之要典，而曰《三国志》

者,史外记事之要书也。予是为之序。万历岁在壬辰(二十年)春月清明后三日,仰止余象乌谨撰。

三国辩

坊间所梓《三国》,何止数十家矣,全像者止刘、郑、熊、黄四姓;宗文堂人物丑陋,字亦差讹,久不行矣;种德堂其书板欠陋,字亦不好;仁和堂纸板虽新,内则人名诗词去其一分;惟爱日堂者,其板虽无差讹,士子观之乐然,今板已朦,不便其览矣。本堂以诸名公批评圈点,校正无差,人物字画,各无省陋,以便海内士子览之。下顾者可认双峰堂为记。

说明:上三则录自双峰堂本《音释补遗按鉴演义全像批评三国志传》。此本内封上镌"桂云馆余文台新绣""谨依古板""校正无讹""按鉴批点演义""全像三国评林",中有识语,署"余象斗识",首《题全像评林三国志传叙》,尾署"万历岁在壬辰春月清明后三日,仰止余象乌谨撰"。次有《三国辩》。

余象乌,郑振铎谓:"所谓双峰堂指的是兄弟二人,一名余象乌,字仰止;一名余象斗,字文台。均是双峰堂书铺的主人。"又或以为余象斗,字仰止(一说名文台,字象斗),号三台山人,又名余世腾、余君召、余文台、余象乌等,福建建阳人。

序三国志传

李祥

语曰:"前事之不忘,后事之师也。"余观炎祚之季,三强鼎峙,英雄迭出,然吴、魏僭窃,竟不能与蜀共居正统,固知神器有主,不可以智力奸也。至若毅然不拔,关将永为称首;而托孤寄命,矢志靡贰,孔明又何忠贞乎?试读《出师》二表,令千载而下慷慨激烈,宁非扶纲植常之一大枢哉!余故重订其传,以言弁其额云。岁在屠维季冬日,清澜居士李祥题于东壁。

说明:上序录自乔山堂本《新锲全像大字通俗演义三国志传》。原本藏日本天理大学图书馆。全国图书馆文献缩微复制中心《三国志演义古版五种》中收该书,有胶片行世。此本内封上镌"乔山堂梓",下双行题"镌图像三国志",于"镌图像三国志"中间刻"刘龙田梓"四小字。正文卷端题"新锓全像大字通俗演义三国志传"。书末有"明书林刘龙田梓行"字样。中华书局《古本小说从刊》第20辑收此书的另一个本子,内封上端为桃园三结义图,下分题"全像英雄三国志传""笈邮斋藏板",卷一至卷三、卷七、十一、卷十七署"书林乔山堂"。书末则有"闽书林笈邮斋梓行"牌记。似系乔山堂本的重印本。

据刘军杰《刘龙田本〈三国志演义〉刊刻时间考》载,此书刻于万历三十七年。

刘龙田,名大易,字燨文,号龙田。建阳崇化刻书家。

三国志叙

博古生

圣主当阳,群邪屏息,大权一统,孰敢窥中原而问鼎也?代至三国,非称鼎□□耶?其间谋臣如云,猛士如□,□□□□之师,交相争雄竞长,□□□□□□□天厌权奸,眷命有道,□□□□□□统,虽然草庐三□□□□□□□□莫逆,决胜于千里之外,功岂微哉?是以志三国者,志其忠肝义胆,昭昭揭日月而行中天也。第坊刻不遵原本,妄为增损者有之;不详考核,字至鱼鲁者有之。予阅是传,校阅不紊,剖劂极工,庶不失本志原来面目,实足开斯世聋瞽心花。癸亥春正月,山人博古生题。

说明:上序录自《新刻考订按鉴通俗演义全像三国志传》卷首,明天启间闽芝城潭邑黄正甫刊本。此本藏国家图书馆。

博古生,真实身份、生平事迹待考。

三国志史传小引

玉屏山人

时至三国,说者谓乾坤一大变,果然耶?不耶?予谓运当汉末,火德犹存也。英豪辈出,群雄争峙。譬如山之若邓林,水之若巨海,凡百奇品,匪不毕具。何者?天地之异禀,凝为山珍海错;山川之秀气,萃为长才异能,此古今之常理,世数之迭邅,人乌得以变而目之?虽然,三国之人品,智术之妍媸,陈君述之详矣,且炳若日星矣,予不必喋喋。予第以陈君之沉酣岁月，刻苦披肝，中间若隐若显，若讽若刺，且又如怨如慕，如泣如怜者，一段不朽真精神，略表而出之，使千载下不可谓无知心云。说者幸毋以变而忽之。玉屏山人如见子撰。

说明：上引出自《新刻音释旁训评林演义三国志史传》卷首，明王泗源补刻朱鼎臣刊本。此本内封由右向左分题"毛声山先生原本""绣像三国志传""宝华楼藏板"，但正文版心卷六第三十七、三十八叶镌"二酉堂"，可见此非"宝华楼"初刻，而是原有版在。正文卷端题"新刻按鉴演义京本三国英雄志传"，"晋平阳陈寿志传　元东原罗贵志演义"。"罗贵志"当为"罗贯中"之误。版心镌"三国志"。

另在友人周汉处见一残本，系周邨先生旧藏。序缺第一页正面，《引》文自"虽然，三国之"起，文字与上所录全同，惟署"玉屏山人撰"，无"如见子"三字。

序批评三国志通俗演义

秃子

此《批评三国志通俗演义》也。曷为演义？见上陈寿《三国志》有辨也。而以通俗名者何？见议论妆点，颛为世俗设也。为世俗设，其优劣是非，不可准也，批评之者何？再与世俗增一番鼓吹也。夫俗，雅士方将扫除之，而反鼓吹之何耶？沈幼宰曰：天地间莫便于俗，莫不便于不俗。不俗，则孤孑而无徒；俗，则和同而易与。状貌俗，观者以为有皮焉；议论俗，听者以为有识焉；肠胃俗，窥者以为有养焉；摘词而俗，取青紫如拾芥；治家而俗，积藏谷如聚尘；居官而俗，名不挂于弹章；居乡而俗，宣庙一块生猪肉，死去受享；器具而俗，适市者翘值以售；燕会而俗，设糖饼五牲，唱弋阳四平腔，戏宾以为敬；园圃而俗，卉木比偶，石狮瓦兽，松塔柏球，游人解颐，叹未曾有；写字而俗，姜立纲法帖，一熟胥史衙门；作画而俗，汪海云、张平山等笔，肉眼珍收，重于石田、伯虎。识得此意，便知《批评三国志通俗演义》矣。然则昔年吴门所行一本，较此孰居真赝？曰：昔年之本，香山之黄苦地；今日之本，亦青莲之李赤也。若在雅士,又曰俗子俗子矣。第亦渠孤子无徒为可哭耳。一笑。秃子撰,长洲文葆光书。

三国志演义序

缪尊素

昔之读史者,每致憾于昭烈未竟其业,武侯未尽其用。不知昭烈以赤手起家,实与高祖同。当时与高祖为敌者,不过一项羽徒勇之夫耳,且有留侯、酂侯、淮阴诸人为之助。若昭烈,止武侯一人,而曹瞒又岂项羽之匹乎?若是而功成鼎足,声施至今,此其功不特在高祖之上,即较之汤、武,亦有难易之分,不必更为两公致憾也。余所憾于两公者,反不在此。吕布一无赖匹夫,然有诛董卓之功,便当十世宥之。况布既能诛卓,亦必能诛操,借之为用,事在反掌,昭烈思未及此乎?若夫武侯之才,非死于周瑜者也;而周瑜之才,实能制曹瞒者也。赤壁一战,胆气已裂。倘使周瑜得尽其才,而武侯阴为之辅,曹瞒即奸雄,未必骄横至此!"既生瑜,何生亮?"武侯倘闻此言,得无有悔其太骤者耶?此议从来未剖,世人瞆瞆,都不足与语,今请以质之两公。

江上缪尊素漫志。

读三国史答问

关云长

客问:"云长先生,其英灵至今日更著,受知明主,屡加褒封,为王为帝,且为天尊,眷注正未艾也,而华夷人心,无不以为快,何所修而得此耶?"答曰:"余且不论今日,即以当年论之。曹瞒,奸人之尤也,因公解围白马,封为汉寿亭侯,礼之甚厚,反以其不忘刘将军而义之,及其去,左右欲追之,乃曰:'彼各为其主,勿追也。'是当日奸瞒之心,已为先生忠义所摄,而今日秉彝之心,更可知已。其馀,大则如却婚东吴,小则如刮骨谈笑,读之凛凛有生气。如此等人,宁不为今古华夷所崇事也耶?"

又问:"先生古今伟人,何不能相忘马孟起耶?"曰:"此则先生更有深意,不可与浅者道也。孟起来降,其心未测,不先有以弹压之,反复未可知也。惟孔明深谅先生之心,乃答书曰:'孟起兼资文武,雄烈过人,一世之杰,黥彭之徒,当与益德并驱争先,犹未及髯之绝伦逸群也。'得此，则孟起野心自化，毋复他虑，故先生省书大悦，以示宾客。浅者不知，几以先生得胜孟起一筹也。夫先生岂喜胜孟起一筹者耶？"

又问："先生以故人宽徐晃，临阵共语，但说平生，不及军事，须臾，晃下马，宣令得关云长头，赏金千斤，先生始惊怖，谓晃曰：'大兄是何言耶？何不长于料人，为小人所溷，以致临沮之变耶？'"曰："此自小人负先生，先生不失为长者。今故以万代之瞻仰偿之。然则小人亦何尝负先生也耶？此政足以见先生之仁不足以没先生之智也。"

张益德

客问："人言莽张飞，益德果莽否？"答曰："此言冤也。勿论其他，即待严颜一事，当益德生获颜，益德呵颜曰：'大将至，何以不降，而敢拒战？'颜曰：'卿等无状，侵夺我州，我州但有断头将军，无有降将军也。'益德怒，令左右牵去斫头，颜色不变曰：'斫头便斫头，何为怒耶？'益德壮而释之，引为宾客。服善如此，乃称莽耶？今人遇人品敌己者，百方妒嫉之，必欲置之死而后已，是真莽耳。即使深情厚貌,恂恂若女子者,然亦终不能脱一莽字也。"

又问:"云长善待卒伍,而骄于士大夫;飞爱敬君子,而不恤小人。孰为优劣?"曰:"史原说云长骄于士大夫,不说骄于贤士大夫。若士大夫不贤,与小人等耳,何足恤哉?独真正无知小人,反宣怜恤。善乎,玄德戒益德之言曰:'卿刑杀既过差,又日鞭挝健儿,而令在左右,此取祸之道也。'言至此,汗淫淫下矣。语曰:'奴仆无智,从容调理;他若有智,不服事你。'至哉言也!不独为驭下箴规,抑且为取祸药石。"

赵云

客问:"子龙,先主称曰:'子龙一身都是胆。'全以胆胜乎?"答曰:"还是识胜,非胆胜也。盖胆从识生,无识而有胆,妄耳!狂耳!非胆也。何以见子龙之识?如赵范寡嫂,殊色也,无识者谁不贪之?云曰:'范迫降耳,心未可测,天下女不少。'遂不取。及成都既定,时议欲以成都中屋舍与城外园地桑田,分赐诸将。云驳之曰:'霍去病以匈奴未灭,无用家为。今国贼非但匈奴,未可求安也。须天下都定,各反桑梓,归耕本土,乃其宜耳。益州人民,初罢兵革，田宅皆可归还，令安居复业，然后可役调得其欢心。'又昭烈欲讨权，云谏曰：'国贼是曹操，非孙权也，且先灭魏，则吴自服。操身虽毙，子丕篡盗，当因众心，早图关中，居河渭上流，以讨凶逆，关东义士，必裹粮策马以迎王师。不应置魏，先与吴战。兵势一交，不得卒解也。'又箕谷之役，云有军资馀绢，丞相使分赐将士，云曰：'军事无利，何为有赐？其物请悉入赤岸府库，须十月为冬赐。'此皆卓识，非寻常将军所能及也。至其勒兵截江，得还后主，并当阳之役，义贯金石，谥曰'顺平'，岂溢美哉？"

或问："子龙严重，昭烈特使任掌内事，孙夫人骄豪，不至大肆。且当阳长阪，保护甘夫人以得无恙，后主两番失所，俱得子龙抱持。若子龙者，真可托妻寄子之人也。"答曰："亦其赵嫂一事，有以感动先主，故信心不疑，得臻大美。噫！丈夫何可为尤色所压哉？子龙真吾师也。"

三杰

客曰："汉世有两'三杰'，知之乎？"答曰："前汉三杰：留侯、酂侯、淮阴侯也。人皆知之。季汉三杰:其云长、孔明、益德乎?"曰:"何以券之?"曰:"傅子曰:'初刘玄德袭蜀,丞相掾赵戬曰:"刘备其不济乎?拙于用兵,每战必败,奔亡不暇,何以图人?蜀虽小区,险固四塞,独守之国,难卒并也。"征士傅干曰:"刘备宽仁有度,能得人死力。诸葛亮达治知变,正而有谋,而为之相;张飞、关羽,勇而有义,皆万人敌,而为之将:此三人者,皆人杰也,以备之略,三杰佐之,何为不济也?"'此季汉三杰之券也。"

玄德先生

客曰:"季汉又有一玄德,知之乎?"答曰:"莫非法孝直之祖与?孝直祖父名真,字高卿,少明五经,兼通谶纬,学无常师,名有高才,常幅巾见扶风守。守曰:'哀公虽不肖,犹臣仲尼,柳下惠不去父母之邦,欲相屈为功曹,何如?'真曰:'以明府见待有礼,故四时朝觐;若欲吏使之,真将在北山之北,南山之南矣。'守遂不敢以为吏。前后征辟,皆不就,友人郭正美之,号曰'玄德先生'。又一玄德,其真乎?"

王允

客问王司徒。答曰:"司徒为人,前后两截:前半截可师,后半截可鉴也。"客曰:"何也?"曰:"当其深心欲图董卓,结内董卓,折节吕布,故董卓留洛阳时,朝政大小,悉委之于允。允矫情屈意,每相承附,卓亦推心,不生乖疑,故得扶持王室于危乱之中,臣主内外,莫不倚恃焉。及卓还长安,录入关之功,封允为温侯,食邑五千户,固让不受。士孙瑞说允曰:'夫执谦守约,存乎其时。公与董太师并位俱封,而独崇高节,岂和光之道耶?'允纳其言,乃受二千户。此真待小人之法也,可师也。卓既歼灭,自谓无复患难,遂以剑客遇布。及在际会,每乏温润之色;伏正持重,不循权宜之计。布劝其赦卓部曲,以卓财物班赐公卿将校,允都不从。由此,布不相平,群下不甚附之,终致李傕、郭汜之祸,可鉴也。"

孔融

客问孔文举。答曰:"少为蚤慧,中多石画,不愧尼山滴血,不暇具悉。独其闻人之善,若出诸己,言有可采,必演而成之;面告其短,而退称所长。荐达贤士,多所奖进,知而未言,以为己过。如此肺肝,非圣人耶?今人闻人之善,若己之失;隐善扬恶,面是背非;妒贤嫉能,损毁名德,何可比拟?相去岂止非想非非想、天与无间地狱也哉？独其言语戏谑，以致取祸。如谓'父之于子，当有何亲？论其本意，实为情欲发耳。子之于母，亦复奚为？譬如寄物瓶中，出则离矣'，此等言语，有损风化，杀身之惨，其在斯耶？近无文举之盛美，而有其谑者，为俚诗曰：'人人教我养爹娘，不养爹娘也无妨。当时养儿非为我，教他两个自思量。'如此言语，即在本人，上何以对其父母，下何以对其妻孥也耶？危矣，危矣！"

庞统

客问："庞士元何如人？"答曰："勿论其他，即其为功曹时，性好人伦，勤于长养，每所称述，多过其材，时人怪而问之，统答曰：'当今天下大乱，雅道陵迟，善人少而恶人多，方欲兴风俗，长道业，不美其谭，即声名不足慕企，不足慕企而为善者，少矣。今拔十失五，犹得其半，而可以崇迈世教，使有志者自励，不亦可乎？'此何等识见，何等肺肠！比今人妒人已成之善，败人已著之名者，岂止犬羊之于佛祖也哉？呜呼！"

或问士元、孔明优劣。答曰："但看士元劝昭烈取益州事，的是大有胆略，大有手策之人，与孔明亦兄弟间也。独孔明与昭烈计议，事事迫而后起，必为昭烈所先，而后应之。士元则不免先昭烈耳，盖养不足也。今人凡为福先祸始者，亦坐此云。"

魏延

客问："魏文长何如人？"曰："昭烈为汉中王，迁治成都，当得重将以镇汉川。昭烈不以属翼德而以属文长，昭烈知文长也。文长当群臣大会，对昭烈曰：'若曹操举天下而来，请为大王拒之；偏将十万之众至，请为大王吞之。'此实量己量力之言，非谬为壮语也。及与丞相亮议取夏侯楙，乃曰：'楙少，主婿也，怯而无谋。今假延精兵五千，负粮五千，直从褒中出，循秦岭而东，当子午而北，不过十日，可到长安。楙闻延奄至，必乘船逃走，长安中惟有御史京兆太守耳。横门邸阁与散民之谷，足周食也。比东方相合聚，尚二十许日，而公从斜谷来，必足以达。如此，则一举而咸阳以西可定矣。'此亦善策，亮不能用。延常谓亮为怯，叹憾己才用之不尽，亦豪杰不遇知己，愤激之常云耳。卒以矜高，为杨仪所冤，梦角而死。噫！头上用刀，竟为凶兆。呜呼哀哉！"

姜维

客问："姜伯约何如孔明？"答曰："又一孔明也。即孔明亦称之曰：'姜伯约忠勤时事，思虑精密。考其所有，永南、季常诸人不如也。其人，凉州上士也。'便可知其人已。其最不可及者，志图恢复，念念不已。当其被后主敕令，方始投戈放甲。及钟会曰：'来何迟也？'伯约正色流涕曰：'今日见此为速矣。'忠义感愤，隐跃言外。以此与会相得，构成扰乱，以图克复，密书与后主曰：'愿陛下忍数日之辱，臣欲使社稷危而复安，日月幽而复明。'此何等忠义也！谓非孔明之流亚与？"客曰："然则前何以去天水也？"曰："此乃天水去伯约，非伯约去天水也。"

祢衡

客问："读《四声猿》，乃知祢正平虽屈于生前，实伸于死后。"答曰："非也。此徐文长自寓托言耳，非有实绩可信。如正平者，真后世文士之戒也。据其讥弹陈长文、司马伯达曰'屠沽儿'；于荀文若、赵稚长曰'借面吊丧'、曰'监厨请客'；于祖道诸人曰

'冢'曰'尸';于黄祖太守曰'死公云等道'。勃虐无礼，一狂生耳，身首异处，亦自取也。然曹瞒不杀，送之刘表；刘表不杀，送之黄祖，非徒以其虚名，实有足以致名处。目所一见，辄诵于口；耳所瞥闻，不忘于心；飞辩骋词，溢气坌涌；解疑释结，临敌有馀。如荆州章奏，须臾立成，辞亦可观；江夏书记，轻重疏密，各得体宜。一览蔡邕碑文，书出不差一字。揽笔直赋鹦鹉，文成略无加点。委有过人之资，绝世之慧，犹以狂悖杀身。况今之文人，眼不识丁，胸无半墨；转笔如山，遣词似石。咿唔半世，不成一文；思索十年，竟无半句。犹欲为正平勃虐耶？吾恐黄太守主簿，亦不肯杀之矣。何也？有辱此刃故也。呵呵！"

马谡

客问："马幼常毕竟何如人？"答曰："孔明深加器异，亦非漫然。先主以为言过其实，亦有见之言也。独街亭之役，余反有憾于孔明。何也？当其下狱，于时十万之众为之垂泣，是岂易得者哉？且其书词哀楚，自是贤者。善乎蒋琬之言曰：'楚杀得臣，然后文公喜。'可知也。天下未定，而戮智计之士，岂不惜乎？时有李邈，亦谏亮曰：'秦赦孟明，用伯西戎；楚诛子玉，二世不兢。'此时孔明从之，许其立功赎罪，吾无恨也。"客曰："即留之，言过其实之人，何能立功也？"答曰："是何言与？夫用兵之道，攻心为上，攻城为下，心战为上，兵战为下。孔明得此，以服南方。如幼常者，不足参末议耶？若所云言过其实，亦与今之无实而高谈者有间也。"

刘巴

客问："刘子初固非俗士，独张翼德尝就子初宿，子初不与语，翼德忿恚。孔明谓子初曰：'翼德虽实武人，敬慕足下。主公今方收拾文武，以定大事，足下虽天素高亮，宜少降意。'子初曰：'大丈夫处世，当交四海英雄，如何与兵子共语？'玄德闻之，怒曰：'子初才智绝人，如孤可任用之；非孤者，难独任也。'而吴张昭，亦对孙仲谋论子初褊陋，不当拒翼德太甚。仲谋谓：'若令子初随世沉浮，容悦玄德，交非其人，何足称为高士乎？'何孔明、玄德、张昭、孙权持论之不同也？"答曰："孔明、张昭，老成有见之言；玄德、孙权，英雄欺人之语。幸翼德能容之耳。不然子初瘦骨，能饱翼德老拳乎？夫子初已矣,若今世有子初之褊陋,而无子初之才智者,堪为兵子之奴否也?"

许慈、胡潜

许慈,字仁笃。胡潜,字公兴。客问:"亦知二人笑话乎?"答曰:"此可为今日俗儒影子也。昔昭烈定蜀,慈、潜并为学士。二人更相克伐,谤讟忿争,形于声色;书籍有无,不相通借,时寻楚挞,以相震攇。其矜己妒彼,乃至于此!昭烈愍其若斯,群僚大会,使倡家假为二子之容,仿其讼阋之状,洒酣乐作,以为嬉戏。初以辞义相难,终以刀杖相屈,用感切之。噫!昭烈真圣主也!此俗儒,不寸断之以为马料,犹然欲感悟之,非大圣人不能也。虽然,即用为马料,其如马不食何?由此言之,昭烈非爱二子也,爱马也。一笑,一笑。"

说明:上序录自该书之明建阳吴观明刊本《李卓吾批评三国志通俗演义》。原本藏日本蓬左文库、静嘉堂文库、北京大学图书馆(残)。此本首册为图像,凡一百二十叶;第二册有内封,上有识语,次《序批评三国志通俗演义》,尾署"秃子撰""长洲文葆光书""建阳吴观明刻"。次,缪尊素《三国演义序》、愚庸子《三国志序》《读三志国答问》《三国志宗寮姓氏》《三国志目录》。正文第一叶卷端题"李卓吾先生批评三国志卷之一"。半叶十行，行二十二字，有眉批、总评。台湾天一出版社影印行世。

文葆光，号停云，长洲人（今江苏苏州），嘉祐四年己亥（1059）进士，能书。文同子，文徵明六世孙。

缪尊素，明末江阴人，生有异才，以诗文名噪江南，为明末江阴著名的江上九子社成员。

书富春东观山汉前将军
壮缪关侯祠壁

戴易

富春据钱塘上游，形胜甲于两浙。丧乱以来，尽罹兵燹。即万仞宫墙，鞠为茂草，徐可识矣。侯祠在此山之麓，灵光独存，其足慑贼人之胆如此！今移葺绝巘，江山秀绕，较昔增胜，而畏威怀德，千百年下，罔不率从，固宜曹瞒当日震叠我侯，礼敬有加，而欲生致而为彼辅也，以视权之欲杀我侯者，高一等矣。呜呼！亦岂知我侯之心哉！自夫赤运渐灰，人思问鼎，曹操据有中原，江东分割孙氏。豫州帝室之胄，崎岖跋涉，欲燃火德于既烬，而贩履贱夫，微侯早从臣事，经营草昧于百战之馀，不阶尺土，即荆州一起，能晏然而定乎？当操之东下也，势无权，追见舟楫器仗，军伍整肃，而叹景升豚犬，孰如仲谋，见亦陋矣。沛公天授，建武亦自有真，天下英雄，畴复如吾豫州之得正哉！侯独明于春秋之义，前千古，后万年，薄海内外，此其所以俎豆不衰也。或以据婚为太甚，夫汉家四百年正统相承，封疆大帅，间于魏、吴之二逆，方期灭此而朝食，以报主上知遇之隆，而权不反正，欲缔孔云之谊，犬子则诚犬子也。其辞严，其义正矣，况春秋之例，大夫无境外之交乎？若权之妹其已事，又无足论也。厥后伏兵艨艟，堕彼诡谋，鞠躬尽瘁，死而后已，其先诸葛而矢之者，昭日月而壮河山，夫岂历代死事诸臣所能几及哉？迄于今，彼汉贼之号徒存，而举世之雄安在？富春为权之故里，郡窃东安，赤乌大帝，僭逼乘舆。自坚至皓，几及百年。相传其祖墓为天子冈，岂知百代之下，东观山椒侯之庙岿然在焉，而所称天子冈者，方且与众山培嵝臣仆，拜服之不遑，奸雄魂魄，其能共庙食而争此一块土乎？少陵之诗曰:"江流石不转,遗恨失吞吴",侯之灵不吞于一时,而吞于万世,其亦可以少慰矣。山旧有子陵先生祠,毁于屯戍,遗像今袝庙中。夫子陵,布衣耳,桐江一丝,系汉九鼎,锦峰绣岭之下,祀祠尤严。甚矣,志节之足系人思也!予于庚戌二月肃谒侯祠,口占联句:

志未遂吞吴,遗庙空山,为问孙郎今在否?
义皆当汉事,钓台烟水,相呼严子好归来。

侯之心固如是也。假令仲谋当日席父兄之势,体率土之忠,与我侯比肩,戮力北伐曹瞒,共奖王室,百世而降,即声灵赫耀不逮我侯,而此邦之人,维桑与梓,安知不以祀我侯者俎豆其间也?乃计不出此,卒至配食逊严陵之匹夫,恶名浮僭魏之乱贼,不亦深可惜哉!权若有知,闻予言,当自悔噬脐,其何及也。观山据富春江口,为闽粤孔道,出没云烟,帆樯络绎。瞻精灵之如在,念大义之当明,则入庙思敬,归有馀师矣。嗟嗟!女墙衰草,上覆黄云。客路寒飚,斜飞白雁。听鸣茄之呜咽,望江水兮苍茫。百端交集,亦复谁能堪此?世不乏行迈之子,能无有感于斯文?康熙丁卯仲夏,山阴戴易南枝氏。

　　说明：上戴易南枝氏文录自吴郡绿荫堂刊本《李卓吾先生批评三国志》。此本有内封。首缪尊素序、次上文、次人物表，复次目录。每回均有图像。缺六十回至六十六回。原本藏首都图书馆。另台湾天一出版社《李卓吾先生批评三国志》本，有"康熙丁卯夏山阴戴易南氏题"序。

　　戴易（1621—1702），初名冠，字峨仲，一字巢南，更名易，字南枝，晚号西照头陀。浙江山阴（今绍兴）人。书法家，《苏州府志》"流寓"载："慕严子陵之风，赋钓台诗数百篇。来吴门，年七十馀矣。苍颜古貌，幅巾方袍，谈论娓娓，喜吟咏，能作径丈八分书。与杨无咎善。又因无咎与徐枋定交，枋临没以书招无咎，易偕至，无咎为抚其孤孙，而易卖字为枋营葬。常冬月衣葛，终日不再食，积连岁卖字金，卒葬枋于真如坞。时人义之。后殁于虎丘。"

三国志叙

李贽

　　外传多矣，人独爱《三国》者何？意昭烈帝崛起孤穷，能以信义结民，延缆天下第一流，托以鱼水，卒能维鼎西隅，少留炎汉之祚，殊足邑快人意。且古来割壤窃号，递兴倏废，皆强并弱款，并未有如三国智足相衡，力足相抗，一时英雄云兴，豪杰林集，皆足当一面，敌万夫，机权往来，变化若神，真宇内一大棋局。两国手争能不相下哉？直志士览古乐观而忘倦也。乃吾所喜三国人物，则高雅若孔北海，狂肆若祢正平，清隐若庞德公，以至卓行之崔州平，心汉之徐元直，玄鉴之司马德操，皆未效尽才于时。然能不为者，乃能大有为，而无所轻用者，正其大有用也。若人而可作，吾愿与为莫逆交。若诸葛公之矫矫人龙，则不独予向慕之，虽三尺竖子，皆神往之耳。世之阅《三国》者，倘尚多古人，将无同志乎？敢以质之知者。温陵李贽撰。

说明：上序录自明书林熊冲宇种德堂刻本（金陵万卷书楼藏板）《新锲京本校正按鉴演义全像三国志传》，藏国家图书馆。此本内封前半叶为《全汉总歌》，后半叶题"刻卓吾李先生""订正三国志传""金陵万卷书楼藏板"。首《三国志叙》，尾署"温陵李贽撰"。次"卓吾三国志目录""镌全相演义卓吾三国志君臣姓氏附录"，正文第一叶卷端题"新锲京本校正按鉴演义全像三国志传卷之一　后汉""东原贯中罗本编次　书林冲宇熊成治梓行"，卷二则署"新锲京本校正按鉴演义全像三国志传卷之二　后汉""东原贯中罗本编次　书林种德堂熊冲宇梓行"。上图下文。正文文半叶十五行，首行、末行三十四字，其馀行二十六字。

　　李贽，见《水浒传》条。

重刊杭州考正三国志传序

　　《三国志》一书，创自陈寿，厥后司马文正公修《通鉴》，以曹魏嗣汉为正统，以蜀、吴为僭国，是非颇谬。迨紫阳朱夫子出，作《通鉴纲目》，继《春秋》绝笔，始进蜀汉为正统，吴、魏为僭国，于人心正而大道明，则昭烈绍汉之意，始暴白于天下矣。然国之有志不可汩没，罗贯中氏又编为通俗演义，使之明白易晓，而愚夫俗士，亦庶几知所讲读焉。但传刻既远，未免无讹。本堂敦请明贤重加考正，刻传天下，盖亦与人为善之心也。收书君子其尚识之。

说明:上序出自明万历间刊本《新刻京本补遗通俗演义三国全传》卷首。另有前北平图书馆藏"新刻京本通俗演义三国全传"本,此本首有《重刊杭州考正三国志传序》,不题撰人,无总目录。正文第一叶卷端题"新刻京本通俗演义三国全传卷之一",署"东原罗本贯中编次　书林诚德堂熊清波锲行",书末有"万历岁次丙申(二十四年)冬月诚德堂熊清波锲行"印记。

英雄谱(识语)

熊飞

语有之,"四美具,二难并",言璧之贵合也。《三国》《水浒》二传,智勇忠义,迭出不穷,而两刻不合,购者恨之。本馆上下其驷,判合其圭,回各为图,括画家之妙染;图各为论,搜翰苑之大乘。较雠精工,楮墨致洁,诚耳目之奇玩、军国之秘宝也。识者珍之。雄飞馆主人识。

英雄谱弁言

熊飞

英雄有谱乎？曰：无也。灵心影现，百道不穷。不刻死煞之印板于当下，不剿现成之局面于他人，英雄而有谱也，是按图而索骥也。英雄尽于《三国》《水浒》乎？曰：不也。燕越不学函镈，异代不相借材。凡称丈夫，各有须眉；谁是男子，不具血性？英雄有尽于《三国》《水浒》也，是一指而蔀斗也。英雄无谱，而英雄又不尽于《三国》《水浒》，则余之合《三国》《水浒》而题为《英雄谱》也何居？我人自无始以来，丐得些子真丹，深贮入识田中。遇喜成狂，遇悲成壮。无题之诗，脱口便韵；不泪之泣，对物便鸣。况于笔花不吐，髀肉日生，晓风残月，撩人幽思，悲愤淋漓，无从寄顿，更东望而三经略之魄尚震，西望而两开府之魂未招。飞鸟尚自知时，嫠妇犹勤国恤，乃欲使七尺男子，销磨此嵚奇历落之致乎！《易》曰："尺蠖之屈，以求伸也；龙蛇之蛰，以存身也。"《诗》曰："岂曰无衣，与子同袍。王于兴师，修我戈矛，与子同仇。"夫热肠既不肯自吞，而宇宙寥落，托胆复尔无人，则不得不取《水浒》《三国》诸人而尸祝之，聚大罍大白于前，每快读一过，赏爵罚爵交加，而且以正告于天下曰：此《英雄谱》也！庶有以夺毛锥子之魄，而鼓肝胆之灵乎！不然，余二三兄弟，矢读奇书，日搆险语，一字之陈，不脱纸上，而取此戈戈者相鼠吓乎？无论人不可欺，亦自食吾志矣。熊飞赤玉甫书于雄飞馆。

叙英雄谱

杨明琅

　　《英雄谱》者，《水浒》《三国》之合刻也。夫《水浒》《三国》何以均谓之英雄也？曰：《水浒》以其地见，《三国》以其时见也。夫时之与地者，英雄豪杰之士之所借以奋其毛翮，吐其眼眉，而复以发舒其荡旷无涯之奇，乃竟以此而谱英雄，岂英雄之概以时与地见哉！曰：英雄之时与地也，非英雄之所乐处者也；英雄之以时与地见也，非英雄之所愿闻者也；而英雄之不能不以时与地见也，又英雄之所大不得已，而又不可以已者也。夫英雄豪杰之士，其生也定非无故而生，则其见也亦非无故而见。独是圣王在上，任政教以抒其骄悍，付爵禄以教其放逸，一种清明广大之风，有以直达其忠君爱国之念，则英雄且不以英雄见，而又何事以谱英雄耶！是故以言其时，则一道同风，无复有所谓瓜之分、鼎之峙者，而英雄快；以言其地，则连袂升朝，无复有所为鸥之伏、龙之潜者，而英雄快；即间有一二漏于罗网，厄于气数，亦相与弹琴围棋于寂寂寒山、潺潺流水之下，而英雄之心竟靡弗快。惟地既非英雄抒泄之地，时又非英雄展布之时，而胸中有如许嵚崎历落、不可名言之状，又不能槁项黄馘、老死牖下之间，呜呼，此《水浒》《三国》之所以竟以时与地见英雄也与？向使遇得其时，而处当其地，则桃源（园）之三结，与五臣之赓歌何以异？梁山一百八人，与周庭师师济济何以异？梁父草庐数语，指画如券，虽为公旦之负扆可也；公明主盟结义，专图报国，虽为亚夫之交欢可也。寿亭侯忠义千古，黑旋风孝勇绝伦，持其青龙偃月、扑刀大斧，何难劈开霄壤，扫荡妖氛耶？至若正平吐气于三弄，与日月而争光；夜叉发愤于一剑，登人肉于刀俎。其一时之志士贞夫、烈女壮妇，靡不接踵辈出，以逞奇于天地之间，而又无所谓圣君贤相者以大竟其用,而卒究其才,则时安得不为《三国》,地安得不为《水浒》?而英雄之卒以《三国》《水浒》见也,又岂英雄之所得已哉!然此谱一合,而遂使两日英雄之士,不同时、不同地而同谱,则寒烟凉月、凄风苦雨之下,焉必无英雄豪杰之士之相与慷慨悲歌,以共吐其牢骚不平之气耶?而又安在非不得已中之一快哉?故为君者不可以不读此谱,一读此谱,则英雄在君侧矣;为相者不可以不读此谱,一读此谱,则英雄在朝廷矣;经略掌勤王之师,马部主犁庭之役,又不可以不读此谱,一读此谱,则干城腹心尽属英雄;而沙漠鬼哭之惨,玉门冤号之声,永不复闻于耳矣。此乃余合谱英雄意也,非专以为英雄耳也。晋江杨明琅穆生甫题。

说明:上录自《三国》《水浒》合刊之《英雄谱》本。此本内封上镌"二刻重订无讹",下分三栏,右栏题"名公批点合刻三国水浒全传",中题"英雄谱",左为"雄飞馆主人识"之识语。首《英雄谱弁言》,尾署"熊飞赤玉甫书于雄飞馆"。次为《叙英雄谱》,尾署"晋江杨明琅穆生甫题"。次,"按晋平阳侯陈寿史传总歌";次"三国志目次",凡二十卷二百四十回,单目,如"第二百三十九回 羊祜病中荐杜预""第二百四十回 王浚计取石头城"之属;次"水浒传目录",凡二十卷一百六回(实际为一百一十回),双联目。复次分两栏,上栏为"水浒传英雄姓氏",下栏为"三国英雄谱帝后臣僚姓氏"。有图像,《三国》图六十二叶,《水浒》图三十八叶,共百叶,皆像赞各半叶。正文卷端第一行题"精镌合刻三国水浒全传卷之一甲集",内容分上下两栏,上栏镌《水浒全传》,卷端题"钱塘施耐庵编辑",半叶十七行,行十四字;下栏镌《三国》,题"晋平阳陈寿史传 元东原罗贯中演义 明温陵李载贽批点",半叶十四行,行二十二字。原本藏日本内阁文库。此据上海古籍出版社影印《古本小说集成》本、台湾天一出版社本录。

雄飞馆主人,即熊飞,"成治公长子,行宁一,字希梦,号在渭,文庠生,享寿七十六岁。"

杨明琅,字质人,又字光坦,号蓉庵。明末清初晋江罗山芙蓉人。崇祯十六年(1643)进士,授翰林检讨。清阮旻锡《海上见闻录》卷二载:康熙十四年

"流前进士杨明琅及眷口于狼峤,以其过怀宗(明崇祯明帝)梓宫不下马、其父修《南安县志》以海上为海寇故也。后皆死于戍所(台湾)"。

(三国志通俗演义识语)

周曰校

是书也,刻已数种,悉皆讹舛,茫昧鱼鲁,观者莫辨,予深憾焉。辄购求古本,敦请名士,按鉴参考,再三雠校,俾句读有圈点,难字有音注,地里有释义,典故有考证,缺略有增补,节目有全像,如牖之启明,标之示准。此编此传,士君子抚卷,心目俱融,自无留难,诚与诸刻大不侔矣。鉴者顾谉书而求诸,斯为奇货之可居。

说明:上识语录自周曰校刊本《新刊校正古本大字音释三国志传通俗演义》。此本内封三栏,分别为识语、"全像三国志传演义""书林周曰校刊",次为节目,凡二百四十节。复次修髯子《全像三国志通俗演义引》,文字与《三国志通俗演义》修髯子引同,惟署"嘉靖壬子孟夏吉望关中修髯子书于居易草亭"与之稍异,序末署"万历辛卯季冬吉望刊于万卷楼"。再次庸愚子《全像三国志通俗演义叙》，又次"三国志宗寮"。正文第一叶卷端题"新刊校正古本大字音释三国志传通俗演义卷之一"，署"晋平阳侯陈寿志传　后学罗本贯中编次　明书林周曰校刊"。半叶十三行，行二十六字。版心多镌"仁寿堂刊"字样，每则前有图像一叶，凡二百四十叶，第一叶题"上元泉水王希尧写"，又有题"白下魏少峰刻者"（第二十五叶）。原本藏美国耶鲁大学、北京大学图书馆（上所录出北京大学图书馆藏本，存一至七卷）。台湾天一出版社、上海古籍出版社有影印本行世。

三国志演义序

梦藏道人

（前缺六行）陈寿□□□□□□□□许其能□□□□□□□□考不免□□□□□□识少其本，意自有所属耳。罗贯中氏取其书演之，更六十五篇为百二十回。合则联珠，分则辨物，实有意旨，不发跃如。其必杂以街巷之谭者，正欲愚夫愚妇共晓共畅人与是非之公，而不谓遭一剖劂，即遭一改窜也。

316

今夫《齐谐》《虞初》《夷坚》《诸皋》并隶小说,苟非其人,亦不成家。而今欲以目不识丁之流,取古人更置者再为更置,何怪眉目移,父脉绝,令读者几以贯中为口实!夫贯中有良史才,以小说自隐耳,而致为后人代受嗤鄙,冤哉!吾安得不为贯中一洗之?因特求名藩古本,大加订正,间犹有词赋未合者,悉取著作原本定之,于是罗君所演,忽还故物。然其指归,虽跃如而未发发,今不明,恐更有俗子之附会矣。按国志创于著作,而意有偏属,故于正闰贤愚之评断,屡为昔贤所纠。晋习凿齿作《汉晋春秋》,谓蜀以宗室为正,至晋文平蜀,乃为汉亡晋兴。唐李德林谓曹贼罪百田常,祸千王莽,而陈寿依违其事,遂以魏为正朔之国。合参二家,寿之正闰失归,已大略具见矣。北魏毛修之谓陈寿曾为武侯书佐,得挞百下,故其论武侯言多挟恨。即德林亦谓陈寿由父辱受髡,故厚诬诸葛。合参二家,寿之贤愚失品,又大略可见矣。贯中合三而一,而模写诸葛独至,盖其意明以古今之正统属章武,以古今之一人属诸葛也。能作是观,思过半矣,愚夫妇与是非之公矣。不者,正其舛讹,不发其意指,吾安知世之肉眼，不以良史许寿，而以说家薄贯中也？壬申（明崇祯五年）午日，梦藏道人书于蒲室。

说明：上序录自明崇祯五年遗香堂刊本《三国志演义》，原本藏美国国会图书馆，有耶鲁大学重刊本。

梦藏道人，真实身份、生平事迹待考。

三国演义序

金圣叹

余尝集才子书者六，其目曰：《庄》也，《骚》也，马之《史记》也，杜之律诗也，《水浒》也，《西厢》也，已谬加评订，海内君子皆许余以为知言（一作"音"）。近又取《三国志》读之，见其据实指陈，非属臆造，堪与经史相表里。由是观之，奇又莫奇于《三国》矣。

或曰：凡自周、秦而上，汉、唐而下，依史以演义者，无不与《三国》相仿，何独奇乎《三国》？曰：三国者，乃古今争天下之一大奇局，而演三国者，又古今为小说之一大奇手也。异代之争天下，其事较平，取其事以为传，其手又较（一作甚）庸，故迥不得与《三国》并也。吾尝览三国争天下之局,而叹天运之变化,真有所莫测也。当汉献失柄,董卓擅权,群雄并起,四海鼎沸。使刘皇叔早偕鱼水之欢,先得荆襄之地,长驱河北,传檄淮南,江东秦雍,以次略定,则仍一光武中兴之局,而不见天运之善变也。惟卓不遂其篡以诛死,曹操又得挟天子以令诸侯,名位虽虚,正朔未改。皇叔宛转避难,不得早建大义于天下,而大江南北,已为吴、魏之所攘,独留西南一隅,为刘氏托足之地。然不得孔明出而东助赤壁一战,西为汉中一摧,则汉益亦(一作"室亦")几折而入于曹,而吴亦不能独立,则又成一王莽篡汉之局,而天运犹不见其善变也。逮于华容遁去,鸡肋归来,鼎足而居,权侔力敌,而三分之势遂成。寻彼曹操一生,罪恶贯盈,神人共怒,檄之骂之,刺之药之,烧之劫之,割须折齿,堕马落堑,濒死者数,而卒免于死,为敌者众,而为辅亦众。此又天之若有意以成三分,而故留此奸雄以为汉之蟊贼。且天生瑜以为亮对,又生懿以继曹后,似皆恐鼎足之中折,而叠出其人才以相持也。自古割据者有矣,分王者有矣,为十二国,为七国,为十六国,为南北朝,为东西魏，为前后汉。其间乍得乍失，或亡或存，远或不能一纪，近或不逾岁月，从未有六十年中，兴则俱兴，灭则俱灭，如三国争天下之局之奇者也。今览此书之奇，足以使学士读之而快，委巷不学之人读之而亦快；英雄豪杰读之而快，凡夫俗子读之而亦快也。昔者蒯通之说韩信，已有鼎足三分之说。其时信已臣汉，义不可背。项羽粗暴无谋，有一范增而不能用，势不得不一统于群策群力之汉。三分之幾，虚兆于汉室方兴之时，而卒成于汉室衰微之际。且高祖以王汉兴，而先主以王汉亡，一能还定三秦，一不能取中原尺寸。若彼苍之造汉，以如是起，以如是亡，早有其成局于冥冥之中。遂致当世之人之事，才谋各别，境界独殊，以迥异于千古，此非天事之最奇者欤！

　　作演义者，以文章之奇，而传其事之奇。而且无所事于穿凿，第贯穿其事实，错综其始末，而已无之不奇，此又人事之未经见者也。独是事奇矣，书奇矣，而无有人焉起而评之。即或有人，而使心非锦心，口非绣口，不能一一代古人传其胸臆，则是书亦终与周、秦而上，汉、唐而下诸演义等，人亦乌乎知其奇,而信其奇哉!

余尝欲探索其奇以正诸世,会病未果。忽于友人案头见毛子所评《三国志》之稿,观其笔墨之快,心思之灵,先得我心之同然,因称快者再。而今而后知第一才子书之目,又果在《三国》也。故余序此数言付毛子,授剞之日,弁于简端,使后之阅者知余与毛子有同心云。时顺治岁次甲申嘉平朔日,金人瑞圣叹氏题。

说明:上序出自中华书局影印贯华堂本《三国演义》。按:序系伪托。

四大奇书第一种凡例

一、俗本之乎者也等字,大半龃龉不通,又词语冗长,每多复沓处。今悉依古本改正,颇觉直捷痛快。

一、俗本纪事多讹,如昭烈闻雷失箸,及马腾入京遇害,关公封汉寿亭侯之类,皆与古本不合;又曹后骂曹丕,详于范晔《后汉书》中,而俗本反误书其党恶;孙夫人投江而死,详于《枭姬传》中,而俗本但纪其归吴。今悉依古本辨定。

一、事不可阙者，如关公秉烛达旦，管宁割席分坐，曹操分香卖履，于禁陵庙见画，以至武侯夫人之才，康成侍儿之慧，邓艾凤兮之对，锺会不汗之答，杜预《左传》之癖，俗本皆删而不录。今悉依古本存之，使读者得窥全豹。

一、《三国》文字之佳，其录于《文选》中者，如孔融《荐祢衡表》，陈琳《讨曹操檄》，实可与前后《出师表》并传，俗本皆阙而不载。今悉依古本增入，以备好古者之览观焉。

一、俗本题纲，参差不对，错乱无章，又于一回之中分上下两截。今悉体作者之意而联贯之，每回必以二语对偶为题，务取精工，以快阅者之目。

一、俗本谬托李卓吾先生批阅，而究竟不知出自何人之手，其评中多有唐突昭烈、谩骂武侯之语，今俱削去，而以新评校正之。

一、俗本之尤可笑者，于事之是者则圈点之，于事之非者则涂抹之。不论其文，而论其事，则春秋弑君三十六，亡国五十二，将尽取圣人之经而涂之抹之耶？今斯编评阅处，有圈点而无涂抹，一洗从前之陋。

一、叙事之中夹带诗词，本是文章极妙处，而俗本每至"后人有诗叹曰"，便处处是周静轩先生，而其诗又甚俚鄙可笑。今此编尽取唐宋名人作以实之，与俗本大不相同。

一、七言律诗，起于唐人，若汉则未闻有七言律也。俗本往往捏造古人诗句，如锺繇、王朗颂铜雀台，蔡瑁题馆驿屋壁，皆伪作七言律体，殊为识者所笑。今悉依古本削去，以存其真。

一、后人捏造之事，有俗本演义所无而今日传奇所有者，如关公斩貂婵，张飞捉周瑜之类，此其诬也，则今人之所知也；有古本《三国志》所无，而俗本演义所有者，如诸葛亮欲烧魏延于上方谷，诸葛瞻得邓艾书而犹豫未决之类，此其诬也，则非今人之所知也。不知其诬，毋乃冤古人太甚？今皆削去，使读者不为齐东所误。

读三国志法

毛宗岗

读《三国志》者，当知有正统、闰运、僭国之别。

正统者何？蜀汉是也。僭国者何？吴、魏是也。闰运者何？晋是也。魏之不得为正统者何也？论地则以中原为主，论理则以刘氏为主，论地不若论理，故以正统予魏者，司马光《通鉴》之误也；以正统予蜀者，紫阳《纲目》之所以为正也。《纲目》于献帝建安之末，大书后汉昭烈皇帝章武元年，而以吴、魏分注其后，盖以蜀为帝室之胄，在所当予；魏为篡国之贼，在所当夺。是以前则书刘备起兵徐州讨曹操，后则书汉丞相诸葛亮出师伐魏，而大义昭然揭于千古矣。夫刘氏未亡，魏未混一，魏固不得为正统；迨乎刘氏已亡，晋已混一，而晋亦不得为正统者，何也？曰：晋以臣弑君，与魏无异，而一传之后，厥祚不长，但可谓之闰运，而不可谓之正统也。至于东晋偏安，以牛易马，愈不得以正统归之。故三国之并吞于晋，犹六国之混一于秦，五代之混一于隋耳。秦不过为汉驱除，隋不过为唐驱除。前之正统以汉为主，而秦与魏、晋不得与焉；亦犹后之正统以唐、宋为主，而宋、齐、梁、陈、隋、梁、唐、晋、汉、周俱不得与焉耳。且不特魏、晋不如汉之为正，即唐、宋亦不如汉之为正。炀帝无道，而唐代之，是已；惜其不能显然如周之代商，而称唐公，加九锡，以蹈魏、晋之陋辙，则得天下之正不如汉也。若夫宋以忠厚立国，又多名臣大儒出乎其间，故尚论者以正统予宋。然终宋之世，燕云十六州未入版图，其规模已逊于唐；而陈桥兵变，黄袍加身，取天下于孤儿寡妇之手，则得天下之正亦不如汉也。唐、宋且不如汉，而何论魏、晋哉？高帝以除暴秦、击楚之杀义帝者而兴；光武以诛王莽而克复旧物；昭烈以讨曹操而存汉祀于西川。祖宗之创之者正，而子孙之继之者亦正，不得但以光武之混一为正统，而谓昭烈之偏安非正统也。昭烈为正统，而刘裕、刘智远亦皆刘氏子孙，其不得为正统者何也？曰：裕与智远之为汉苗裔，远而无征，不若中山靖王之后，近而可考；又二刘皆以篡弑得国，故不得与昭烈并也。后唐李存勖之不得为正统者何也？曰：存勖本非李而赐姓李，其与吕秦、牛晋不甚相远，故亦不得与昭烈并也。南唐李昇之亦不得继唐而为正统者何也？曰：世远代邈，亦裕与智远者比，故亦不得与昭烈并也。南唐李昇不得继唐而为正统，南宋高宗独得继宋而为正统者何也？高宗立太祖之后为后，以延宋祚于不绝，故正统归也。夫以高宗之杀岳飞用秦桧，全不以二圣为念，作史者尚以其延宋祚而归之以正统，况昭烈之君臣同心，誓讨汉贼者乎！则昭烈之为正统愈无疑也。陈寿之志，未及辨此，余故折衷于紫阳《纲目》，而特于《演义》中附正之。

古史甚多，而人独贪看《三国志》者，以古今人才之众，未有盛于三国者也。观才与不才敌，不奇；观才与才敌则奇。观才与才敌，而一才又遇众才之匹，不奇；观才与才敌，而众才尤让一才之胜，则更奇。吾以为三国有三奇，可称三绝：诸葛孔明一绝也，关云长一绝也，曹操亦一绝也。历稽载籍，贤相林立，而名高万古者，莫如孔明。其处而弹琴抱膝，居然隐士风流；出而羽扇纶巾，不改雅人深致。在草庐之中，而识三分天下，则达乎天时；承顾命之重，而至六出祁山，则尽乎人事。七擒八阵，木牛流马，既已疑鬼疑神之不测；鞠躬尽瘁，志决身歼，仍是为臣为子之用心。比管、乐则过之，比伊、吕则兼之，是古今来贤相中第一奇人。历稽载籍，名将如云，而绝伦超群者，莫如云长。青史对青灯，则极其儒雅；赤心如赤面，则极其英灵。秉烛达旦，人传其大节；单刀赴会，世服其神威。独行千里，报主之志坚；义释华容，酬恩之谊重。作事如青天白日，待人如霁月光风。心则赵抃焚香告帝之心，而磊落过之；意则阮籍白眼傲物之意，而严正过之。是古今来名将中第一奇人。历稽载籍，奸雄接踵，而智足以揽人才而欺天下者，莫如曹操。听荀彧勤王之说而自比周文，则有似乎忠；黜袁术僭号之非，而愿为曹侯，则有似乎顺；不杀陈琳而爱其才，则有似乎宽；不追关公以全其志，则有似乎义；王敦不能用郭璞，而操之得士过之；桓温不能识王猛，而操之知人过之；李林甫虽能制禄山，不如操之击乌桓于塞外；韩侂胄虽能贬秦桧，不若操之讨董卓于生前；窃国家之柄而姑存其号，异于王莽之显然弑君；留改革之事以俟其儿，胜于刘裕之急欲篡晋。是古今来奸雄中第一奇人。有此三奇，乃前后史之所绝无者，故读遍诸史而愈不得不喜读《三国志》也。

　　三国之有三绝固已，然吾自三绝而外，更遍观乎三国之前、三国之后，问有运筹帷幄如徐庶、庞统者乎？问有行军用兵如周瑜、陆逊、司马懿者乎？问有料人料事如郭嘉、程昱、荀彧、贾诩、步骘、虞翻、顾雍、张昭者乎？问有武功将略，迈等越伦如张飞、赵云、黄忠、严颜、张辽、徐晃、徐盛、朱桓者乎？问有冲锋陷阵，骁锐莫当如马超、马岱、关兴、张苞、许褚、典韦、张郃、夏侯惇、黄盖、周泰、甘宁、太史慈、丁奉者乎？问有两才相当，两贤相遇，如姜维、邓艾之智勇悉敌，羊祜、陆抗之从容互镇者乎？至于道学，则马融、郑玄；文藻，则蔡邕、王粲；颖捷，则曹植、杨修；早慧，则诸葛恪、锺会；应对，则秦宓、张松；舌辩，则李恢、阚泽；不辱君命，则赵咨、邓芝；飞书驰檄，则陈琳、阮瑀；治烦理剧，则蒋琬、董允；扬誉蜚声，则马良、荀爽；好古，则杜预；博物，则张华。求之别籍，俱未易一一见也。乃若知贤则有司马徽之哲，励操则有管宁之高，隐居则有崔州平、石广元、孟公威之逸，忤奸则有孔融之正，触邪则有赵彦之直，斥恶则有祢衡之豪，骂贼则有吉平之壮，殉国则有董承、伏完之贤，捐生则有耿纪、韦晃之节。子死于父，则有刘谌、关平之孝；臣死于君，则有诸葛瞻、诸葛尚之忠；部曲死于主帅，则有赵累、周仓之义。其他先见如田丰，苦口如王累，矢贞如沮授，不屈如张任，轻财笃友如鲁肃，事主不二心如诸葛瑾，不畏强御如陈泰，视死如归如王经，独存介性如司马孚。炳炳麟麟，照耀史册。殆举前之丰沛三杰、商山四皓、云台诸将、富春客星，后之瀛洲学士、麟阁功臣、杯酒节度、砦市宰相，分见于各朝之千百年者，奔合辐凑于三国之一时，岂非人才之大都会哉！入邓林而选名材，游玄圃而见积玉，收不胜收，接不暇接，吾于《三国》有观止之叹矣！

《三国》一书，乃文章之最妙者。叙三国不自三国始也，三国必有所自始，则始之以汉帝；叙三国不自三国终也，三国必有所自终，则终之以晋国。而不但此也，刘备以帝胄而缵统，则有宗室如刘表、刘璋、刘繇、刘辟等以陪之；曹操以强臣而专制，则有废立如董卓，乱国如李傕、郭汜以陪之；孙权以方侯而分鼎，则有僭号如袁术称雄，如袁绍割据，如吕布、公孙瓒、张扬、张邈、张鲁、张绣等以陪之。刘备、曹操于第一回出名，而孙权则于第七回方出名；曹氏之定许都在第十一回，孙氏之定江东在第十二回，而刘氏之取西川则在第六十回后。假令今人作稗官，欲平空疑一三国之事，势必劈头便叙三人，三人便各据一国。有能如是之绕乎其前，出乎其后，多方以盘旋乎其左右者哉？古事所传，天然有此等波澜，天然有此等层折，以成绝世妙文，然则读《三国》一书，诚胜读稗官万万耳。

若论三国开基之主，人尽知为刘备、孙权、曹操也，而不知其间各有不同。备与操皆自我身而创业，而孙权则藉父兄之力，其不同者一；备与权皆及身而为帝，而操则不自为而待之于其子孙，其不同者二；三国之称帝也，惟魏独早，而蜀则称帝于曹操已死、曹丕已立之馀，吴则称帝于刘备已死、刘禅已立之后，其不同者三；三国之相持也，吴为蜀之邻，魏为蜀之仇，蜀与吴有和有战，而蜀与魏则有战无和，吴与蜀则和多于战，吴与魏则战多于和，其不同者四；三国之传也，蜀止二世，魏则自丕及奂凡五主，吴则自权及皓凡四主，其不同者五；三国之亡也，吴居其后，而蜀先之，魏次之，魏则见夺于其臣，吴、蜀则见并于其敌，其不同者六。不宁惟是，策之与权，则兄终而弟及；丕之与植，则舍弟而立兄；备之与禅，则父为帝而子为虏；操之与丕，则父为臣而子为君。可谓参差错落，变化无方者矣。今之不善画者，虽使绘两人亦必彼此同貌；今之不善歌者，即使唱两调亦必前后同声。文之合掌，往往类是。古人本无雷同之事，而今人好为雷同之文，则何不取余所批《三国志》而读之。

《三国》一书，总起总结之中又有六起六结：其叙献帝，则以董卓废立为一起，以曹丕篡夺为一结；其叙西蜀，则以成都称帝为一起，而以绵竹出降为一结；其叙刘、关、张三人，则以桃园结义为一起，而以白帝托孤为一结；其叙诸葛亮，则以三顾草庐为一起，而以六出祁山为一结；其叙魏国，则以黄初改元为一起，而以司马受禅为一结；其叙东吴，则以孙坚匿玺为一起，而以孙皓衔璧为一结。凡此数段文字，联络交互于其间，或此方起而彼已结，或此未结而彼又起，读之不见其断续之迹，而按之则自有章法之可知也。

《三国》一书，有追本穷源之妙。三国之分，由于诸镇之角立。诸镇角立，由于董卓之乱国。董卓乱国，由于何进之召外兵。何进召外兵，由于十常侍之专政。故叙三国，必以十常侍为之端也。然而刘备之初起，不即在诸镇之内，而尚在草泽之间。夫草泽之所以有英雄聚义，而诸镇之所以缮修兵革者,由于黄巾之作乱,故叙三国又必以黄巾为之端也。乃黄巾未作,则有上天垂灾异以警戒之,更有忠谋智计之士直言极谏以预料之。使当时为之君者,体天心之仁爱,纳良臣之谠论,断然举十常侍而屏斥焉,则黄巾可以不作,草泽英雄可以不起,诸镇之兵革可以不修,而三国可以不分矣。故叙三国而追本于桓灵,犹河源之有星宿海云。

《三国》一书,有巧收幻结之妙。设令魏而为蜀所并,此人心之所甚愿也;设令蜀亡而魏得一统,此人心之所大不平也。乃彼苍之意不从人心所甚愿,而亦不出于人心之所大不平,特假手于晋以一之,此造物者之幻也。然天既不祚汉,又不予魏,则何不假手于吴而必假手于晋乎?曰:魏固汉贼也;吴尝害关公、夺荆州、助魏以攻蜀,则亦汉贼也。若晋之夺魏有似乎为汉报仇也者,则与其一之以吴,无宁一之以晋也。且吴为魏敌,而晋为魏臣;魏以臣弑君,而晋即如其事以报之,可以为戒于天下后世。则使魏而见并于其敌,不若使之见并于其臣之为快也。是造物者之巧也。幻既出人意外,巧复在人意中,造物者可谓善于作文矣。今人下笔,必不能如此之幻,如此之巧。然则读造物自然之文,而又何必读今人臆造之文乎哉!

《三国》一书,有以宾衬主之妙。如将叙桃园兄弟三人,先叙黄巾兄弟三人,桃园其主也,黄巾其宾也。将叙中山靖王之后,先叙鲁恭王之后,中山靖王其主也,鲁恭王其宾也。将叙何进,先叙陈蕃、窦武,何进其主也,陈蕃、窦武其宾也。叙刘、关、张及曹操、孙坚之出色,并叙各镇诸侯之无用,刘备、曹操、孙坚其主也,各镇诸侯其宾也。刘备将遇诸葛亮而先遇司马徽、崔州平、石广元、孟公威等诸人,诸葛亮其主也,司马徽诸人其宾也。诸葛亮历事两朝,乃又有先来即去之徐庶,晚来先死之庞统,诸葛亮其主也,而徐庶、庞统又其宾也。赵云先事公孙瓒,黄忠先事韩玄,马超先事张鲁,法正、严颜先事刘璋,而后皆归刘备,备其主也,公孙瓒、韩玄、张鲁、刘璋其宾也。太史慈先事刘繇,后归孙策,甘宁先事黄祖,后归孙权,张辽先事吕布,徐晃先事杨奉,张郃先事袁绍,贾诩先事李傕、张绣,而后皆归曹操,孙、曹其主也,刘繇、黄祖、吕布、杨奉等诸人其宾也。代汉当涂之谶,本应在魏,而袁公路谬以自许，魏其主也，袁公路其宾也。三马同槽之梦，本应在司马氏，而曹操误以为马腾父子，司马氏其主也，马腾父子其宾也。受禅台之说，李肃以赚董卓，而曹丕即真焉，司马炎又即真焉，曹丕、司马炎其主也，董卓其宾也。且不独人有宾主也，地亦有之。献帝自洛阳迁长安，又自长安迁洛阳，而终乃迁于许昌，许昌其主也，长安、洛阳皆宾也。刘备失徐州而得荆州，荆州其主也，徐州其宾也。及得两川而复失荆州，两川其主也，而荆州又其宾也。孔明将北伐中原而先南定蛮方，意不在蛮方而在中原，中原其主也，蛮方其宾也。抑不独地有宾主也，物亦有之。李儒持鸩酒、短刀、白练以贻帝辨，鸩酒其主也，短刀、白练其宾也。许田打围，将叙曹操射鹿，先叙玄德射兔，鹿其主也，兔其宾也。赤壁鏖兵，将叙孔明借风，先叙孔明借箭，风其主也，箭其宾也。董承受玉带，陪之以锦袍，带其主也，袍其宾也。关公拜受赤兔马而陪之以金印、红袍诸赐，马其主也，金印等其宾也。曹操掘地得铜雀而陪之以玉龙、金凤，雀其主也，龙、凤其宾也。诸如此类，不可悉数。善读是书者，可于此悟文章宾主之法。

《三国》一书,有同树异枝、同枝异叶、同叶异花、同花异果之妙。作文者以善避为能,又以善犯为能。不犯之而求避之,无所见其避也;惟犯之而后避之,乃见其能避也。如纪宫掖,则写一何太后,又写一董太后;写一伏皇后,又写一曹皇后;写一唐贵妃,又写一董贵人;写甘、糜二夫人,又写一孙夫人,又写一北地王妃;写魏之甄后、毛后,又写一张后,而其间无一字相同。纪戚畹,则何进之后写一董承,董承之后又写一伏完;写一魏之张辑,又写一吴之钱尚,而其间则无一字相同。写权臣,则董卓之后又写李傕、郭汜,傕、汜之后又写曹操,曹操之后又写一曹丕,曹丕之后又写一司马懿,司马懿之后又并写一师、昭兄弟,师、昭之后又继写一司马炎,又旁写一吴之孙琳,而其间亦无一字相同。其他叙兄弟之事,则袁谭与袁尚不睦,刘琦与刘琮不睦,曹丕与曹植亦不睦,而谭与尚皆死,琦与琮一死一不死,丕与植皆不死,不大异乎?叙婚姻之事,则如董卓求婚于孙坚,袁术约婚于吕布,曹操约婚于袁谭,孙权结婚于刘备,又求婚于云长,而或绝而不许,或许而复绝,或伪约而反成,或真约而不就,不大异乎？至于王允用美人计，周瑜亦用美人计，而一效一不效，则互异。卓、布相恶，催、汜亦相恶，而一靖一不靖，则互异。献帝有两番密诏，则前隐而后彰；马腾亦有两番讨贼，则前彰而后隐，此其不同者矣。吕布有两番弑父，而前动于财，后动于色，前则以私灭公，后则假公济私，此又其不同者矣。赵云有两番救主，而前救于陆，后救于水，前则受之主母之手，后则夺之主母之怀，此又其不同者矣。若夫写水，不止一番，写火亦不止一番。曹操有下邳之水，又有冀州之水，关公有白河之水，又有罾口川之水；吕布有濮阳之火，曹操有乌巢之火，周郎有赤壁之火，陆逊有猇亭之火，徐盛有南徐之火，武侯有博望、新野之火，又有盘蛇谷、上方谷之火，前后曾有丝毫相犯否？甚者孟获之擒有七，祁山之出有六，中原之伐有九，求其一字之相犯而不可得，妙哉，文乎！譬如树同是树，枝同是枝，叶同是叶，花同是花，而其植根、安蒂、吐芳、结子，五色纷披，各成异采。读者于此，可悟文章有避之一法，又有犯之一法也。

《三国》一书，有星移斗转、雨覆风翻之妙。杜少陵诗曰:"天上浮云如白衣,斯须改变成苍狗。"此言世事之不可测也。《三国》之文亦犹是尔。本是何进谋诛宦官,却弄出宦官杀何进,则一变;本是吕布助丁原,却弄出吕布杀丁原,则一变;本是董卓结吕布,却弄出吕布杀董卓,则一变;本是陈宫释曹操,却弄出陈宫欲杀曹操,则一变;陈宫未杀曹操,反弄出曹操杀陈宫,则一变;本是王允不赦催、汜,却弄出催、汜杀王允,则一变;本是孙坚与袁术不睦,却弄出袁术致书于孙坚,则一变;本是刘表求救于袁绍,却弄出刘表杀孙坚,则一变;本是昭烈从袁绍以讨董卓,却弄出助公孙瓒以攻袁绍,则一变;本是昭烈救徐州,却弄出昭烈取徐州,则一变;本是吕布投徐州,却弄出吕布夺徐州,则一变;本是吕布攻昭烈,却弄出吕布迎昭烈,则一变;本是吕布绝袁术,又弄出吕布求袁术,则一变;本是昭烈助吕布以讨袁术,又弄出助曹操以杀吕布,则一变;本是昭烈助曹操,又弄出昭烈讨曹操,则一变;本是昭烈攻袁绍,又弄出昭烈投袁绍,则一变;本是昭烈助袁绍以攻曹操,又弄出关公助曹操以攻袁绍,则一变;本是关公寻昭烈,又弄出张飞欲杀关公,则一变;本是关公许田欲杀曹操，又弄出华容道放曹操，则一变；本是曹操追昭烈，又弄出昭烈投东吴以破曹操，则一变；本是孙权仇刘表，又弄出鲁肃吊刘表、又吊刘琦，则一变；本是孔明助周郎，却弄出周郎欲杀孔明，则一变；本是周郎欲害昭烈，却弄出孙权结婚昭烈，则一变；本是用孙夫人牵制昭烈，却弄出孙夫人助昭烈，则一变；本是孔明气死周郎，却弄出孔明哭周郎，则一变；本是昭烈不受刘表荆州，却弄出昭烈借荆州，则一变；本是刘璋欲结曹操，却弄出迎昭烈，则一变；本是刘璋迎昭烈，却弄出昭烈夺刘璋，则一变；本是昭烈分荆州，又弄出吕蒙袭荆州，则一变；本是昭烈破东吴，又弄出陆逊败昭烈，则一变；本是孙权求救于曹丕，却弄出曹丕欲袭孙权，则一变；本是昭烈仇东吴，又弄出孔明结好东吴，则一变；本是刘封听孟达，却弄出刘封攻孟达，则一变；本是孟达背昭烈，又弄出孟达欲归孔明，则一变；本是马腾与昭烈同事，又弄出马超攻昭烈，则一变；本是马超救刘璋，却弄出马超投昭烈，则一变；本是姜维敌孔明，却弄出姜维助孔明，则一变；本是夏侯霸助司马懿，却弄出夏侯霸助姜维，则一变；本是锺会忌邓艾,却弄出卫瓘杀邓艾,则一变;本是姜维赚锺会,却弄出诸将杀锺会,则一变;本是羊祜和陆抗,却弄出羊祜请伐孙皓,则一变;本是羊祜请伐吴,却弄出一杜预,又弄出一王濬,则一变。论其呼应有法,则读前卷定知其有后卷;论其变化无方,则读前文更不料其有后文。于是可知,见《三国》之文之精于其不可料,更见《三国》之文之幻矣。

《三国》一书,有横云断岭,横桥锁溪之妙。文有宜于连者,有宜于断者。如五关斩将,三顾草庐,七擒孟获,此文之妙于连者也;如三气周瑜,六出祁山,九伐中原,此文之妙于断者也。盖文之短者,不连叙则不贯串;文之长者,连叙则惧其累坠,故必叙别事以间之,而后文势乃错综尽变。后世稗官家鲜能及此。

《三国》一书,有将雪见霰,将雨闻雷之妙。将有一段正文在后,必先有一段闲文以为之引;将有一段大文在后,必先有一段小文以为之端。如将叙曹操濮阳之火,先写糜竺家中之火一段闲文以启之;将叙孔融求救于昭烈,先写孔融通刺于李弘一段闲文以启之;将叙赤壁纵火一段大文,先写博望、新野两段小文以启之；将叙六出祁山一段大文，先写七擒孟获一段小文以启之是也。"鲁人将有事于上帝，必先有事于频宫。"文章之妙，正复类是。

《三国》一书，有浪后波纹，雨后霢霂之妙。凡文之奇者，文前必有先声，文后亦必有馀势。如董卓之后又有从贼以继之；黄巾之后又有馀党以衍之；昭烈三顾草庐之后，又有刘琦三请诸葛一段文字以映带之；武侯出师一段大文之后，又有姜维伐魏一段文字以荡漾之是也。诸如此类，皆他书中所未有。

《三国》一书，有寒冰破热，凉风扫尘之妙。如关公五关斩将之时，忽有镇国寺内遇普静长老一段文字；昭烈跃马檀溪之时，忽有水镜庄上遇司马先生一段文字；孙策虎踞江东之时，忽有遇于吉一段文字；曹操进爵魏王之时，忽有遇左慈一段文字；昭烈三顾草庐之时，忽有遇崔州平席地闲谈一段文字；关公水淹七军之后，忽有玉泉山月下点化一段文字。至于武侯征蛮而忽逢孟节，陆逊追蜀而忽遇黄承彦，张任临敌而忽间紫虚丈人，昭烈伐吴而忽间青城老叟。或僧、或道、或隐士、或高人，俱于极喧闹中求之，真足令人躁思顿清，烦襟尽涤。

《三国》一书，有笙箫夹鼓，琴瑟间钟之妙。如正叙黄巾扰乱，忽有何后、董后两宫争论一段文字；正叙董卓纵横，忽有貂蝉凤仪亭一段文字；正叙催、汜猖狂，忽有杨彪夫人与郭汜之妻来往一段文字；正叙下邳交战，忽有吕布送女、严氏恋夫一段文字；正叙冀州厮杀，忽有袁谭失妻、曹丕纳妇一段文字；正叙荆州事变，忽有蔡夫人商议一段文字；正叙赤壁鏖兵，忽有曹操欲取二乔一段文字；正叙宛城交攻，忽有张济妻与曹操相遇一段文字；正叙赵云取桂阳，忽有赵范寡嫂敬酒一段文字；正叙昭烈争荆州，忽有孙权亲妹洞房花烛一段文字；正叙孙权战黄祖，忽有孙翊妻为夫报仇一段文字；正叙司马懿杀曹爽，忽有辛宪英为弟画策一段文字。至于袁绍讨曹操之时，忽带叙郑康成之婢；曹操救汉中之日，忽带叙蔡中郎之女。诸如此类，不一而足。人但知《三国》之文是叙龙争虎斗之事，而不知为凤、为鸾、为莺、为燕，篇中有应接不暇者，令人于干戈队里时见红裙，旌旗影中常睹粉黛，殆以豪士传与美人传合为一书矣。

《三国》一书，有隔年下种，先时伏着之妙。善圃者，投种于地，待时而发；善弈者，下一闲着于数十着之前，而其应在数十着之后。文章叙事之法亦犹是已。如西蜀刘璋乃刘焉之子，而首卷将叙刘备，先叙刘焉，早为取西川伏下一笔；又于玄德破黄巾时，并叙曹操带叙董卓，早为董卓乱国、曹操专权伏下一笔；赵云归昭烈在古城聚义之时，而昭烈之遇赵云早于磐河战公孙时伏下一笔；马超归昭烈在葭萌战张飞之后，而昭烈之与马腾同事早于受衣带诏时伏下一笔；庞统归昭烈在周郎既死之后，而童子述庞统姓名早于水镜庄前伏下一笔；武侯叹谋事在人、成事在天在上方谷火灭之后，而司马徽未遇其时之语，崔州平天不可强之言，早于三顾草庐前伏下一笔；刘禅帝蜀四十馀年，而终在一百十回之后，而鹤鸣之兆早于新野初生时伏下一笔；姜维九伐中原在一百五回之后，而武侯之收姜维早于初出祁山时伏下一笔；姜维与邓艾相遇在三伐中原之后，姜维与锺会相遇在九伐中原之后，而夏侯霸述两人姓名早于未伐中原时伏下一笔；曹丕篡汉在八十回中，而青云、紫云之祥早于三十三回之前伏下一笔；孙权僭号在八十五回后，而吴夫人梦日之兆早于三十八回中伏下一笔；司马篡魏在一百十九回，而曹操梦马之兆早于五十七回中伏下一笔。自此而外，凡伏笔之处，指不胜屈。每见近世稗官家一到扭捏不来之时，便平空生出一人，无端造出一事，觉后文与前文隔断，更不相涉。试令读《三国》之文，能不汗颜？

《三国》一书，有添丝补锦，移针匀绣之妙。凡叙事之法，此篇所阙者补之于彼篇，上卷所多者匀之于下卷，不但使前文不拖沓，而亦使后文不寂寞，不但使前事无遗漏，而又使后事增渲染，此史家妙品也。如吕布取曹豹之女本在未夺徐州之前，却于困下邳时叙之；曹操望梅止渴本在击张绣之日，却于青梅煮酒时叙之；管宁割席分坐本在华歆未仕之前，却于破壁取后时叙之；吴夫人梦月本在将生孙策之前，却于临终遗命时叙之；武侯求黄氏为配本在未出草庐之前，却于诸葛瞻死难时叙之。诸如此类，亦指不胜屈。前能留步以应后，后能回照以应前，令人读之真一篇如一句。

《三国》一书，有近山浓抹，远树轻描之妙。画家之法,于山与树之近者,则浓之重之,于山与树之远者,则轻之淡之。不然林麓迢遥,峰岚层叠,岂能于尺幅之中一一而详绘之乎?作文亦犹是已。如皇甫嵩破黄巾,只在朱隽一边打听得来;袁绍杀公孙瓒,只在曹操一边打听得来;赵云袭南郡,关、张袭两郡,只在周郎眼中、耳中得来;昭烈杀杨奉、韩暹,只在昭烈口中叙来;张飞夺古城,在关公耳中听来;简雍投袁绍,在昭烈口中说来。至若曹丕三路伐吴而皆败,一路用实写,两路用虚写;武侯退曹丕五路之兵,惟遣使入吴用实写,其四路皆虚写。诸如此类,又指不胜屈。只一句两句,正不知包却几许事情,省却几许笔墨。

《三国》一书,有奇峰对插,锦屏对峙之妙。其对之法,有正对者,有反对者,有一卷之中自为对者,有隔数十卷而遥为对者。如昭烈则自幼便大,曹操则自幼便奸;张飞则一味性急,何进则一味性慢;议温明是董卓无君,杀丁原是吕布无父;袁绍磐河之战胜败无常,孙坚岘山之役生死不测;马腾勤王室而无功,不失为忠,曹操报父仇而不果,不得为孝;袁绍起马步三军而复回,是力可战而不断,昭烈擒王、刘二将而复纵,是势不敌而从权;孔融荐祢衡是缁衣之好,祢衡骂曹操是巷伯之心;昭烈遇德操是无意相遭,单福过新野是有心来谒;曹丕苦逼生曹植,是同气戈矛,昭烈痛哭死关公,是异姓骨肉;火熄上方谷,是司马之数当生,灯灭五丈原,是诸葛之命当死。诸如此类,或正对,或反对,皆一回之中而自为对者也。如以国戚害国戚,则有何进;以国戚荐国戚,则有伏完;李肃说吕布,则以智济其恶;王允说吕布,则以巧行其忠;张飞失徐州,则以饮酒误事;吕布陷下邳,则以禁酒受殃;关公饮鲁肃之酒是一片神威,羊祜饮陆抗之酒是一团和气;孔明不杀孟获是仁者之宽,司马懿必杀公孙渊是奸雄之刻;关公义释曹操是报其德于前,翼德义释严颜是收其用于后;武侯不用子午谷之计是慎谋以图全,邓艾不惧阴平岭之危是行险以侥倖;曹操有病,陈琳一骂便好,王郎无病,孔明一骂便亡;孙夫人好甲兵是女中丈夫,司马懿受巾帼是男中女子;八日而取上庸,则以速而神,百日而取襄平,则以迟而胜;孔明屯田渭滨是进取之谋,姜维屯田沓中是退避之计;曹操受汉之九锡,是操之不臣,孙权受魏之九锡,是权之不君;曹操射鹿,义乖于君臣,曹丕射鹿,情动于母子;杨仪、魏延相争于班师之日,邓艾、锺会相忌在用兵之时;姜维欲继孔明之志,人事逆乎天心,杜预能承羊祜之谋,天时应乎人力。诸如此类,或正对,或反对,皆不在一回之中而遥相为对者也。诚于此较量而比观焉,岂不足快读者之胸而长尚论之识?

《三国》一书,有首尾大照应,中间大关锁处。如首卷以十常侍为起,而末卷有刘禅之宠中贵以结之,又有孙皓之宠中贵以双结之,此一大照应也;又如首卷以黄巾妖术为起,而末卷有刘禅之信师婆以结之,又有孙皓之信术士以双结之,此又一大照应也。照应既在首尾,而中间百馀回之内若无有与前后相关合者,则不成章法矣,于是有伏完之托黄门寄书,孙亮之察黄门盗蜜,以关合前后;又有李傕之喜女巫,张鲁之用左道,以关合前后。凡若此者,皆天造地设,以成全篇之结构者也。然犹不止此也。作者之意自宦官妖术而外,尤重在严诛乱臣贼子以自附于《春秋》之义,故书中多录讨贼之忠,纪弑君之恶,而首篇之末,则终之以张飞之勃然欲杀董卓,末篇之末,则终之以孙皓之隐然欲杀贾充。由此观之,虽曰演义,直可继麟经而无愧耳。

《三国》叙事之佳,直与《史记》仿佛,而其叙事之难则有倍难于《史记》者。《史记》各国分书,各人分载,于是有本纪、世家、列传之别;今《三国》则不然,殆合本纪、世家、列传而总成一篇。分则文短而易工,合则文长而难好也。

读《三国》胜读《列国志》。夫《左传》《国语》诚文章之最佳者,然左氏依经而立传,经既逐段各自成文,传亦逐段各自成文,不相联属也。《国语》则离经而自为一书,可以联属矣。究竟周语、鲁语、晋语、郑语、齐语、楚语、吴语、越语,八国分作八篇,亦不相联属也。后人合《左传》《国语》而为《列国志》,因国多事烦,其段落处到底不能贯串;今《三国演义》,自首至尾,读之无一处可断其书,又在《列国志》之上。

读《三国》胜读《西游记》。《西游》捏造妖魔之事,诞而不经,不若《三国》实叙帝王之事,真而可考也。且《西游》好处《三国》已皆有之。如哑泉、黑泉之类,何异子母河、落胎泉之奇?朵思大王、木鹿天王之类，何异牛魔、鹿力、金角、银角之号？伏波显圣、山神指迷之类，何异南海观音之救？只一卷《汉相南征记》，便抵得一部《西游记》矣。至于前而镇国寺，后而玉泉山，或目视戒刀，脱离火厄，或望空一语，有同棒喝，岂必诵灵台方寸、斜月三星之文，乃悟惮心乎哉？

读《三国》胜读《水浒传》。《水浒》文字之真，虽较胜《西游》之幻，然无中生有，任意起灭，其匠心不难，终不若《三国》叙一定之事，无容改易，而卒能匠心之为难也。且三国人才之盛，写来各各出色，又有高出于吴用、公孙胜等万万者。吾谓才子书之目，宜以《三国演义》为第一。

说明：上读法、凡例录自三槐堂本《四大奇书第一种》。此本首《序》，尾署"时顺治岁次甲申嘉平朔日金人瑞圣叹氏题"，有"金人瑞印"阴文、"圣叹氏"阳文钤各一方。序与"四大奇书第一种"李渔序文字多同。次《读三国志法》，复次《凡例》。目录叶卷端镌"四大奇书第一种书目"。署"圣叹外书、茂苑毛宗岗序始氏评　声山别集、吴门杭永年资能氏定"。合首卷凡二十卷一百二十回。有图二十叶,图系"芥子园"所刻,正文第一叶卷端镌"四大奇书第一种卷之一",署"圣叹外书、茂苑毛宗岗序始氏评"。半叶十二行,行二十六字。单鱼尾上镌"第一才子书",下镌卷次叶次、"三槐堂"。有台湾天一出版社影印本。另有乾隆三十四年世德堂本、两仪堂藏板本,序、读法之文字与上所录几同。

古本三国志序

李渔

昔弇州先生有宇宙四大奇书之目:曰《史记》也,《南华》也,《水浒》与《西厢》也。冯犹龙亦有四大奇书之目,曰《三国》也,《水浒》也,《西游》与《金瓶梅》也。两人之论各异。愚谓书之奇,当从其类。《水浒》在小说家,与经史不类。《西厢》系词曲,与小说又不类。今将从其类以配其奇,则冯说为近是。然野史类多凿空,易于逞长。若《三国演义》,则据实指陈,非属臆造,堪与经史相表里。由是观之,奇又莫奇于《三国》矣。或曰:"凡自周秦而上,汉唐而下,依史以演义者,无不与《三国》相仿,何独奇乎《三国》?"曰:"三国者,乃古今争天下之一大奇局,而演三国者,又古今为小说之一大奇手也。异代之争天下,其事较平,取其事以为传,其手又较庸,故迥不得与《三国》并也。"

吾尝览三国争天下之局,而叹天运之变化,真有所莫测也。当汉献失柄,董卓擅权,群雄并起,四海鼎沸,使刘皇叔早偕鱼水之欢,先得荆襄之地,长驱河北,传檄淮南,江东、秦雍,以次略定,则仍一光武中兴之局,而不见天运之善变也。惟卓不遂其篡以诛死,曹操又得挟天子以令诸侯,名位虽虚,正朔未改,皇叔宛转避难,不得亟建大义于天下,而大江南北已为吴、魏之所攘,独留西南一隅,为刘氏托足之地,然不得孔明出而东助赤壁一战,西为汉中一摧,则梁、益亦几折而入于曹,而吴亦不能独立,则又成一王莽篡汉之局,而天运犹不见其善变也。逮于华容遁去,鸡肋归来,鼎足而居,权侔力敌,而三分之势遂成。寻彼曹操一生,罪恶贯盈,神人共怒,檄之,骂之,刺之,药之,烧之,劫之,割须折齿,堕马落堑,濒死者数,而卒免于死,为敌者众,而为辅亦众。此又天之若有意以成三分,而故留此奸雄以为汉之蟊贼,且天生瑜以为亮对,又生懿以继曹后,似皆恐鼎足之中折，而叠出其人才以相持也。自古割据者有矣，分王者有矣，为十二国，为七国，为十六国，为南北朝，为东西魏，为前后梁，其间乍得乍失，或亡或存，远或不能一纪，近或不逾岁月，从未有六十年中，兴则俱兴，灭则俱灭，如三国争天下之局之奇者也。然三国之局固奇，而非得奇手以传之，则其奇亦不著于天下后世之耳目。前此虽有陈寿一《志》，较之荀勖、裴頠魏晋诸《纪》，差为此，善于彼，而质以文掩，事以意晦，而又爱憎自私，去取失实，览者终为郁抑不快。则又未有如《演义》一书之奇，足以使学士读之而快，委巷不学之人读之而亦快；英雄豪杰读之而快，凡夫俗子读之而亦快；拊髀扼腕，有志乘时者读之而快，据梧面壁，无情用世者读之而亦快也。昔者蒯通之说韩信，已有鼎足三分之说，其时信已臣汉，义不可背；项羽粗暴无谋，有一范增而不能用，势不得不一统于群策群力之汉。三分之几，虚兆于汉室方兴之时，而卒成于汉室衰微之际。且高祖以王汉兴，而先主以王汉亡；一能还定三秦，一不能取中原尺寸。若彼苍之造汉，以如是起，以如是止，蚤有其成局于冥冥之中，遂致当世之人之事，才谋各别，境界独殊，以迥异于千古。此非天事之最奇者欤？

作演义者，以文章之奇而传其事之奇，而且无所事于穿凿，第贯穿其事实，错综其始末，而已无之不奇，此又人事之未经见者也。独是事奇矣，书奇矣，而无有人焉起而评之；即或有人，而使心非锦心，口非绣口，不能一一代古人传其胸臆，则是书亦终与周、秦而上，汉、唐而下诸演义等，人亦乌乎知其奇，而信其奇哉！《水浒》之奇，圣叹尝批之矣，而《三国》之评独未之及。予尝欲探索其奇以正诸世，乃酬应日烦，又多出游少暇。年来欲践其志，会病未果。适予婿沈因伯归自金陵，出声山所评书示予。观其笔墨之快，心思之灵，堪与圣叹《水浒》相颉颃，极钵心抉髓之谈，而更无靡漫沓拖之病，则又似过之，因称快者再。因伯复索序，声山既已先我而评矣，而予又为之序，不亦赘乎？虽然，予观三国之局，见天之始之终之所以造其奇者如此，读《三国演义》又能贯穿其事实，错综其始末，而已匠心独运，无之不奇如此。今声山又布其锦心，出其绣口，条分句析，揭造物之秘藏，宣古人之义蕴，开卷井井，实获我心，且使读是书者知第一奇书之目果在《三国》也。因以证予说之不谬，则又何可以无言？是为序。康熙岁次己未十有二月，李渔笠翁氏题于吴山之层园。

说明：上序等均录自醉耕堂本《古本三国志》。原本藏北京大学图书馆。此本内封上镌"声山别集"，下分三栏，由右向左分镌"古本三国志""四大奇书""第一种"。首序，尾署"康熙岁次己未十有二月，李渔笠翁氏题于吴山之层园"，次《凡例》《读三国志法》《四大奇书第一种总目》，复次"三国人物图"四十叶，皆像赞各半叶。正文第一叶卷端题"四大奇书第一种卷之一　茂苑毛宗岗序始氏评吴门杭永年资能氏评定"。半叶八行，行二十四字。版心下多有"醉耕堂"字样。

三国志演义序

李渔

尝闻吴郡冯子犹赏称宇内四大奇书，曰《三国》《水浒》《西游》及《金瓶梅》四种。余亦喜其赏称为近是。然《水浒》文藻虽佳，于世道无所关系，且庸陋之夫读之，不知作者密隐鉴诫深意，多以是为果有其事，借口效尤，兴起邪思，致坏心术，是奇而有害于人者也。《西游》辞句虽达，第凿空捏造，人皆知其诞而不经，诡怪幻妄，是奇而灭没圣贤为治之心者也。若夫《金瓶梅》，不过讥刺豪华淫侈，兴败无常，差足澹人情欲、资人谈柄已耳，何足多读！

至于《三国》一书，因陈寿一志扩而为传，仿佛左氏之传麟经，其自汉灵锢宠中涓，十常侍党同专政擅权，蒙蔽主聪，苛敛恣横、流毒缙绅，其时老成忠直之士，委伏畎亩。继之献帝为董卓废立，以致群雄并起，四海鼎沸。刘先主胸怀大志，倔起涿鹿，与关、张结义，遍历图功，百折不回，思伸其志，卒之元直走荐伏龙，南阳获偕鱼水，隆中决策，鼎立西川，以成王业。传中所载孙策父子之豪，二袁父子之暗，刘表父子之愚，曹瞒父子之诈，先主之艰窘，孔明之忠贞，关、张之信义，子龙之胆略，以及蜀、吴、魏人材之盛，智勇之多。司马昭篡禅大位，与曹丕之篡禅如出一辙，可知天理之循环；诸葛瞻绵竹死节，与孔明大营殒星，父子殉身，具见忠贤之遗裔；汉末以宦竖而始祸，蜀末亦以宦竖而终祸。首尾映带，叙述精详，贯穿联络，缕析条分。事有吻合而不雷同，指归据实而非臆造。盖先主起而王蜀，为气数闰运之奇局；而群雄附而争乱，又为闰运中变幻之奇局，较前此三代及秦之末，及后此唐宋之末，扰攘移鼎之局，迥乎不同。而演此传者，又与前后演列国、七国、十六国、南北朝、东西魏、前后梁各传之手笔，亦大相径庭。传中模写人物情事，神采陆离，了如指掌。且行文如九曲黄河，一泻直下，起结虽有不齐，而章法居然井秩，几若《史记》之列本纪、世家、列传各成段落者不侔，是所谓奇才奇文也。余于声山所评传首已僭为之序矣，复忆曩者圣叹拟欲评定史迁《史记》为第一才子书，既而不果。余兹阅评是传之文，华而不凿，直而不俚，溢而不匮，章而不繁，诚哉第一才子书也！因再梓以公诸好古者，是为序。湖上笠翁李渔题于吴山之层园。

说明：上叙录自清两衡堂本《三国志》。此本内封题"笠翁评阅绘像三国志第一才子书"，原本藏首都图书馆。首序，尾署"湖上笠翁李渔题于吴山之层园"，无"康熙岁次己未十有二月"字样，多"湖上"二字。台湾天一出版社有影印本行世。法国巴黎图书馆藏翼圣堂本也有上所录序。

三国志序

金圣叹

　　文章有走虚、蹈实两路。但走虚而不蹈实，则无所归宿；蹈实而不走虚，则无所发挥，均未臻妙境也。传奇之有《西厢记》，走虚而妙有归宿，犹夫蹈实，是即善蹈实者也。演义之有《三国志》，蹈实而妙有发挥，犹夫走虚，是即善走虚也。若《水浒传》则实实虚虚，无无有有，蹈与走混，归宿与发挥变动而能妙者也，是亦善也。故《水浒》之为《水浒》，非虚非实，非有非无，传之固难；《西厢》之为《西厢》，走虚于实，有归宿而究无归宿，记之更难。至如《三国》，则蹈实于虚，有发挥而究无发挥，志之真为极难。似画狗马与鬼神之说，有写美人与写豪士之分也。况归宿必其谛当，谛当则走虚臻妙；发挥必其尽致，尽致则蹈实臻妙。且不独作者难于谛当，难于尽致，即批之评之者亦甚难于谛当而尽致也。予少癖文字，自古文必读，暨《庄子》《史记》诸全书外，最喜读《三国志》，信手批评，丹黄交错，未经清出，中更丧乱，不暇及此。后缘坊间先有《第六才子》等书之刻，亦遂因循废阁凡十馀年。近复重理旧绪，稍见成局，乃仍未付诸梓，盖予爱之好之而卒批评之，乃仍郑重而不轻出之者，诚欲读者穷竭心目之力，着意觑其实处，又必着意觑其虚处，而总必觑其发挥之处无一而不有归宿也，斯无一而不谛当、不尽致也，兼恐批之评之有未谛当、尽致也，故必如是其郑重不轻出也。夫第一才子之书既发挥归宿俱尽致谛当而作之，必第一才子之笔亦发挥归宿俱尽致谛当而批评之，疑有至不能不待天下后世之第一才子之助予成善本也，庶同入此妙境也，是予爱好之至所致也。《三国志》之幸，尤予之大幸大快也。予实周遭彷徨，引领而望之矣。予实望之矣！

（金圣叹批评三国志跋）

胡云锦

金圣叹先生批评《西厢记》诸书后实再批评《三国志》，已有清本，久经传失，今从败簏乱稿中搜得草本并自序文一纸，未书年月姓氏，知为亲笔，亟付梓行，盖不欲尽没其真，非区区为争名射利计也。康熙壬午，门人胡云锦谨识。

  说明：上序录自郁文堂本。此本内封上镌"第一才子书"，下分两栏，分镌"绣像全本""金圣叹批评三国志　郁文堂藏板"。首序，不署撰人。序后有跋，跋署"康熙壬午（四十一年），门人胡云锦谨识"。跋云："知为（金圣叹）亲笔"，似系假托。次《凡例》，复次"四大奇书第一种总目　声山别集茂苑毛宗岗序始氏、吴门金人瑞圣叹氏评定"。再次《读三国之法》，又次绣像（版心镌"三国人物图"），皆像赞各半叶。正文版心镌"四大奇书第一种"。原书为周邨先生旧藏。

  胡云锦，生平事迹待考。

三国演义叙

穉明氏

  己酉春，予偕诸从游，僦居于古鹿苑寺之僧舍，以讲贯周秦汉魏六朝唐宋之文，古今礼乐兵农名物象纬之学，为制举资。适坊友持重刻毛声山原评《三国演义》索序于予，予曰："此稗官小说也，重刻奚为?"坊友曰:"不然。是书也,凡天时地利人事政治,以及权谋术数之道,无不备具,故远近咸争购而乐售焉。兹因旧板漫漶,复为厘订,剞劂大板,以广其传,先生其为我叙之。"予闻其言,始悲夫今之人,不知肆力于周秦汉魏六朝唐宋之文,而仅为是博弈之贤已也。及受而阅焉,又转幸夫今之人,犹藉此稗官小说之书,可以开其心思,启其神志,而于天时地利人事政治权谋术数之道,尚能考什一于千百也。夫三国之事实,作者演之;作者之精神,评者发之。此亦何待予言哉?独是冯犹龙有四大奇书之目,以《三国志》为第一种。说者谓三国争天下之局之奇,故传之者亦奇;而又得锦心绣口之人,一一代古人传其胸臆,则评之者亦奇,是固然矣。然予玩其《读三国志之法》,其云起结关锁,埋伏照应,所续离合宾主烘染之妙,一皆周秦汉魏六朝唐宋之文之遗法也。则《三国志》之奇,固不若周秦汉魏六朝唐宋之文之尤奇也。但人情听古乐而欲卧,闻新声而忘倦者比比。今既不能强斯世之人,尽喜读周秦汉魏六朝唐宋之文,而犹赖评野史者,尚能进以周秦汉魏六朝唐宋之文之法,则视一切蛙鸣蝉噪之书,相悬奚啻倍蓰乎！如愿读《三国志》者，引而伸之，触类而长之；以《三国志》视《三国志》也可，即不以《三国志》视《三国志》也亦可。因为之弁数语于简端。大清雍正七年岁次己酉仲春上浣之吉，江宁吉士穉明氏题于青溪之郁林草堂。

说明：上序出清雍正七年致远堂、启盛堂刊本《官本大字全像批评三国志》卷首。转录自丁锡根《中国历代小说序跋集》。

穉明氏，待考。

第一才子书三国志序

黄叔瑛

院本之有《西厢》，稗官之有《水浒》，其来旧矣。一经圣叹点定，推为"第五才子""第六才子"，遂成锦心绣口，绝世妙文；学士家无不交口称奇，较之从前俗刻，奚翅什佰过之。信乎，笔削之能，功倍作者，经传为然；一切著述，何独不然。古之人不余欺也！余于穷经之暇，涉猎史册，间及陈寿之《三国志》，因取《三国演义》参观而并校之，大都附会时事，征实为多，视彼翻空而易奇者，转苦运掉不灵；

又其行文，不无支蔓，字句间亦或瑕瑜不掩。卓吾李氏盖尝病之。惜无其人为之打叠剪裁，并与洗刷其眉目，所以官骸粗具，生面未开，评刻虽多，犹非全璧。最后乃见声山评本，观其领挈纲提，针藏线伏，波澜意度，万窍玲珑，真是通身手眼。而此书所自有之奇，与前代所未剖之秘，一旦披剥尽致，轩豁呈露，不惟作者功臣，以之追配圣叹外书，居然鼎足，不相上下。况《西厢》诲淫，《水浒》导乱，且属子虚乌有，何如演义一书，其人其事，章章史传，经文纬武，竟幅锦机，熟其掌故，则益智之粽也；寻其组织，亦指南之车也。案头寓目，何可少此一种，岂独贤于博弈而已？但其板已漫漶，不无鲁鱼亥豕之讹，因为厘订，付诸剞劂，以广其传，览者当不以余言为河汉也。雍正十二年岁次甲寅四月，大兴黄叔瑛兆千氏题。

说明：上序出自清雍正十二年（甲寅，1734）郁郁堂、郁文堂本《官板大字全像批评三国志》卷首。转录自丁锡根《中国历代小说序跋集》。

黄叔瑛，生平事迹待考。

三国英雄略传序文

高王臣

《史记》列传,总其人之行事而传也。三国人物,扶舆磅礴,清淑郁积之气,发为忠奸,分镳末汉。余素览之,略领其概。壬申岁,复客武林,适旱故,作传御忧,中所褒讥,特缀志□而荟萃其实耳。同人谋梓,非敢自拟河汾,望庶免诮雕虫,亦谓忧愁之子,别具英雄之排遣,不至坐叹穷庐,徒呼号于穹昊苍旻也。妄抒权衡,与承祚旧史,间或异同,讵余谬哉?尽信不如无。一国之书,书自取尔。乾隆乙亥年正月元日,碧山高王臣书于东山下五龙居小筑。

说明:上序出清乾隆二十年乙亥(1755)碧山肯斋刊本《三国英雄略传》卷首。转录自丁锡根《中国历代小说序跋集》。

高王臣,生平事迹待考。

重刊三国志演义序

清溪居士

昔陈承祚有良史才,所撰魏、蜀、吴《三国志》,凡六十五篇,已入正史。范頵称其词多劝诫,明乎得失,有益风化。裴松之亦谓铨叙可观,事多审正,而惜其失在于略,复上搜旧闻,旁摭遗逸,凡志所不载,事宜存录者,毕取以为之注,而三国事迹略备。演义之作,滥觞于元人,以供村老谈说故事,然悉本陈志、裴注,绝不架空杜撰,意主忠义而旨归劝惩,阅者参观正史,始知语皆有本,而不与一切小说等量而齐观矣。咸丰三年孟夏,勾吴清溪居士书。

说明:上序出自咸丰间刊本《全图绣像三国演义》,转录自内蒙古人民出版社1981年版。清聚盛堂刊本《铜板全像第一才子书》亦载此序,内容文字全同,惟末署"咸丰七年孟夏,勾吴清溪居士书"。此本全本二十册,正文六十卷一百二十回。半叶十行,行二十五字,版心上题"第一才子书"。封面上横题"同治二年初刊",下竖题"毛声山批点三国志 铜板全像第一才子书 圣叹外书 聚盛堂梓"。前有二序,一为伪托金圣叹顺治甲申(1644)序,二为咸丰七年(1857)勾吴清溪居士序。卷首有凡例、总目、读法。图四十页,图终署"壬子仲冬,虞山袁鹤写图"。说见宁稼雨《尘故庵藏〈三国演义〉版本述略》(《明清小说研究》2006年第4期)。

又，上海大众书局印本《考证古本三国志演义》卷首亦载此序，而广陵味潜斋藏上海宏文书局石印《增像全图三国演义》本卷首亦载此序，内容与此全同，尾又署"清光绪十四年孟夏，勾吴飞云馆主书"。

勾吴清溪居士，真实身份、生平事迹待考。

新刊三国志赤帝子馀编序

顾克

此《赤帝子馀编》也，不应称《三国》。自陈寿志三国，全以天子之制予魏，而以列国待汉。故《通鉴》目之以魏纪年（或作"耳"），《纲目》始以昭烈承献帝，大书章武之元，绍昭烈于高光，则吴、魏其紫色蛙声，馀分闰位者尔。顾一时无实录，万世无信史。不得旧史，奚以作《春秋》？微是志，《纲目》亦病杞宋之亡征，则谓是志即《纲目》之藉，奚不可？兹刻也，志仍其旧，特标其额曰"赤帝馀编"，倘亦存正统意乎？

说明：上序录自联辉堂本《新刊三国志赤帝子馀编》，此本内封上镌"联辉堂"，下镌"刻三国志赤帝馀编　三元馆郑氏少恒刻行"。首《新刻三国志赤帝子馀编序》,接署"顾克撰",一闽刊本。次"三国志目录",凡二十卷,"首尾计二百四十段",次"镌全像演义按鉴三国志君臣姓氏附录"。正文上图下文。图两侧有题,文卷端镌"新锲京本校正通俗演义按鉴三国志传卷之一(后汉)",署"中原贯中罗本编次　书林少垣联辉堂梓行"。半叶十五行,行二十七字。版心单鱼尾上镌"全像三国志传",下镌卷次、叶次。

顾克,生平事迹待考。

叙三国志传

吴翼登

余读三国而知统之必以正者为尊也。抚昭烈帝之潜跃,按卧龙之终始,惟以仁以义,无诈无虞。迨汉祚既移,始建元称号,羽扇纶巾,堂堂正正,鞠躬尽瘁,大义凛然。君可以媲美汉高,臣可以下薄萧曹。若关若张若赵常山等,又岂出淮阴下哉?虽数限一隅,志不偏安,一时君臣喜起,大义赖以不坠。曹鬼、孙犬,何敢望其后尘?信乎统之必以正也。虽谓三国,止一国;三国之志,止一国之志可。

闽西桃溪吴翼登书。

说明：上叙录自清嘉庆七年杨美生刊本《三国志传》。原本藏日本。此本内封题"新镌全像三国演义"，目录叶题"全像三国志传目录"。正文卷端题"新刻按鉴演义全像三国英雄志传"，版心则镌"新刻三国志传"。

吴翼登，福建人，馀待考。

重校第一才子书叙

菇史氏

《三国志演义》一书，小说也，而未尝不可以观文章。自毛氏评之，圣叹称之述之，人知其书非寻常小说家比，且有以大文章视其书者。夫文章莫不妙于平庸陈腐，而莫妙于奇。圣叹序是书，谓"三国者，古今争天下之一大奇局；演三国者，又古今为小说之一大奇手"。然则以奇说奇，上下数十年间，俾阅者知国势之鼎立，征战之逞雄，运筹之多谋，人才之散处分布，不择地而生。书中演说，有陈史所未发，申之而详者；有陈史所未备，补之而明者。陆离光怪，笔具锋铓，快心悦目，足娱闲遣，足助清谭；人皆称善,则虽谓之大文章可矣。惟其书流传既久,翻刻多讹,予于斋居之暇,细为校正,并用硃笔标识,列诸上下。适坊友见之,敦请依式付剞劂氏,以公同好。因书数语,弁其首云。时光绪七年辛巳端阳日,莼史氏识。

说明:上序出清光绪七年群玉山房刊本《重校第一才子书》,转录自丁锡根《中国历代小说序跋集》。

莼史氏,待考。

三国演义跋

傅冶山

《三国演义》一书,所载战法、阵法及雄韬武略,其深裨于实用者,诚非浅显。凡为士者,自束发受书,皆欲博览古今,贯通史事,求其宜古而不戾于今者,储有用之学,以为他年庭献之资。然史之所记,不过悉历朝君德之盛衰,臣品之忠奸,与夫礼乐典章宏纲巨制而已,绝未有记战法阵法如《三国演义》者。是书也,世人咸谓之为小说耳,不知是书虽曰小说,而其行军议论严正,余常玩索之,辄爱其贯串群书，深有合于六韬与夫司马穰苴之法。惟市肆间，卒鲜善本，鱼鲁亥豕，讹以传讹。余游申浦，适有同乡涂君子巢先生精习西法印书之技，余因出箧中所藏善本，托其用西法成铅板一部，以期垂诸久远而无磨灭之虞。刻既成，校勘精审，字画无讹，诚觉爽人心目，所望阅之者，因书板善而追念是书之美，是非独余所深幸，抑是书之幸也。时在光绪甲申春王月，傅氏冶山跋于申江客次。

说明：上序出清光绪十年上海铅印本。

傅冶山，待考。

三国志演义补例

许时庚

一、陈承祚所撰魏蜀吴《三国志》，凡六十五篇，已入正史。范頵称其辞多劝诫，明乎得失，有益风化。裴松之亦谓诠叙可观，事多审正，而惜其过于简略，复上披旧闻，旁摭遗逸，凡志所不载，事宜录存者，毕取之以为注，而《三国志》事迹于是略备。是编演义之作，盖滥觞于元人，以供村老谈说故事，然悉本陈志、裴注，绝不架空杜撰，意主忠义而旨归惩劝，阅者参观正史，始知语皆有本，而与一切稗官野史凭空结构者不同，有识者自能辨别。

一、是书为本朝国初吴郡金圣叹先生加增外评，称为《第一才子书》，是后以讹传讹，竟将《三国志演义》原名淹没不彰，坊间俗刻，竟刊称为《第一才子书》，未免舍本逐末。今悉遵古本更正，并倩精于绘事者补像增图，名曰《图像三国志演义》，似乎名称其实，亦觉灿然美备，斐然可观。

光绪十六年岁次庚寅，吴门沧浪旧隐许时庚幼庄氏志于广百宋斋。

说明：上序出清光绪十六年广百宋斋校印本《绘图增像第一才子书》，转录自丁锡根《中国历代小说序跋集》。

许时庚，光绪间苏州人，曾校勘《历代名臣言行录》《增广诗韵合璧》。

附录

三国志演义序

〔日〕赖襄

大耳儿、紫髯奴与阿瞒,皆不世出之雄,而并世而出,分争神州。猛将各如云,谋臣各如雨,事机智巧,三面错迕,是宇宙极奇之运也。陈寿分写参照,如组织然,使人心目迷离,一变《史》《汉》之局,亦纪载中之奇者。而小说家又敷衍其义,加之怪幻俶诡,盖奇之奇者矣。诸史皆有演义,独此最盛行,与《水浒传》《西游记》《金瓶梅》并称"四大奇书"。三书凭虚驾空,此则因实结撰,而齐脍炙人口,斯亦奇矣。抑三国,蜀义最正,而命最蹇,三絫相继跌仆,而孔明吞志而终,是自千古恨事。读史者,至此闷极废卷。而演义别构奇说,如人人所欲出,使闷者眼明眉舒,则可谓奇之极,而归于正焉。假使此间《太平记》书南朝事,亦有若说,则吾知其更快人心也。是小说之有益世道者,非如《水浒》鼓乱,《金瓶》劝淫之比。必问其某真某假,则痴人前不可说梦也。坊间有译焉,加绣像,以便童蒙者,而阙其后半,孔明事迹不备,犹《太平记》而不尽载楠公事,岂非大缺陷?近有谋续成者,而来乞序于余。门人以其俗陋,难之曰:"清士大夫有谬引此中一事为典,犹招人嗤议,况为之序也!"余闻而哂曰:"许之。今人动举其迂僻经义,陈熟诗文,无痛痒于世者,梓而行之,才揭一纸,人辄思睡。视之此书,孰俗陋?孰雅正?孰臭腐?孰神奇?吾宁舍彼取此。"

说明:上序出《山阳遗稿》卷八,转录自朱一玄《明清小说资料选编》,作者为日人赖襄。

赖襄(1780—1839),字子成,号山阳外史,通称赖久太郎,别号三十六峰外史,日本著名史学家、汉学家。有《日本外史》(存松平氏藏板本)等。

考证古本三国志演义卷头语

章回小说,在文学史上,占有相当地位。其中尤以《三国志演义》《红楼梦》《水浒传》《儒林外史》《今古奇观》……等书为最。此种书籍流行民间,雅俗共赏。惜曩,我国出版界专重牟利,只求省料，不求版本之改良，故此种名著，版本均极恶劣，大都皆用油光纸，石印。纸有光，既损目力，加以字小如蚁，更于目光有害。因之，阅之不久，即觉眼枯，欲抛书暂息，而书中情节又令人不忍释手，以致读者每觉进退维艰，不得已，勉强阅完，则一书未竟，而两眼已成近视，其危险殊甚。加以错字极多，更为读者所病。及后，加新式标点之版本出，纸张虽稍好而字仍甚小，校对亦未能精，且一经标点分段，每多删削，读者往往有"非原生货"之感。本局为谋补救上述缺憾起见，不惜工本，搜集各种名著古本，用无光纸张，照古本用大字排印，校订求精密，以冀绝无错讹，使读者既省目力，又能细味原作之神韵，想爱读名著者，当乐于赞助也。

考证三国志演义序

王大错

一国国民之特性与夫爱国心，皆系乎历史观念之深浅。历史观念深者，其民必强毅而多爱国心，如欧之德意志，东亚之日本是；反是而观念浅薄者，则其民即怯懦不武，而视国家事亦漠然不相关，如已丧失其国家资格之印度人民是。而吾中国亦岌岌乎邻于此矣。虽然，以吾国之大，历史之繁，而欲其瞭然于四千年之陈迹，以养成此观念，则无论五亩之夫，一廛之氓，百工之役，无由梦想，即皓首穷经古之所谓士者，难与论此。然则一部二十四史，真个将无从说起乎？要亦提纲领，撷菁华，择其最起观感，最足兴起人信仰者之一时期，以普遍灌输之耳。有史以来，以汉末三国之局为最奇，亦惟三国之人才为最众，三国之贤奸邪正别白为最著。故夫四千馀年之历史，当以三国为关键而代表之。斯《三国演义》一书，所以能流行数百年，而普及之魔力有如是者，即其明征也。所惜者，承学之士，既以其为稗官说部而鄙不之信；世俗之流，又过于信，崇奉为金匮宝书，而不知此外更有所谓陈寿《三国志》正史本者在，非两偏乎？顺其机而导之，惟有融合正史、演义二者，并出一途，使读者知《三国演义》事迹之出处，完全有所本，不得与俗本小说等夷之，而由此增其历史观念尔。此蒙所以有考证《三国志演义》之举也。惟蒙本窭人子，家鲜藏书，故所见不广，不能惬心，自当为憾耳。幸博雅识者，匡所不逮焉。大错识。

考证三国志演义凡例

一、《三国志演义》，事实悉本正史，不同其他说部，固尽人皆知。惟既名演义，自当极意推演，以关紧凑、趣味浓深为主，不能不裁剪点缀，形容尽致，出以烘云托月之笔。然承学之士，遂因此鄙为俗本而轻视之；世俗之徒，又诧为神奇，过于信仰，而不究其所自。此考证之所由作也。

一、《三国演义》，虽本陈寿《三国》正史及裴松之注，然体裁既异，笔墨自不同，若遽以两书并视，亦不易得其线索，故本编就《演义》原书，逐段逐节，附以考证，沟通《演义》与正史间之消息，庶阅者得此，可知《三国演义》之真正价值及其渊源。故定曰《考证三国志演义》。

一、本《考证》大体，系将《演义》所采陈寿志、裴注，及汉末魏晋诸私家别史中之一切出处，及其异同详略，时代先后彼此移置之处，均为摘出，考证于下，俾阅者于浏览《演义》之下，即可得正史之大要。

一、本编考证所采之书,除陈志、裴注及诸私家史外,更采及《后汉书》《傅子》、葛洪《神仙传》、《诸葛忠武集》、荆襄楚陕云南等各省志乘,又傍及《枭姬传》、《三辅决录》、《水经志》、高承《事物纪原》、《太平广记》、《艺文类聚》,与杜之诗、苏东坡《赤壁赋》等,不下百数十种。然犹疏漏,难于广证。幸博雅君子纠补指正之。

一、本编以限于篇幅,不克每段嵌入,故每于考证之首,提出事要一句为目,下列空心双套圈一个,以考证本文,分清眉目;间有连续排列数小段考证,附列于一个事目之下者,则以省去空占行幅之故,惟每则仍各以双套圈间之。

一、《考》中所称"史志"或"志传"及"传载""志载"等处,皆系陈寿《三国志》之略称。其引据出于裴松之注中,则或用详称,或简称曰"裴注";偶有单称曰"注"者,亦指"裴注"也。时或连举所据之各家纪载,如《汉晋春秋》《典略》《晋阳秋》《蜀记》《江表传》《南中志》《耆旧记》等等,不胜枚举,大抵皆裴松之所引。或有出于裴松之以后之书名,则皆作者所傍考及于晋以后元以前之诸书也。盖既以见演义者根据之广,亦使阅者知所出处也。

一、《演义》全书,前半以赤壁一役为精华;后半以汉中诸战为重要;取东川,烧连营,七擒七纵,亦皆大关目。作者之考证,亦随其轻重为断,故有详略不同之处;或有虽亦大关目而实无本者,则宁付阙如,惟或挹出其推演之本旨,以说明之耳。

一、《演义》与正史同一事典,而时地年岁或不同者,本考皆为摘出之。

一、《演义》中实有疏误及不应改动其事实之处,如太史慈、张苞等之死是也,则考中皆为引据驳正之。

一、考证之外,间有鄙意所及,则以连带论列之。

一、作者虽意在考实,非("非"字疑衍)见识浅薄,所读书亦少,幸读者匡其疵谬,是所至祷。考证者识。

说明:上序录自民国二十四年(1935)大众书局本《考证古本三国志演义》卷首。此本首有卷头语,次为《考证三国志演义序》,尾署"大错识"。复次为《凡例》,尾署"考证者识"。

王大错,吴县人,藏书家,有《分类尺牍函海》《清知易录》《篆法入门·篆法指南》等。

三国志通俗演义跋

莫伯骥

前题"晋平阳侯陈寿史传,后学罗本贯中编行"。贯中,元末杭州人,名本,以字行。性喜编撰说部,流传于世后者,以《三国志通俗演义》《说唐》《粉妆楼》等为有名。《水浒传》自七十回以后,金圣叹人瑞亦以为贯中手笔。《平妖传》,又称《三遂平妖传》,全四十回,相传亦为贯中作。明冯梦龙补叙宋文彦博讨平妖人王则事。文境诙诡,用意奇幻,亦佳作也。前人谓明代神怪小说实导源于此。

廖燕撰《金圣叹传》,谓金所评《离骚》、《南华》、《史记》、杜诗、《西厢》、《水浒》,以次序定为六才子书,俱出手眼。金昌叙圣叹《杜诗解》及无名氏《辛丑纪闻》所列六才子次序与廖氏说异。今刻《三国演义》有圣叹序,则定为第一才子书。近人考定为清初毛宗岗伪托。至廖氏所撰传,则见《柴舟集》中日本印本，吾家有之。此种演义，凡一百二十回，回分上下，得二百四十回，起汉灵帝中平元年，终晋武帝太康元年，共九十七年。除采正史及注以及稗史外，每多臆见。明季有钟伯敬、李卓吾评本，今不多见。通行本则毛氏得旧本而窜改之者也。若明人所撰之剧曲有名《锦囊记》者，演诸葛亮以锦囊三策授赵云，亦本《演义》而来，史志固无此事。此又罗氏之支流馀裔也。按宋人语录每以俗语解经，（朱之瑜云："宋儒语录多用方言。宋儒多豫人，方言多豫语。见《舜水集》。）元监察御史郑镇孙撰《直说通略》十卷，取司马氏《通鉴》，以俗语衍之，与小说无异，今犹有传本。可知研经绎史用通俗语言，前人已开其端，罗氏实沿其例。前有"嘉靖壬午孟夏吉望关中修髯子序"，略云："客有问于余曰：刘先主、曹操、孙权，各据汉地为三国，史已志颠末，传世久矣，复有所谓《三国志通俗演义》者，不几近于赘乎？余曰：否。史氏所志，事详而文古，义微而旨深，非通儒宿学，展卷间鲜不便思困睡。故好事者以俗近语檃栝成编，欲天下之人，入耳而通其事，因事而悟其义，因义而兴乎感，不待研精覃思，知正统必当扶,窃位必当诛,忠孝节义必当师,奸贪谀佞必当去。是是非非,了然于心目之下,裨益风教广且大焉,何病其赘耶!客仰而大噱曰:有是哉!子之不我诬也,是可谓羽翼信史而不违者矣。简帙浩瀚,善本甚艰,请寿诸梓,公之四方,可乎?余不揣谫劣,原作者之意,缀俚语四十韵于卷端,庶几歌咏而有所得欤?於戏!牛溲马勃,良医所珍,孰谓稗官小说不足为世道重轻哉?"其所谓四十韵,颇多讽刺,中有云:"人言三国多才俊,我独沉吟未深信。鹰犬骞腾麟凤孤,四海徒令蹈白刃。天假数年寿孔明,山河未必轻归晋。此编非直口耳资,万古纲常期复振。"次列《三国志宗僚》二十叶,盖《演义》中三国人之小史也。蜀之费祎,为魏降人郭循所刺杀,事见《三国志》本传,而陆氏《入蜀记》乃据俗传谓祎飞升于黄鹤楼,后忽乘黄鹤来归,未加驳正,是宋人已有正史外之传说。又沈氏涛《交翠轩笔记》,述《东坡集》记王彭论曹刘之泽云:"涂巷小儿薄劣,为其家所厌,若辄与数泉(钱),令聚坐听说古话。至说三国事,闻玄德败则颦蹙有出涕者,闻曹操败则喜跃畅快。"是北宋时已有衍说三国野史云云。盖平话盛行于宋元之世(《武林旧事》有演史、说经诨经、小说、说诨话四科。《永乐大典》有平话一门，所收至夥。明晁氏《宝文堂书目》著录平话八十餘种。《尧山堂外记》："杭州瞽女唱古今小说评话，谓之陶真。"《七修类稿》：淘真本起处每曰"太祖太宗真宗帝，四祖仁宗有道君"，可知"陶真"之名自宋始矣。盖评话即以白话在道涂间陈说，不用乐器弹唱。陶真既云唱，当必如弹词演出，盖弹唱兼施也。)以话言通俗，既流行于茶坊酒肆之间，复传播于溪父公园之口。宋吴自牧《梦粱录》所记之小说人，盖以口舌摹写，今所传之《演义》则以简牍形容，而其为用则一也。

此书为元罗氏所创作。今日最古之本，则有元至治间建安虞氏所刊《全相平话三国志》，明弘治甲寅罗本亦有善椠。此为嘉靖壬午开雕者，行格与弘治本同，当以前刊为祖本，而其序则云"善本甚艰"，想其时弘治本已不可多得。年阅数百，今此本亦不易求。坊肆通行者，板皆漫灭，盖多陋刻，明人善本殆稀如星凤矣。罗氏此作，原甚风行，故明末李定国、孙可望并为贼，其后定国殉身缅海，人亦谓其受

《三国演义》之影响。清太宗崇德四年，命大学士达海译是书，顺治七年告竣。清初满州武将不识汉文者，类多喜读此书。魏源《圣武记》谓乾嘉中紫光名将海额诸人，皆尝得力于此。（顺治七年正月，颁行《清字三国演义》，盖为关圣起见。论者以为何比明文渊阁之《黄氏女书》，《黄氏女书》则为念佛，其揆一也。）其馀如三国英雄之遗事，流传于群众之谈麈者，亦多根据于《演义》焉，甚至士夫且有以《演义》为正史者。《三国志·庞统传》云：先主"进围雒县，统率众攻城，为流矢所中，卒"。按统致命处在鹿头山下，今其墓尚存。而《演义》载统进兵至此，勒马问其地，知为落凤坡，惊曰："吾道号凤雏，其不利于吾乎！"落凤坡之称，盖小说家妆点之辞，而后人遂名其地。王氏士禛诗中有吊庞士元之作，竟以"落凤坡"三字著之于题，前人所笑为谬误者也。（王氏《柳南续笔》"既生瑜，何生亮"二语，出《演义》，实正史所无。王渔洋《古诗选·凡例》、尤悔庵《沧浪亭诗序》并袭用之）。清雍正间有某侍郎保举人才，引孔明不识马谡事，清宪宗责其不当以小说入奏，责四十，仍枷示焉，见《竹叶亭杂记》。又嘉鱼刘氏撰《奇觚室金文述跋》五"牧锯"云："关王青龙偃月刀，一名冷艳锯，可知锯亦是兵器。"不意金石书中乃引及《演义》。《竹叶亭杂记》又述"乾隆初，某侍卫擢荆州将军，人贺之，辄痛哭。怪问其故。将军曰：'此地以关玛法尚守不住，今遣老夫，是欲杀老夫也。'"此盖熟读《演义》而愦愦者。玛法，满洲语，呼祖之称。此则尤可笑也。（《东荒民俗见闻琐记》："鱼皮达子俗畏熊虎，称虎为玛法，称熊为黑玛法。汉语老爷之意。"）

此书所列宗僚第二叶云："关某，字云长，河东解良人，官至寿亭侯前将军。"去汉而云"寿"，实不可通。宋洪迈汉寿亭侯辨谓："建炎二年，复州宝相院于土中得一印，文曰'汉建安二十年寿亭侯印'。汉寿，地名，不应去汉字，云长以五年受印，不应在二十年。"伯骥按："秦法十里一亭，亭侯乃侯封之最下者。《汉楚春秋》'高祖封许负为鸣雄亭侯'，《汉桓帝纪》'封尹勋等七人为亭侯'是也。若亭长不过主亭之吏，《汉书》高祖为亭长一段，其注甚明。陈眉公《秘笈》中有谓'汉寿亭侯即亭长者'，则误之甚矣。汉献帝建安二十四年，关侯失事。前人于此事多痛惜之词,谓当关侯之攻曹仁于樊也,降于禁,杀庞德,威振华夏,曹操且欲迁都以避其锋,奈孤军独立,孙氏谋其后,曹氏谋其前,而司马懿、蒋济辈亦复算无遗策,以一人而揸挂于两大敌之间,处处入于坎窖而不觉。南郡既破,进退失据,而时势遂不可为。《演义》于此节亦有摹写。方氏《望溪集·杂著·答问》一篇谓关公遇难时,魏、吴之士民群聚而祀之,其君臣必见为当然,故震动宇宙而结聚于人心者,深固而光昭。张氏宗泰则谓吴、魏与蜀为仇敌之国,二国之臣所谓多方以误公者,不肯为公稍留馀地,而其民亦似不敢祀公于境内。公之血食祠宇遍天下,当肇始于宋元之间。盖神理之显晦兴废,其气运亦各有其时,望溪之辞未必核也。(鲁岩《所学集》十三。)今《演义》中亦无望溪之说。魏叔子《日录》云:"余尝览《三国演义》孔明于空城中焚香扫地,司马懿遇之而退。若遇今日山贼,直入城门,捉将孔明去矣。"叔子之言诚是,然孔明空城一事,自出郭冲所纪诸葛隐谋五事,非尽《演义》之说。冲之所记不确,裴松之已驳之,见汪氏《松烟小录》。刘先主谓关侯、张益德曰:"孤之有孔明,如鱼之有水也，愿诸君勿复言。"迨至临危托孤曰："嗣子可辅则辅之，如其不才，君可自取。"孙盛谓先主付托之言为乱命，又诋其辞涉于诡。今《演义》亦述前说，至呼关侯为"夫子"，后世多有此称。钱馥《小学庵遗书》四有《关夫子赞》云："孔夫子，关夫子，世之相后七百岁，地之相去千馀里，同此心，同此理。"按陈志本传称侯诵《春秋》略上口，而《演义》遂谓侯通《春秋》，后世且有以"志在《春秋》"颂之者，夫子之名或由之而起也。清洪氏亮吉集中，称关神武庙壁绘二神，一署曰平，神武子也，见裴松之所引《蜀记》；一署曰周仓，则宋以前悉无可考，仅见于元人所作《演义》。神其说者，或云近世山西人掘地得周墓，有石碣焉，亦附会不足信。吾乡有里儒撰《神武世系》，据《吴志·鲁肃传》云争荆州日，"坐有一人"，遂定为周仓。夫陈寿固未尝标姓名，则百世下何由知之？（清谥关侯为"神武"，故洪氏云然。）《演义》中有吕布、貂蝉及夺戟争斗事。按《吕布传》言布少失意，卓拔手戟掷布，布拳捷避之。又言布与卓侍婢私通，恐事发觉，心不自安，布因朝会手刃刺卓；侍婢或即貂蝉。《元典》亦有此说。此书文体不是纯俗语，近于《宣和遗事》，不似《水浒传》多方言而难读。钱氏称顷在京师，优人有演《南阳乐》传奇者：诸葛武侯卧病五丈原，天帝遣华佗治之，病即已，无何遂平魏、吴，诛其君及司马氏父子，观者莫不称快。见《潜研堂集》。观此则斯书流行之故可瞭然矣。

元至治本、明弘治本，海上已有景印。此本雕槧不苟，亦旧刻小说之足珍者也。半叶九行，行十七字，上下黑口。大板本前序有"水云漫士"圆形章，按水云漫士为吴县潘弈隽之别号。弈隽，字守愚，号榕皋，官户部主事，著有《三松堂诗文集》《水云词》等书。（《岳武穆演义》刊本多种，闻海盐朱教授希祖有明刊本，为邹元标编，与今日流传本大异。闻朱学出自馀杭章太炎，教授广东时，曾临寒家观书。）

说明：上跋出自五十万卷楼《群书跋文》，转录自丁锡根《中国历代小说序跋集》。

《群书跋文》，莫伯骥撰。十五卷，有 1948 年广州文光馆排印本。

莫伯骥（1877—1958），字天一，广东东莞人，著名藏书家。

弈隽，即潘奕隽（1740—1830），字守愚，号水云漫士，又号榕皋。晚号在松老人。吴县（今属江苏苏州市）人。乾隆三十四年进士，官户部主事，尝典试黔中。著有《三松堂诗文集》《水云词》等，著名书画家。

平妖传

重刊平妖传引

童昌祚

夫技至神异,无逾剑术矣。红线、磨勒诸人,种种诞怪,不诚善幻哉？未有据城叛邑,抗拒王师,逞螳臂以当万乘者。《平妖》一传,其书不类诸经,即人世万万无有,《宋史》偏释,王则僭号东平,称引弥勒、释迦,簧鼓日甚,寻为潞公所执。则编中数千百言,语语若真,无乃好为骇俗,徒令田畯野叟资诧唶耶？慎修王君奈何掇拾唾馀,更为木灾,而分贯中氏谤也？虽然,慎修固搦管工文词,夙抱请缨投笔之志,日者西北一一首难,我师先发,累累就俘；乃日本狡焉起强,尚稽荡扫,天下沸于军兴。彼深山大泽,窟薮逋逃,若史迁所记亡命作奸之徒,靡睢理道,诤运命,宁无妄意占验,煽诱黔愚,谓五龙滴泪之妖,或可载试；而若胜国之白莲,东京之风角,嬴秦之狐鸣蛇泣鱼帛牛书也者,将令触目涉耳,悚念警心,跃然其技术之奇,可以快遂一时,而怃然其骈首斧斤,窜身鼎镬,不逾年而暴于朝阳,震于轰霆,无剩质也!邪之与正,数既不胜,睹形畏影,人所常情。倘潜挫于此刻乎,即跳于史书,诩于剑术,冒谲诞而蒙浮游,慎修固甘之也。自非然者,语怪搜神,大道所忌。《传》复去越六经远甚,奚足润尘工左,价高洛阳?慎修顾卑扬罗氏之波,而涉其末流也哉。噫嘻!世以是梓异慎修,以斯言迂不佞乎!武胜童昌祚益开甫撰,虎林柴应楠仲美甫书。

说明:上序录自本衙藏板本《平妖传》。此本内封由右向左分题"冯犹龙先生增订""平妖传""本衙藏板"。首《重刊平妖传引》,尾署"武胜童昌祚益开甫撰,虎林柴应楠仲美甫书",有阴文钤两方。书凡四卷,卷前为该卷之总目,题"三遂平妖传×卷目录",卷五回。正文卷端,卷一至卷三卷端题"东原罗贯中编次 钱塘王慎修校梓",第四卷则题"东原罗贯中编次 金陵世德堂校梓"。正文半叶九行,行二十字。图嵌正文中,左右半叶合为一幅,共三十幅。原本藏北京大学图书馆、日本天理图书馆。

童昌祚,字益开,钱塘人,曾与虞九章、陆宏祚一起订释明万历十九年金继震刻本的《唐骆先生文集》。

柴应楠,字仲美,别号敬泉,虎林(今属浙江杭州市)人,出嗣柴祥之兄柴祯。国学生,授光禄寺署丞。

(北宋三遂平妖传)叙

张誉

小说家以真为正,以幻为奇。然语有之:"画鬼易,画人难。"《西游》幻极矣,所以不逮《水浒》者,人鬼之分也。鬼而不人,第可资齿牙,不可动肝肺。《三国志》人矣,描写亦工,所不足者,幻耳。然势不得幻,非才不能幻。其季孟之间乎?尝譬诸传奇,《水浒》,《西厢》也;《三国志》,《琵琶记》也;《西游》,则近日《牡丹亭》之类矣。他如《玉娇丽》《金瓶梅》,如慧婢作夫人,只会记日用账簿,全不曾学得处分家政,效《水浒》而穷者也。《七国》《两汉》《两唐》《宋》,如弋阳劣戏,一味锣鼓了事,效《三国志》而卑者也。《西洋记》如王巷金家神说谎乞布施,效《西游》而愚者也。王缑山先生每称《三遂平妖传》堪与《水浒》颉颃。余昔见武林旧刻本，止二十回，首如暗中闻炮，突如其来；尾如饿时嚼蜡，全无滋味，且张鸾、弹子和尚、胡永儿及任、吴、张等后来全无施设，而圣姑姑竟不知何物，突然而来，杳然而灭。疑非全书，兼疑非罗公真笔。及观兹刻，回数倍前，始终结构，备人鬼之态，兼真幻之长。猴山先生所称，或在斯乎？余尤爱其以伪天书之诬，兆真天书之乱，妖由人兴，此等语大有关系。闻此书传自京都一勋臣家抄本，即未必果罗公笔，亦当出自高手，非近日作《续三国》《浪史》《野史》等鸥鸣鸦叫，获罪名教者比。永可列小说名家，故贾人乞余叙也，而余许之。泰昌元年长至前一日，陇西张誉无咎父题。

说明：上序录自天许斋本《平妖传》。此本首《叙》，尾署"泰昌元年长至前一日，陇西张誉无咎父题"，有"张誉""无咎父"阳文钤两方。次，"天许斋批点北宋三遂平妖传引首　宋东原罗贯中编　明陇西张无咎校"。复次，"天许斋批点北宋三遂平妖传目录"，凡四十回。图存七叶。以下正文，自第一回起，卷端无题署。半叶九行，行二十一字。原本藏日本内阁文库。

(新平妖传识语)

旧刻罗贯中《三遂平妖转》二十卷,原起不明,非全书也。墨憨斋主人曾于长安复购得数回,残缺难读,乃手自编纂,共四十卷,首尾成文,始称完璧,题曰《新平妖转》,以别于旧。本坊绣梓,为世共珍。金阊嘉会堂梓行。

(新平妖传)叙

张无咎

小说家以真为正,以幻为奇。然语有之:"画鬼易,画人难。"《西游》幻极矣,所以不逮《水浒》者,人鬼之分也。鬼而不人,第可贯齿牙,不可动肝肺。《三国志》人矣,描写亦工,所不足者,幻耳。然势不得幻,非才不能幻,其季、孟之间乎!尝辟诸传奇,《水浒》,《西厢》也;《三国志》,《琵琶记》也;《西游》,则近日《牡丹亭》之类矣。他如《玉娇丽》《金瓶梅》,另辟幽蹊,曲中奏雅。然一方之言,一家之政,可谓奇书,无当巨览,其《水浒》之亚乎!他如《七国》《两汉》《两唐宋》,如弋阳劣戏,一味锣鼓了事,效《三国志》而卑者也。《西洋记》如王巷金家神说谎乞布施,效《西游》而愚者也。至于《续三国志》《封神演义》等,如病人呓语,一味胡谈。《浪史》《野史》等,如老淫吐招,见之欲呕,又出诸杂刻之下矣。王缑山先生每称罗贯中《三遂平妖传》堪与《水浒》颉颃。余昔见武林旧刻本,止二十回。开卷即胡员外逢画,突如其来;圣姑姑不知何物,而张鸾、弹子和尚、胡永儿及任、吴、张等后来全无施设。方诸《水浒》,未免强弩之末。兹刻回数倍前,盖吾友龙子犹所补也。始终结构,有原有委,备人鬼之态,兼真幻之长。余尤爱其以伪天书之诬,兆真天书之乱,妖蠚人兴,此等语大有关系。即质诸罗公,亦云青出于蓝矣。使缑山获睹之,其叹赏又当何耶。书已传于泰昌改元之年。子犹宦游,板毁于火,余重订旧叙而刻之。子犹著作满人间,小说其一斑,而兹刻又特其小说中之一斑云。楚黄张无咎述。

说明:上识语及叙,均录自墨憨斋嘉会堂本《平妖传》。此本内封由右向左分题"墨憨斋手校"、"新平妖转"、识语。首《叙》，尾署"楚黄张无咎述"。次"天许斋批点北宋三遂平妖传引首　宋东原罗贯中编　明东吴龙子犹补"。次"墨憨斋批点北宋三遂平妖传目录"，凡四十回。有图十叶。正文半叶九行，行二十一字。

萧按：上两种版本，两篇叙关于作者等问题的记述有较大出入，天许斋本谓"闻此书传自京都一勋臣家抄本，即未必果罗公笔，亦当出自高手"，"永可列小说名家，故贾人乞余叙也，而余许之"，嘉会堂本谓："盖吾友龙子犹所补也"，"即质诸罗公，亦云青出于蓝矣。使缑山获睹之，其叹赏又当何如耶。书已传于泰昌改元之年。子犹宦游，板毁于火，余重订旧叙而刻之。子犹著作满人间，小说其一斑，而兹刻又特其小说中之一斑云。"特别是，前本的《叙》说"他如《玉娇丽》《金瓶梅》，如慧婢作夫人，只会记日用账簿，全不曾学得处分家政，效《水浒》而穷者也"，后本的《叙》则曰"他如《玉娇丽》《金瓶梅》，另辟幽蹊，曲中奏雅"，评价前后截然不同，是张无咎后来改变了对这两部书的看法，亦叙非同一人所作？颇令人心生疑窦。而且张誉、张无咎，一题"陇西"，一题"楚黄"，地望不一。其真实身份及生平事迹待考。或谓系冯梦龙之托名，待证实。

残唐五代史演义传

点校残唐五代史传叙

周之标

夫五代自有五代之史,附于残唐后者,野史,非正史也。正史略,略则论之似难;野史详,详则论之反易。何也?略者,犹存阙文之遗,而详者,特小说而已。残唐勋业,惟克用最著,下此其嗣源乎?而乃艳称存孝,此不可解也。残唐奸恶,惟全忠最著,下此其令孜乎?而乃专诛黄巢,此益不可解也。至若五代纷更,朝成暮败,如儿童演戏,胡乱妆扮,便尔登场,可以臣乱君,可以子乱父,可以夷乱华,可以卒乱将,亦可以婿乱翁。总之,作儿童戏。然则五代之史,虽谓野史,非正史也亦可,而余凭何论以论之?见不定,不足与论史;而识不空,亦不足与论史。学不富,不足与论史;而才不横,亦不足与论史。心思不细,不足与论史;而胸次不阔,亦不足与论史。游神一世,而不游神千载,不足与论史;即游神千载以前,而不游神千载以后,亦不足与论史。

兹集也，五代附残唐后者也。五代纷更，不堪论；残唐残坏，不忍论。伸信、越而诎瑜、亮，是使全忠、敬瑭辈得藉口也；严莽、操而宽桧、伦，是又使令孜、敬瑄辈得藉口也。然则置五代，而余又凭何论以论之？巨寇纵横，权珰蔽惑之际，独能辅政总戎，大展经略，刺血流涕，感动一时，虽收功于李克用，而首唱大义，望隆蕃汉者，郑畋一人而已。惜为田令孜、陈敬瑄等所忌，以公保罢政。嗟乎！彼杀侯昌业，杀孟昭图，杀常濬，不能容一贤拾遗补阙，能容贤相臣耶？此又余所为采正史以论野史者也。长洲周之标君建甫题于仰苏楼。

说明：上序录自明刊本《镌李卓吾批点残唐五代史演义传》，此本首《点校残唐五代史传叙》，尾署"长洲周之标君建甫题于仰苏楼"。次"镌李卓吾批点残唐五代史演义传总目"，凡八卷六十回，又次"镌李卓吾批点残唐五代史演义传总目"，分"后梁纪""后唐纪""后晋纪""后汉纪""后周纪"。复次像十二叶，皆像赞各半叶。正文卷端题"镌李卓吾批点残唐五代史演义传卷之×　贯中罗本编辑　卓吾李赞批评"，半叶九行，行二十字，版心上镌

"残唐五代传",单鱼尾下为卷次、叶次。原本藏复旦大学图书馆,上海古籍出版社据以影印行世。

周之标,字君健,号梯月主人、宛瑜子、来虹阁主人,长洲(今苏州)人。出版家。

如意君传

如意君传序

华阳散人

《如意君传》者何？则天武后中冓之言也。虽则言之丑也，亦足以监乎！昔者四皓翼太子，汉祚以安，实赖留忠矣。则天武后强暴无纪，荒淫日盛，虽乃至废太子而自立，众莫之能正焉。而中宗之后也，实敖曹氏之侯之力如留侯，可谓社稷力也。此虽以淫行得进，亦非社稷忠耶？当此之时，留侯卢（"卢"，日刊本作"虑"）之，四皓翼之，且焉能乎？《易》曰：纳约自牖。敖曹氏用之。由是观之，虽则言之丑也，亦足监乎！甲戌秋，华阳散人题。

（如意君传跋）

柳伯生

史之有小说，犹经有注解乎？经所蕴，注解散之，乃如汉武、飞燕内外之传，闺阁密款，犹视之于今，而足以发史之所蕴，则果犹经有注解耳。顷得

《则天后如意君传》,其叙事委悉,错言奇新,比诸诸传,快活相倍。因刊于家,以与好事之人云。庚辰春,相阳柳伯生。

说明:上序跋选自坊刊本《如意君传》,首有《如意君传序》,尾署"甲戌秋,华阳散人题";末有署"庚辰春,相阳柳伯生"的跋。正文卷端题"闸娱情传"。半叶十九行,行二十字。版心单鱼尾上无题署。另有一日刊本,内封分四栏,分署"吴门徐昌龄著""则天皇后""如意君传""东都 清冈阁"。首《如意君传序》,尾署"东都牛门隐士书"。正文卷端亦题"闸娱情传"。亦有上述序、跋。内容文字也几同。跋署"庚辰春,阳相柳伯生"。

徐昌龄,生平待考。

华阳散人,《鸳鸯针》《一枕奇》之作者亦署华阳散人(其生平事迹见下),未知是否一人。

柳伯生,待考。

清平山堂话本

清平山堂话本序目

马廉

《柳耆卿诗酒玩江楼记》
《简贴和尚》
《西湖三塔记》
《合同文字记》
《风月瑞仙亭》
《蓝桥记》
《快嘴李翠莲记》
《洛阳三怪记》
《风月相思》
《张子房慕道记》
《阴骘积善》
《陈巡检梅岭失妻记》
《五戒禅师私红莲记》
《刎颈鸳鸯会》
《杨温拦路虎传》

右《清平山堂话本》十五种，原书匡高营造尺五寸，广三寸八分，不著序目及刊刻年月、姓氏。其在小说史上占有极重要之位置，《东洋学报》载有《京本通俗小说与清平山堂》一文论之綦详；余曾译刊其文于A.C.月刊。近由古今小品书籍印行会设法觅得此书，影印流传。

考清平山堂本明嘉靖时钱塘人洪楩斋名。楩字子美，以其祖钟荫，仕至詹事府主簿，藏刻书籍甚富：朱睦㮮《万卷堂书目》著录中有《洪子美书目》，所刻书版心刊"清平山堂"，今见而可考者，话本而外有《夷坚志》、《唐诗纪事》、六臣注《文选》、罗泌《路史》（但后二者版心未刻堂名），大都皆出家藏古籍覆刻，多为今收藏家所珍秘云。

此本原书若干，今不可考，盖洪氏当时，搜罗所及，便为梓行，别类定卷，初未之计也。度绎体例，类似丛刻，故多收话本而亦复杂文言小说。日本内阁文库目录尚有万历时熊龙峰刊话本四种，并与此书同例。他如明晁瑮（君石）《宝文堂分类书目》所录百馀种，清钱曾《也是园书目》所录十二种，悉篇各立名，不与《京本通俗小说》及《三言》《二拍》之合刻诸篇别标总名相同。今辄因其内容话本系统之小说居多,名曰《清平山堂话本》。刊刻年月,以洪刻他书序注系者证之,当在嘉靖二十年至三十年间(一五四一——一五五一)。

此十五种残存中,有存传奇之旧而较《太平广记》所引稍略者,如《蓝桥记》;有与明初小说《剪灯新话》《馀话》相类者,如《风月相思》;二者虽与其他有形似之点,而特为文言,绝非话本,为可异耳。李翠莲乃民间传说故事之最广远者,演变至今,秦腔剧中有《十万金》,通常名《李翠莲上吊》;而小说《西游记》第十一回刘全进瓜,早采之为说部资料矣。此本记李翠莲为快嘴媳妇,别出《西游记》中故事以外,是则考究风俗学者所更足珍贵者也。

十八年,六月,三十日,马廉。

影印天一阁旧藏雨窗欹枕集序

马廉

民国十八年秋天,北平古今小品书籍印行会曾经影印过日本内阁文库藏的明版《清平山堂》。那是十五种话本小说居多数的丛刻,日本人因书板刻

"清平山堂"字样，取以为名，原本可也没有总称，我们就给它定名为《清平山堂话本》。明朝人刻书，用"清平山堂"字样的有嘉靖年间钱塘洪楩的《夷坚志》和《唐诗纪事》。我们认定这话本也是洪氏刻的书，并且还不止十五篇，日本保存书十五篇罢了。这几年来不断的注意访求清平山堂的书，想证明那个假设。二十二年秋天，我在故乡（宁波）预备回北平的时候，有一天无意之中买了一包残书，居然整理出洪氏刻的《绘事指蒙》和十二篇话本来了！这十二篇话本与日本本所出十五篇没有相同的，板心刻字情形却是相同，有些刻了，有些不刻。因此初步证明了《清平山堂话本》至少有二十七篇。

　　这十二篇话本是嘉靖时黄棉纸印，分订三册。每册好像是五篇，与日本本十五篇分三册可以互证。现在三册，书根有题字：

　　　　《雨窗集上》　话本五篇。
　　　　《欹枕集上》　话本二篇共残存七叶。
　　　　《欹枕集下》　话本五篇。

从题字的款式上看，我们知道《雨窗集》与《欹枕集》是两回插架的。然则我们第二步可以证明洪氏刻的《清平山堂话本》随刻随出，每五篇一册。

依照《雨窗》《欹枕》两集的分配，应该还有五篇《雨窗集下》的佚本和三篇《欹枕集上》的佚本。我们不能知道是否也还与日本本不同，如果不同，便可以设想《清平山堂话本》有三十五篇。又依照《雨窗》《欹枕》十篇一集的事实，我们也可以设想日本本三册的数目也是有残佚的，至少应为四册二十篇，那么《清平山堂话本》也许该有四十篇之数了。假使日本本所缺与《雨窗集》所缺相同或两本所缺与所存相复的话，就该是三十篇。

现在两本篇数已有三十篇（连《欹枕上》缺数算），其中内容很够研究小说史的人参考。我曾经大略的考证了一下，觉得与洪氏同时的开州藏书家晁瑮《宝文堂分类书目》子杂类著录的许多话本也许就是收罗的洪氏刻本，而洪氏刻的话本却大半是后来冯梦龙选集《三言》的蓝本；至于洪刻本身结构的笨拙，语气的质朴，都还显得出宋元旧作的风味和影响。我们据晁氏著录和冯氏的选集去探求洪氏的刻本，继续访问，一定很便利，因此特别附列一表以见分晓。（表中并出钱曾《也是园书目》和《京

本通俗小说》、熊龙峰四种的目录)

以上是关于话本问题的话。

当我整理出书根上题字的时候,看字体和形式很像吾乡天一阁的藏本,手头所有阮元《天一阁书目》,薛福成《天一阁见存书目》查遍了都不见著录,直到回了北平将《玉简斋丛书》本无名氏的《四明天一阁藏书目录》检阅,在"岁"字号橱居然有《雨窗集》二本《欹枕集》二本的记载。《四明天一阁藏书目录》末了题记云:

嘉庆壬戌岁六月二十日客寓金阊录。

壬戌是嘉庆七年(一八〇二),比阮元编目早六年,可算天一阁书目存世最早的一本。目中已著录《图书集成》,天一阁后人范懋柱在乾隆三十九年(一七七〇)进书,受赐《图书集成》就是当年五月的事。无名氏书目编订的时代自然不出一七七〇到一八〇二的三十来年之中了。阮元编目书成于嘉庆十三年(一八〇八),已经不载《雨窗》《欹枕》两集的名目。如果无名氏目录的编订就与钞录的年代同时,这两部书散佚出了天一阁应该在一八〇二到一八〇八的五六年中间,不然也就是一七七〇到一八〇八之间,我们算来这书离开了天一阁至少也有一百三十年了。这一百三十年中间的变乱多极了,天一阁的书也遭了不少浩劫,居然展转丧乱存留至今,书根题字竟依然如故,教我们既得知是天一阁的佚藏,又明白阁藏中这两部书便是"清平山堂"的话本。因此我很乐于将它影印出来,还照用天一阁原藏的名称。这是这十二篇话本所以独称《雨窗》和《欹枕》的缘故,也是引起我印行兴趣的原因。

洪氏原刻话本的时候没有总名。天一阁插架题字的款式显然是两次的。我很觉得范氏入藏的时候,随意给取上一个雅号,"雨窗""欹枕"都与话本小说的作用相关;说不定便是范东明先生亲自定的呢?范先生和洪氏的时代相同,这于我们设想清平山堂话本刻行的情形上很有相当力量的。我们希望再能发现些新的材料,现在先将这十二篇继日本十五篇之后公之于世。

民国二十三年(一九三四),六月三十日,北平,马廉。

说明:上二篇录自文学古籍刊行社《清平山堂话本》。所列十五篇均系明嘉靖时人洪楩编辑印行的六十家小说之残存者。《六十家小说》分为《雨窗集》《长灯集》《随航集》《欹枕集》《解闲集》《醒梦集》。日本内阁文库藏三册十五篇（即上所列者），无集名。不著序目及刊刻年月。以其版心镌有"清平山堂"字样，书中所收又多话本，马廉摄回，命其名曰《清平山堂话本》，1929年由北平古今小品书籍印行会印行。1933年马廉又在宁波发现清平山堂所刻话本十二篇，无书名，但书根有"雨窗集上""雨窗集下""欹枕集下"，1934年复影印成一书，书名即用书根所镌名字。第二篇《序》便是录自此本。后来阿英又发现清平山堂所刻话本残文二篇，1955年文学古籍刊行社合《清平山堂话本》《雨窗集》《欹枕集》影印出版，仍题《清平山堂话本》。故将上所录二篇系于《清平山堂话本》名下。另有1957年上海古典文学出版社本。

　　马廉（1893—1935），字隅卿，浙江鄞县（今宁波市辖区）人。近现代著名的藏书家，小说戏曲家。曾任北平孔德学校总务长，北平师范大学、北京大学教授。